勇者達に全てを奪われたドラゴン召喚士、
元最強は復讐を誓う

ドイツ軍召喚ッ!

LA軍

Illustration 山椒魚

3

Beschwörungen ✚ die Wehrmacht!

die Wehrmacht!

Contents

Beschwörungen

ドラゴン召喚士（サモナー）として名を馳せたナセル・バージニアは、異世界から召喚された勇者コージに妻アリシアを寝取られた上に異端者に認定される。

ドラゴンの召喚呪印は焼き潰され、両親は公開処刑。姪のリズも攫われて、軍人時代の恩人シャラは勇者の手で焼かれた。全てを奪われたナセルが命まで奪われそうになった時、彼の召喚に応えたのはドラゴン――ではなく異形の軍隊《ドイツ軍》だった！

無敵の召喚獣《ドイツ軍》を得たナセルは冒険者ギルド、神殿を次々と粉砕。続いて王城を装甲擲弾兵や砲兵、航空戦力でもって攻略し、国王にリベンジを果たす。

さらに勇者コージを重戦車ティーガーIで撃破し、元妻アリシアもろとも80cm列車砲をぶっ放して第一騎兵連隊を消滅させた。

ついに復讐を完遂したナセルだったが消耗も大きく、残された唯一の家族――リズの救出に向かう前に魔力欠乏症で意識を失ってしまう。ナセルが意識を手放す直前、彼の前に現れたのは、かつてドラゴン軍団を率いてドイツ軍と死闘を繰り広げた魔法兵団元帥バンメルだった。

ナセル・バージニア

かつて名を馳せたドラゴン召喚士だったが、勇者コージに妻アリシアを寝取られた挙句、異端者に認定されて全てを失った。ドラゴンに代わる召喚獣《ドイツ軍》の力で勇者や王国に復讐を果たし、王都を壊滅状態に陥れた。

シャラ・エンバニア

ナセルの軍人時代の上官で、ナセルからは「大隊長」と呼ばれている、強く美しい女性。異端審問でナセルを庇ったため、勇者コージによってその場で焼き殺されたはずだったが……？

リズ

ナセルの病死した兄弟の娘で、今はナセルの両親の養子となった義理の妹。異端審問でナセルを異端者と証言して一命は取りとめたものの、異端者の係累として前線に攫われてしまった。

バンメル

「龍使い」「殺戮翁」の異名をもつ当代最強のドラゴン召喚士で魔法兵団の元帥。無数のドラゴンを召喚してナセルとドイツ軍を追い詰めたものの敗北し、彼に魔道具「魔力の泉」を与えた。

コージ・ヤシマ

ナセルの妻アリシアを寝取った男にして、異世界から召喚された勇者。一人で魔王を滅ぼせる力を持つとされ、伝説級の装備の数々を有する。ナセルに敗れたが、不死身のため王都で封印されている。

アリシア

ドラゴン召喚士としての力を目当てにナセルと結婚したが、より強く若い勇者が現れるとあっさりコージに乗り換えた尻軽女。80㎝列車砲の砲口へ叩き落とされ、そのまま発射とともに消失した。

■第1話　北の最前線

ビュゴォォォォォォオオ…………！

王国北部――――最前線。

冷たい風の吹きすさぶ北の大地。

王国によって多数の要塞線が築かれているが、それより北には何もない……。

唯々、茫洋とした大地が広がり、全てが凍り――――あるいは枯れ果てていた。

……いや、正確には違う。

何もないわけではない。

荒れた大地の先、凍り付く河川と巨大な湖を越えた先――――。

魔都、エーベルンシュタット。

そこは人類に仇なす魔族が生息し、それらを統べる魔王がいる都市……。

その魔の都で彼等は牙を研ぎ、温暖で肥沃で豊かな土地を求めて南下し、度々人類の文化圏と衝突し世界に混沌をもたらしていた。

そして、王国は千年の昔よりそれらと対峙し、常に勝利し――――駆逐してきたのだ。

かつては勇者が。

……今は――勇者に負けないほどの、勇気と秩序と強さを持った人々がこの地を守ってきた。

王国軍――最精鋭『野戦師団(ディヴィジョン)』。

彼らが睨むは魔王軍との最前線――。

……つまり、人類を守るべき、絶対国防圏の外縁である。

そこに築き上げられたのは、強固な要塞線の数々であり、堅牢な城塞に、堀を巡らせた砦。

そして、大量の人足を投入し築き上げた長大な防塁があった。

要塞には、常に精兵を配置し、数々の拠点には機動戦力たる騎兵部隊が日々訓練に明け暮れ、防壁の上にはありとあらゆる兵器がズラリと並んでいた。

ここここそが人類の希望にして、史上類を見ない最強の陣地。

そして、ここを治める者達が王国史上最も活躍し、最も信頼される軍隊――野戦師団である。

『野戦師団』……――彼らは強い！

王国随一の騎兵部隊を誇り、王国最強の歩兵隊を編制し、王国唯一の魔法部隊である魔法兵団すら配属されているのだ。

攻守どれをとっても最強にして、最恐。

彼等さえいれば、北の大地からどのような敵が来ても跳ね返すことができる。

その精強さに、王国が――……ひいては人類全体が守られているのだ。

――そして、今日この日、いつものように野戦師団の毎日はやってきて、彼等は人類のため、いつものように魔族からの脅威を防ぎ、平和に貢献するのだった……。

それはここ、野戦師団本部のある北部国境一の大都市――前線都市においても変わらない。

――ガラガラ……！

そんな最前線の都市に向かって、粗末な車輪をきしませながら多数の車列がキャラバンを組んで移動していた。

大地は痩せこけ、川は荒れ果て、木々は細く、ろくな産業もない北の地ではあったが、最前線の都市は、多数の軍人を抱えるがために、最大の物流拠点でもあり、常に人々の往来があった。

人が集まれば物資が集まる。物資が集まれば人が集まる。集まる物資と人を求めて、王都はもとより、帝国よりも商人がきて恐ろしい規模の物資がやり取りされていく。人類生活圏の最遠であり、最前線でありながらも、王国では王都に匹敵する規模の最大消費地なのであった。

無数の物資と物資と軍人と軍人と軍人と――！　糧秣、武器、軍馬、飼葉、補充兵に大型武器――そして、奴隷と強制労働者たちがひっきりなしに往来する最前線……。

そして、今日もまた、憐（あわ）れな強制労働者たちが最前線のこの地へと消耗品として運ばれてくるのであった。

ガラガラガラガラガラガラ……！

ガラガラガラガラガラガラ――。

そんな消耗品を運ぶ一台の馬車があった。

粗末で、中の人間（モノ）の乗り心地など一切考えない粗雑なつくりのそれ。

まるで護送馬車のようなそれの中にあって、一人の人物が格子に手をかけ外の景色を眺めていた。

「……ふふっ。まさか、またここに戻ってくることになるとはな――」

馬車の狭い窓から、グレーの空を見上げて皮肉気に小さく呟くのは、美しく輝く金髪をかき上げ小さく呟く凜々しい人だった――。

その見た目を裏切らない様子からも、ただの奴隷や囚人でないのだけは察せられた。おそらく元は貴族か騎士などの階位の高い人間だったのだろう。

それを示すように、目は鋭く、所作は洗練されていた――この馬車の中にあってでも。

「ふぅ……うぅ……」

「大丈夫か――……リズ」

彼女は、窓の外から視線を外すと、そっと隣の少女――リズを抱き寄せ、頭を優しく撫でてやった。

それでいくらか落ち着いたらしい少女の頭を寄せ、周囲を見渡し小さくため息をつく。

いつまでここに……。

……不衛生な馬車の中には、女性が数人どころではなく詰め込まれていた。

リズを含め、全員が全員、虚ろな目つきで格子付きの馬車に入れられ、唯々揺られている。

冗談でもなんでもなく、すし詰めのモノ扱い。いや、いっそ家畜だ……。

「まだ眠っているがいい――……どうせ、起きていたって良いことはないしな」

優しく髪を撫でつけ、その頭に口づけを落とし、そっと胸に抱く。

何日も洗っていない頭が酷く臭ったが、自分も負けず劣らずの臭いだなと、自嘲気味に笑う。

……いや、頭どころか体だっていつ風呂に入ったのか思い出せないほどだ。髪を掻けばぽろぽろとフケは落ちるし、肌をこすれば爪の中まで真っ黒になる程の垢だ。

おまけに、毎日毎日、最前線の荒くれた兵士どもの相手をさせられて、身も心も疲れ果てているうえ、身に着けている物はといえば、ボロを纏うのみ。

この中のほぼ全員が、これまでに酷い暴行でも受けたのか、ボロから覗く手足には痣がいくつか見えた……。

それでも――。

「……安心しろ、リズ。何があってもお前のことは私が守る――」

リズを抱き寄せる彼女自身が一番酷い有様だというのに、その目は強い輝きを持っていた。

酷い生傷だらけ。だがその意志の強そうな眼は全く濁っていない。

「――この身を挺してでも、な」

ギュッと抱き締める手に力を入れると、リズも僅かにだが目に光を灯して彼女を見上げる。

その間にも、馬車はガラガラと喧しい車輪の音をたて、大勢の軍人が行き交う野戦師団本部へと向かっていった。

……ここまでは予想通りだ。

覗き見た外の光景と喧噪。その見知った光景を見て目を細めると、皮肉気に口角を歪めた。

「ふ……。騎兵連隊の本部から慌てて連れ出したかと思えば……。今度は師団司令部か？　出世とは嬉しいね」

脈絡のない移送に、これは何かあったなとあたりをつける。

（どうやら、よほどのことがあったらしいな……）

師団本部の旗が、寂し気に揺れているのを楽し気に眺めて、薄く笑う。

　すると、

「おい、さっきから喧しいぞ！　鞭を貰いてぇのか！」

　ガンッ!!

　馬車の御者から、長打とともに鋭い声が投げかけられる。その様子に中に閉じ込められている女性たちが激しく怯えるも、言葉を投げられた当の本人は涼しい顔だ。

「ふん……。好きにしろ。鞭だの暴力だので私の意志を削ぐことができるとでも？」

「んだと、ごらぁあ!!」

　ガツン!!

「「「ひっ」」」

　挑発するような声に一気に激高する御者。

　格子をぶっ叩いて中の人間を怯えさせると、その様子にニヤリと口角を吊り上げるが、言われた本人はまったく表情を変えておらず、飄々（ひょうひょう）としているではないか。

　……それに気づいた御者が憎々し気に顔を歪めた。それどころか、怯えた様子で震えているリズの頭をポンポンと軽く撫でて落ち着かせるほどの余裕があるではないか。

「ふっくくく……。どうした？　随分落ち着きがないじゃないか？　それに急な移送――我々を囲っていた第一騎兵連隊はどこへ行った？」

「だ、黙れこのアバズレ！　異端者の係累が偉そうな口叩くんじゃねぇ！」

　なにが気に障ったのか、馬車の操作もそっちのけで、口から泡を飛ばしながら怒り狂う御者。

「おいよせ！　構うなッ」「うるっせぇ！」

見かねた馬車列の護衛兵が宥めているが、全く聞く耳を持たない。

「……ふッ。おかしいよなぁ？　この時期に移送？　雪も降り始める時期だ――……。一刻も早く食料を備蓄しなければならない時に無駄な人員の配置換え?? ふくく。……別に女の交換というわけでもなければ、補充が必要とも思えない。何せ、私達はお前の言う通りのアバズレ――……いわば傷モノだ。師団本部のお偉方の食指が動くとは思えんがな……」

「ぐ……！　さっきから訳知り顔でペラペラと！　いい気になっていられるのも今の内だぜ。この連中がお前らをたっぷりと可愛がってくれるとさ！　それも軍の高官じゃねぇぞ――下っ端の兵隊どもがさ、げははははは！」

下卑た声で、ひーひーと膝を叩いて笑う御者。

そして、

「ひひひ、そっちの可愛子ちゃんは俺が相手してやるよ――てめぇは、せいぜい昔の部下に可愛がられるんだな！　えぇ、おい？　部下の数は百人か？　千人かぁ？――元大隊長殿ぉ。……それが終わったら、俺も相手してやっからよぉぉぉおお。げはははは！」

「ふん……ゲスめ。貴様の貧相な竿で、相手も何もない。その辺の馬で練習してからこい」

ニィ……と全く応えた様子もなく笑う様を見て、脅していたはずの相手に侮られていると悟った御者は、顔を真っ赤にして馬車を止めた。

「こ、ここここ、このクソアマぁぁぁああ！　ぶっ殺してやる！」

「おい、いい加減にしろ!!」

さすがに見かねた護衛が、馬車の手綱を引き強引に進ませる。

「ほら、もう本部につく――――アンタも黙ってろ！」

ガンッ！　と馬車の外から格子を殴りつけ護衛の兵も不機嫌を表明した。

「ふッ。笑止――――……怯えているのは、お前らだよ」

ククク。

そう言った彼女はひとしきり笑うと、愉快そうにリズの肩を抱き、独り言のように語った。

「……ふふふ。野戦師団の連中――――随分と慌てているな。あの、アホ騎兵連隊どもが姿を消したかと思えば、」

――急な移送とな？

それだけで十分怪しいというのに、魔王軍の侵攻の兆候もないと来た。……つまり、

「……何かあったな？――帝国が動いたか、それとも政変でもあったのか……。いずれにしても、大事だぞこれは――――」

くくくく……。

ならば、チャンスはある。……か細い糸のような微かなチャンスという名の希望……。

それでも、

「……それでもリズ――――。気を強く持てよ。必ず……必ず、助けは来るさ。……こんな理不尽、あってたまるものかよ」

「たす、け……？」

リズが瞳に光を宿し、小さく呟く。

「あぁ、そうだ――――。理不尽を打ち砕き、不義を正す――――温かい救いの手が必ず来る」

「……それって、ゆう――――者？」

ッ！

（……勇者、か）

――リズは知らないのだ。何もわからないまま、囚われ――北の前線に送られ、異端者の係累として、奴隷のごとく酷い扱いを受けていた。

だから、事の発端が勇者たちにあったことなど何も知らない。

ただ、恐怖に負け――……言われるがままに、叔父を異端者と言い切ったリズ。

それは、家族であり、流行病で亡くなった母のなきあとに残された最後の家族を貶めてしまった事に他ならない。

そして、そのことが、彼女の心に……深く、深く突き刺さっていた。

……希望を失うほどに――――。

「勇者……か。……そうだな。きっと、本物の勇者が来る――――そして、」

トン。とリズの胸を叩くと、

「お前も立派な勇者だよ――……」

「わたし、も、勇しゃ？」

あぁ、そうだ。

「――――立派な勇者さ……。そうとも、お前とお前の両親……そして、ナセル・バージニアは間違いなく勇者だ。……そんなお前を、お前たちを私は誇りに思うぞ」

そうだ。

あの理不尽に耐え、抗い……。

「そして、戦った――――！」

「戦ぅ……。わ、たし、何も……」

「いや、戦ったよ――――」

そうとも、リズは戦った。抗った……。どんな理不尽にも、自らの命を繋いだのだ――。

そう。ナセル・バージニアの最後の希望としてッ。

「充分に戦っているさ――――……と？」

その時、ガタンッ！　と、馬車が大きく傾き、バリバリバリ！　と、枯れ枝を踏むような音を立てて何かに乗り上げた。

だが、御者は懸命に鞭を振り、馬力にものを言わせて強引にそこへ乗り上げていった。

どうやら野戦師団本部の敷地内に入ったようだが――――……。

(なぜこんなに道が悪い？　腐っても、ここは師団本部だろうに……)

訝しみつつ、車外を覗き込むと、

「げッ！　デカい骨を踏んじまったよ。車輪傷んでねぇかな？」

「あ〜……大丈夫そうだ。ったく……。そこら中にあるぜ、ほんと。段々と酷くなってやがるな。

――死体の片づけも追いつかねぇほどか……」

酷く不機嫌そうな、それでいて嫌悪感を感じさせる声で、御者と護衛がぼやく。

死体……？　骨――――⁇

（そして、何だこの匂いは――……？）

その時、鼻を突く悪臭に気付いた彼女らが馬車の外を見れば――。

「「「ひぃ!!」」」

「む………こ、これは?!」

彼女たちの視界に、多数の十字架が飛び込んできた。

それも、恐ろしい数……そして、大量の――炭化した死体のぶら下がったそれを……。

（な、なんてことだ。これは――……）

か、火刑の跡だ……。

寒空にあってさえ腐臭を放つほどの大量の焼けた死体。死体死体死体の山だ――。

さすがにこの光景には護送している兵らも不快気に顔を歪めている。

臭いも、光景も、とても愉快なものではないのだから当然だろう。

「ちっ………まぁた、異端者(魔女)狩りか？」

「だろうな……。八つ当たりもほどほどにしてほしいぜ。……ま、ほとんどが異端者というより、その係累ばっかだろうけどなー。ったく、最近じゃ街や師団内からも、手あたり次第連行してるって噂だ」

そう言ってバリバリバリと、今度は遠慮なしに十字架から落ちた死体を踏み割りながら馬車は奥へ行く。

（異端者狩り……いわゆる魔女狩りか――……。まったく愚かなことを）

フラストレーションの溜まる戦場では、捕虜の虐殺や、非戦闘員への暴行などは、度々起こりうるリンチ現象だ。とくに敗戦直後や、補給の途絶え――そして、情報の錯誤が主な原因となる。

――敵を討て、――あそこを見張れ、――我らの敵を根絶やしにせよ……か。

戦場ストレスがピークに達しているのだ。

「……惨(むご)いことをするものだ」

「ひっ、ひぃぃ……」

ガタガタガタ……！

リズは死体の山を見てすっかり怯え切り、ただただ縋りつくのみ。

だから、その頭を撫でてやりながら言う。

「大丈夫だ。……私が、私がいる――……そして、いつか来るさ、」

「ひぃ……！　いやだ。嫌だよぉ！　帰りたい！　帰りたいよぉ!!　もういやだぁぁぁ！」

「リズ……」

ポンポンと肩を撫でてやり、その小さな頭を抱きしめる。

「落ち着け。落ち着くんだリズ。……来るさ。アイツは来る。…………ナセルは来る――

……私が認めた男だ。絶対に立ち上がって、な。……そうして、あの男は必ず来る――」

必ず――！

「ナ、ナセル……おじ、ちゃんが――？」

……あぁ、来る。ナセル・バージニアは必ずお前を救いに来る！

……あんな理不尽に屈する男ではないッ。

「――そして、理不尽を真っ向から叩き伏せて、不義を打ち破ってみせるさ！」

「う、うん――――！」

強く断言したその時、……ガッ、ギィイィ……!!

調子の悪そうな音を立てて馬車が止まり、御者の男はうんざりした顔で振り返ると、

「はっ。おめでたい奴だぜ――……その、ナセル何某(なにがし)のせいでそんな目にあってるんだろうが、よ――」

「……ほざけ、それはお前たちの言い分だ――。こんな戯言(ざれごと)に耳を貸すなよ、リズ」

「う、ぅん……」

目的地に到着したことにより、その先でまた酷い目にあうと知っているリズは、やはりガタガタと震えている。その肩をそっと抱いてやるも……。

「へ！　そうやって、気丈にやってられるのも今の内さ、おらッ、全員降りろ！」

「ひぃぃ！」「いやぁぁあ！」

乱暴に引きずり出されていく女性たち。

「騒ぐな!!　さっさと歩け!!」

その中にはリズ達も含まれていて、狭い馬車の中で痺れた足にも拘(かか)わらず無理やり連行されていく。

「ぐっ！」「い、痛ッ！」

だが、悲鳴をあげる彼女らにまったく気遣いもなく、まるで家畜のように引きずっていくと……。

そんな彼女たちの目の前に凄惨な光景が広がった。

ぶーん……。ブン、ブンブー……。

大量の羽虫が湧き、酷い悪臭を放つ――。

「くっくっく。どうだい？　新しいオウチの光景はよー！……ひゃは、ひゃははは！　この次はお前らの番かもしれないぜぇぇぇ！」

――ひゃーははははははははは!!

「く……」

残酷に笑う護送兵たちの嘲笑に煽られながら、まざまざと見せつけられた光景は、十字架に磔にされ、今もくすぶる炎に生焼けにされた多数の女性や男の死体の山であった。

そして、悪臭を放つ原因は敷地の隅にある処理しきれなくなった死体の山と、その山からも溢れた人骨のゴミ捨て場――……。

「……これはまた、地獄のようだな」

「「ひぃぃぃぃぃぃ！」」

それは、まさに地獄の光景だ。死体、死体、死体未満。うめき声と虫の息。……そして、それらを容赦なく貪り食う野犬に鳥類ども。

さらに、奥の方では、未だ燻る炎とともに、火刑に処されていく誰かの死体と、それを熱狂するように煽り立てる野戦師団の兵士数名と前線都市の住民たち！

「うぉぉおおお!!　魔女、魔女！　異端者は死ねぇぇ!!」

「焼け！　焼け！　焼けぇぇぇぇえ!!」

「「ギャハハハハハ！　魔女が、異端者が燃えているぞぉぉぉお！」」

その光景は――……。リズ達異端者の係累には、誰しも既視感のある光景だった。

死ね♪　死ね♪　死ね♪

「あぁ……そうか」瞼の裏に浮かぶ、あの日の地獄……。

……あぁ、どこもかしこも同じ巷だ。

そう、今時どこにでもある、地続きの地獄――……。

「やだ……いやぁあああＡＡ！！！」

リズが怯えて漏らす。王都で処刑された両親の姿が蘇る。それが、彼女にとっての精神的外傷なのだ。磔にされた死体と煽り立てる民衆――それらすべてが、容赦なく彼女の心を抉っていく……。

「おいおい、なんだなんだ?!」「お、新入りだぜぇぇ?!」

「ウケケケ、活きのいいのがいるぞぉ?!」「……見ろよ。美人だぁ。こりゃ、楽しみだッ」

「けーけっけっけ！　どうせ死刑だ！　魔王軍に与した連中は全員焼いちまえ！　魔女どもはさっさと焼けぇ！」

「「「そうだ、そうだ!!　異端者どもは死ね!!」」」

わぁぁぁぁぁあああああああ!!

わぁぁぁぁぁぁぁあああああああ!!

司令部前に集まった町の住民たちが、火刑の興奮そのままに、到着したばかりのリズ達を口汚く罵る。

魔女は焼け！

異端者の係累は同罪だ！

殺せ殺せ!!　と――――全民衆がリズ達を指さし、そう言うのだ。

「いやだ……いやだよぉ！」

耳を覆うリズ。塞いでも塞いでも声が途切れない！

その耳を頭ごとそっと抱きしめ、

「気にするな、リズ。言いたい連中には言わせておけ――」

「……へへへ。気丈なこった。だけどよぉー……お嬢ちゃんを抱く手が震えてるぜぇ。くへへ、さすがにアンタも怯えているみたいだなぁ」

「く……」

御者の男は厭らしく笑い、リズ達をあざけると、そのまま連行するつもりで、無造作に彼女たちを繋ぐ縄を引く。

「……こ、これしきで、」

見透かされた想いに顔を歪めるも、それでも震えた手を隠すようにリズを強く抱きしめる。

「へへ。強がりを言うなよ。……ほぉら、言ってる間に到着したぜぇ。……ようこそ、異端者の係累専門の強制労働所へ。げーひひひ、精々可愛がってもらいな、元部下たちによ〜。シャ――」

わぁぁぁあああああああああ!!

わあぁぁぁぁぁああああああああ!!

わぁぁぁぁぁぁぁあああああああ!!

「ち、うるせぇ民間人どもめ。一回、公開処刑を見せてやったらこれだ。……焼くのも殺すのも、まだまだ先だっつーーーの」

歓声が御者の言葉を覆い尽くす。人々は火刑に熱狂していたのだ――。

「……まぁいい。せいぜい、ボロボロに汚しつくされるまで、束の間の生を楽しみな、お嬢さん方
――その後は、炎で浄化されて神の国へ行けるようにしてやるからよー。ぎゃはははははははは
ははは!!　――入れッ!」

――ガッッシャーーーーーーーーン!!

女郎屋よりも酷い牢獄に押し込められるリズ達。その耳には、火刑に処されていた憐れな魔女一人が燃え堕ち、そして崩れさる音に民衆が熱狂し、笑い狂う姿と声が届いていた……。

ここは悪名高き矯正施設。その中でも、ここは最前線の中で、最も大規模かつ劣悪な場所――

……通称『強制労働所』。

――なにを強制し、なにを矯正するのやら……。

「ううううう……」

閉ざされ、外の音が間遠くなるも、なお兵士や民衆の熱狂した声が遠くに聞こえる……。

そんな悪意に満ちた声を聞かされるうちに、リズは、また暗い世界に落ちていく……。

落ちていく――……。死んだほうがましなほどの絶望しかない世界に落ちていく……。

いやだ……。いやだ――!　嫌だよぉぉお!!

帰りたい……!　あの頃のお家に帰りたい!

――誰でもいいから、助けてよッ!!

少女の声なき声が叫び声となるまさにその時……。

それは来た――。

「………ぉい、――なんだ、ぁれは?」

「……見ろ！　……の上だ！」

「……ッ！　雲だ！　……の中に何かいるぞッ！」

なにかに焦り、怯える声を響かせる兵士たちと民衆の声がジワリと広がっていく。

それは扉に遮られくぐもっていたが、徐々に外の喧噪が静まり――。

まるで、野生動物が捕食者の気配を感じて息をひそめるようにして、ついにシンと静まり返ってしまった……。

代わりに――。

……グオォォォォォオオオオオオン。

……グオォォォォオオオオオオン。

それが突如として、何の前触れもなく出現した。

……まるで空を圧する雷鳴にも似た轟音を、ビリビリと、ビリビリと揺るがしながら、魂を鷲掴みにする圧倒的な咆哮を大地に叩きつけながら――……。

ゴウン、ゴウン、と気流をかき乱す巨大な質量が空を行く……。

こ、これは……？

この気配は――？

最前線で魔王軍と対峙していたものなら知っている。

この都市の人間なら誰しも感じたことがある圧倒的強者の気配。

……怪鳥か?!

いや、違う。たかが鳥に怯える野戦師団ではない。

ならば。

　ならば――……！

「……り、竜だと?!」

「竜が一騎、現出ッ!!」

「……い、いや、違うぞ！　一騎じゃない!!　む、無数だ！　無数の竜がいるぞぉぉぉ！」

――ド、ドラゴンだぁぁぁあああああああああああ!!

カンッカンッ！

　カンカンカンカンッ!!

その悲鳴が鳴り響いた途端、野戦師団本部を貫く空襲警報！

鐘楼に取り付けられた大型の鐘が危急を告げる!!

「空襲ーーーー!!　空襲ーーーーーーー!!」

――空襲警報、発令ぇぇぇぇえええええ！

ドラゴンっ!!

　ドラゴンだ――!!

「「――ドラゴンが来るぞぉぉぉお！」」

その瞬間、あれほど熱狂していた民衆の声が不意に鳴りやみ、あれほど罵倒していた兵士の声が鳴りを潜める。

かわりに、一瞬にしてパニックに陥る野戦師団本部。

民衆は悲鳴を上げ逃げ惑い、兵士は武器を手に所定の位置にとり急ぐ！

――う、う、うわぁぁぁぁあああああああああああああああ!!

その喧噪は、強制労働所に詰め込まれたリズ達のもとにも伝わってきた。

「な、なに……?」

「しッ……静かに」

閉ざされた施設の中。

「(くそ?! む、無数の竜だと?……バカな!)」

「(――勇者親衛隊は全滅したんじゃなかったのか?!)」

「(お、おいおい、あの数は異常だぞ? 味方じゃないのか?! よく確認しろ!)」

「(――ま、魔王軍の、奇襲攻撃かもしれん! 将軍閣下に連絡だ!! 急げッ!!)」

バタバタ! ドタバタ!!

どうやら、なにかとんでもないことが起こっているようだ。

兵士たちの大移動の音のなかに、民衆の悲鳴が交じっている。

(敵襲……? 野戦師団本部を強襲したバカがいるというのか――??)

訝しむも、その正体はわからない。

だがそれよりも、収容されているリズ達に聞こえたのはより衝撃的な言葉だった。

「(……えぇぇぃ! 構わんッ迎撃準備! 対ドラゴン戦、用ーーーーー意ッ!!)」

――うぉぉぉおおおおおおおおおおおお!!

(対、ドラゴン……?)

今。

……ドラゴンと言ったのか――――??


「ま、まさか……!」

思わずリズと視線を合わせるも、その脳裏に浮かんだ面影は、施設内にいた兵士が武器を手に慌てて外に飛び出していく乱暴な音にかき消される。

「えぇい、どけ!!」「邪魔だ、異端者の女どもが!!」

――バンッ!

だが、同時に!

その瞬間、まさに閉ざされていた扉が開かれ外の大音声がリズ達に届いた……。

そう。

届いたのだ――かの大音声が!!

　グオォォォォォォオオオオオオオオオオオオオオオオオオオオン!

　　グオォォォォォォォオオオオオオオオオオオオオオオオオオオオン!

　　　グオォォォォォォォォオオオオオオオオオオオオオオオオオオオオン!

「あ、あれは……!」

あれは――――!

　「……ドラゴン」

リズと共に見上げた北の最前線のグレーに染まる夜明けの空。

その朝焼けに煙る鬱屈とした空の下を、無数の黒い影が舞い飛んでいく!

ゴゥンゴゥンと空気をかき混ぜながら、大地を圧する大音声とともに――それはまさしくドラゴ、ドラゴ、ン、だった。
　ドラゴン……。

　　ドラゴン……。

　　　ドラゴン――――――って……!!

「ッッ?!」

…………………ま、まさ、か……。

……まさか、

「まさか――――――――――――!!」

■第2話　懐かしき戦場

黎明時――。

北の大地の凍える空気の中を、猛スピードで航過していくドラゴンが一騎……。

「バンメル!!　本当にこっちであっているのか?!」

革製の大きな防寒具に身を包んだナセルが、ドラゴンを駆る爺さんに大声で問いかけた。

真っ赤な目と肌の巨大なドラゴンはかなりの速度を出しており、空気がビュンビュンと耳元を掠めるので近くにいても大声でなければ聞こえないのだ。

それが老人ならいわんや――……。

「人をジジイ扱いするでないわ!　んなバカでかい声を出さんでも聞こえとるッ!」

ムスっとした声で返すバンメルの声は、確かによく聞こえた。ドラゴンの扱いに長けたバンメルは上手く気流の溝を読んでいるらしい。彼はナセルほど厚着もせず、ドラゴンの背を上手く暴風壁としているようだった。これればかりは、経験の差としか言いようがない。

ナセルとて長年ドラゴンと連れ添っていたが、バンメルのように気流を読むまでには至っていなかった。

「あーはいはい。……悪かったよ。で、……ホントにこっちか？　俺も北の前線にいたんだぞ？

知見はある」

「……カッ！　何年前の話じゃ。ワシャぁ、魔法兵団の元帥じゃぞ？　つい最近まで最前線におったんじゃ。お前よりは、軍のことは知っとる」

ふふん、と小ばかにしたような目で笑うバンメルに微妙に苛立ちを覚えつつも、奴の顔面にある大きな傷を見るとその気持ちすら萎えていく。前歯も数本ない……。

「……んあぁ？　どうした――あ、怪我の事か??　なぁに、戦場の習いじゃ――気にするな、小僧」

カッカッカ！　男前になったじゃろうが、と呵々大笑するバンメルを見ては、もはや何も言えない。

「小僧って……。ちっ」

バツが悪くなって、視線を逸らすように眼下を見下ろした。

そこに広がるやせこけた土地――。

(相変わらず、忌々しい土地だな……)

かつて、軍人時代にそこにいたことを思い出すナセル。

ドラゴン召喚士として前線で激しく戦っていた日々を……。

――ヴァッサ、ヴァッサ……。

バンメルの操る巨大なドラゴンの背を鱗の上からそっと撫ぜる。

(……ドラゴン、か)

この力強い生物――……彼が空を舞う姿を見て心を落ち着けるナセル。

「さぁて、そろそろ前線都市の警戒空域に差し掛かるぞぃ？」

「分かっている――……魔力を温存したいからな、ギリギリまで待ってくれ」

バンメルが暗にそろそろ戦闘準備しろと伝えるが、ナセルは首を横に振った。

ドラゴン召喚士――改め（あらため）ドイツ軍召喚士のナセル・バージニア、最強の召喚獣『ドイツ軍』は、空での戦いでも最強だ。

……だが、もちろん欠点もある。

つまり、メッサーシュミット（戦闘機）にスツーカ（急降下爆撃機）――……そして、フォッケウルフ（戦闘爆撃機）にしても、エンジン音が喧しすぎるのだ。

それら千馬力級のエンジン音は腹に重く深く響き、きっと遠くにいても聞こえるほど。

……ゆえに、敵地深く侵入する隠密行動中なら、ギリギリまで召喚すべきではない。

「ふん。……まぁええわい。どのみち、ドラゴンとてそろそろ視認される頃じゃ――その時になって慌てるでないぞ？」

「言われるまでもない」

バンメルに軽口で返すも、北の大地が近づくにつれてナセルの心がざわつき始める。

強大な魔王軍……。そして、それらに対抗するために編制された最精鋭の野戦師団――。

奴らは強く荒々しい軍人ども……。

（そんなところにリズが……）

ナセルは気が気ではなかった。

あの幼い少女が、前線でどんな扱いを受けているか、想像するだに心が痛む。

無事だといいが……。

「――待ってろよ……。すぐに行くからな」

全てを失ったナセルには、二人の女しかいなかった。

……――ナセルが命を懸けるに値する二人の女。

　汚嫁のアリシアと、
　最後の家族――リズ。

そして、既にアリシアはいない。

だからナセルが気にかける女は、もはやただ一人だけ。

ナセル・バージニアに残された最後の家族――唯一無二の女性……リズ、ただ一人だけ！

「……そんなに大事なら、宝箱にでもしまっとくんじゃな――カッカッカ」

ナセルの言葉に深い悔恨を感じ取ったらしいバンメルが、カカと茶化すも、

「……あぁ、そのつもりだ。…………今度はきっとそうする」

ナセルは半ば本気でそう答えた。

本気で……かならず救うと決心し――。

「ふん……。まぁええわ。さっさと姪っ子を救ってこい。そして、大事に大事にしてやるがいい――」

「……言われるまでもない。そして、アンタにもちゃんと借りは返す」

「カッカッカ！　その言葉、忘れるでないぞ」

……あぁ、忘れないさ。

――王都での戦いから約一ヶ月。

激しい戦闘の末に勝利したナセルは、無限に再生を繰り返す「勇者」を、召喚した工兵隊により発破した大穴に埋めて来た。

目印として、アリシアの持っていた魔法剣を墓標代わりとし、誰にも知られることのない深い穴に……。それでも完全とは言い切れないが、監視していた間に復活する兆しはなかったので、しばらくは安全だろう。

いずれ完全に仕留める方法を探すとして、今はそれを脳裏の端に追いやることにした。

ナセルには、勇者の抹殺よりも最後の家族――リズの救出が、なによりも優先すべきことだったのだ――。

それに気づいた時には時既に遅し、ただ闇雲に捜すしかないナセルにはたった一人の味方もおらず、リズの手がかりは全くと言っていいほど摑めなかった。

…………だが、そんなナセルに手を貸した人物がいる――それが、いわずとしれたこの男――魔法兵団の元帥、殺戮翁ことバンメルだった。

(本音をいえば、こんな奴に頼りたくはなかったが……)

あの日――……。破壊した王都で目覚めた時、ナセルの傍にいたのはこの翁だった。

信じられないかもしれないが、失神する寸前のナセルに手を貸したバンメルは、雨の中ティーガーIの中で眠るナセルをずっと、ずっと待っていたのだ。無防備で、いつでも寝首をかけたであろうに、ずっとずっと待っていたのだ――あの殺戮翁と呼ばれたバンメル元帥が！

実際、魔力欠乏症のため、幾日も気を失っていたらしいナセルであったが、そのことを知った時はさすがに驚いた。

そして、雨が上がり……。

何日後かに日が昇り、すっかり廃墟となった王都の一角で、リズの行方を知るために手掛かりを探していたナセルに、バンメル元帥が言ったのだ、「身内を捜す手助けをしてやろうか？」と――。

（いったい、どういうつもりなんだか……）

もちろん、裏があると思ったナセルは一顧だにする気もなかった。なにせ、ナセルは王国に歯向かう敵に他ならない。そのナセルに手を貸すメリットがバンメルにあるとは思えなかった。

……しかし、手掛かりはなく、ナセルが途方に暮れていた時にバンメルは、まずは自身の持つ情報を提供した。

腐っても元帥。しかも、王国最精鋭、魔法兵団を率いるボスだ。

一介の軍人でしかなかったナセルに比べて、彼の持つ情報は桁違いに多かったのだ。

しかも、退役してからかなり月日がたつナセルと比べて、爺とはいえ現役の軍人でもある。

そして次に、金も、衣食も、かのドラゴンさえも差し出してきた――……。

……一度は刃を交えた爺さんだ――実際、奴の思惑はよくわからないし、ナセルに手を貸す義理もないはず。いっそ、何か要求してくれた方がわかりやすいが、その気配もない。

きっと腹の底では、ろくでもないことを考えているのだろうが、それすらもわからないと来た。

……だが、リズの手がかりを摑めない以上、藁にもすがる思いのナセルはその提案に乗ることにした。

それが吉と出るか凶と出るか。企みがあるのか、ないのか……。

（いや、何かしらは、考えているだろうな。……ただで手を貸してくれるようなイイ奴じゃない）

そうして今――ナセルは魔法兵団元帥のバンメルの手を借り、こうして北の最前線に向かって飛んでいるのだ。

「……まぁ、そう構えるな。ワシにはワシの目的がある。……とはいえ、高くつくぞぃ。カッカッカッ！　なにせ、誰かさんが城を吹っ飛ばしたお陰で、最新情報はほとんどなかったからのー」

「そりゃあ、すまんこって」

王都をぶっ飛ばしたのは掛け値なしにスッキリしたぜ！

ニヒルに笑うナセルを見て。「……ふん」と、不敵に鼻で笑うと、バンメルはこともなげに言った。

「――お前の捜す、姪っ子のことじゃがな……。じつのところ、よくわからんッ」

「な?!」

今さら何言ってやがる?!

思わず激高しかけたナセルが、バンメルの胸倉をつかみ上げようとしたとき、

「……じゃが、王都からの強制労働者が、どこに移送されたか、そのおおよその場所は分かっておる」

バンメルはじつにもったいぶるように言う。まるでナセルの反応を楽しんでいるかのようだ。

「く……！」

思わず振り上げた拳の行き先を失うナセル。

「……そ、それを早く言え！」

カッカッカ！

「若いの〜」と、笑うバンメル。だが、ナセルには笑えたものじゃない。

「カカッ！　ま、それも最新の情報ではないがのー。じゃが、そう間違ってもおらんはずじゃ。お主とて知っておろう？……北の前線はありとあらゆる物資を、輸送に頼っておる。……なにせ、生産力が圧倒的に不足しているからな」

それはそうだ。北の前線は、生産地ではなく消費地だ。軍人が集まる軍人の町。そして、魔王軍との戦いの最前線。悠長に農業をするような場所ではないし、そもそも、作物が根付く土地ではない。

「武器に糧秣、それに嗜好品。それらの流れはおおよそ摑めておるが……労働力は、また違う。なにせ、物資とはわけが違うからのー。ましてや異端者の係累じゃ、その扱いが公式記録に残っておるはずもない。じゃが、な……――おそらく、慢性的に女が不足する前線部隊のことじゃ。――かならず精鋭部隊に補給されておるじゃろうよ。例えば、お主がぶっ潰した騎兵連隊のような精鋭に、な」

「精鋭、か……」

北の最前線、野戦師団の隷下には、３個の騎兵連隊と、１個歩兵連隊がある。一般に精鋭とされるのはやはり騎兵部隊だろう。その中でも番号の若い順に練度が高いと評されている。

さらに、別組織ではあるが、師団の保管する兵力として魔法兵団が別個配置されているが、精鋭というよりも秘蔵部隊といった方が正しい。

つまり、現状――第一騎兵連隊が壊滅した今、精鋭部隊とされるのは第二騎兵連隊ということになる。

そして、ナセルがかつて配属されていたのが歩兵連隊で、実際の所属はその配下の大隊だった。

それが大隊長こと――シャラ・エンバニアの指揮していた部隊でもある。

「ま、あくまで予想じゃ。異端者の係累ともくれば、いくらでも替えが利くと思われとるからのー。……つまり、消耗が激しい場所に集中して補給されているはずじゃ」

ギリリ……！

「消耗品扱いだと？」

その言葉に怒りすら……！

「……ようするに、扱いには期待するなということじゃ。なにせ連中は気性が荒い、すぐに女を使い潰すからのー」

「だからこそ、そこに移送されている可能性が高いんじゃがのー」と、他人事のように言ってのけるバンメルの態度に、ナセルの額に青筋が浮かぶ。

「ふ、ふざけるな!! 使い潰すって……リズが!? あの子が何をしたっていうんだ!!」

「……落ち着け、小僧。……いくら扱いが悪かろうとも、そう簡単に処分されるわけでもなかろうて――幸い、移送されてから、何ヶ月も経ったわけでもあるまい？」

元帥のバンメルなら、軍の公式情報を見ることはさほど難しくはないだろう。

だが、軍の恥部でもある異端者の労働記録が公式に残されているはずもない。それでも、軍という組織である以上何らかの痕跡は残るものだ。

――ちなみに、この時点でリズは野戦師団本部に移送されているため、バンメルもナセルも盛大な思い違いをしていたのだが……。とはいえ、さすがに王都から距離があるため、二人が前線の様子を知りえないのも無理のないことであった。

だが、まさか王都陥落という状況が、北の最前線を『軍閥化』させているなど、誰が想像し得ようか……。

……ましてや兵士や住民のストレスのはけ口として、私刑(リンチ)が横行しているなど――。

「な、なら――」

「おうよ。王都から連れ去られてそう時間は経っておらん。……ならば、前線に配置されている騎兵連隊をいくつか訪問すればわかるんじゃないかの～？」

「そ、そんな大雑把な方法で?!……それよりも野戦師団本部を強襲し、情報を見繕った方が正確じゃないのか!?」

そうだ。それがいい！

今からでも変針して、本部を急襲する！

……野戦師団本部ならあらゆる情報が揃うし、偉いさんを捕虜にすればもっと詳しいことが分かるかもしれない――。

「アホぉ……。そんな短絡的な方法で見つかるわけがなかろうが」

「な、何だと！」

どっちが短絡的だと、反射的に言い返そうとするも、バンメルの呆れたような声にナセルが憎々し気に顔を歪める。

だいたい、手を貸してもらってはいるが、コイツとは一度殺し合いをしているのだ。

――仲良しこよしをする義理などない。

「……あのなぁ、お主の面は、もう割れておるじゃろうが。……その手管もな―――もっとも、わかっていても、お主の召喚獣を相手に、敵う奴などそうそうおらんだろうが……」

「当たり前だ。俺の召喚獣を舐めるなッ――」

そうとも。ドイツ軍に敵う奴などいないい―――！

「……だから、正面からごり押しで行って救出か？　アホめが」

それでもバンメルは納得しない。

「お主の取れる手は一度だけじゃよ。……ワシの言うことがわかるか？――ちょっとは、その足りない頭でよーく考えろ」

「く……！」

まるで、かつて魔法学校の校長をしていた時のような口調で言うバンメル。

こう見えて滅茶苦茶偉いさんなのだ、バンメルは……。

「はぁ、まったく……。ええか？――野戦師団も、まさかお主が攻めてくるとは思っておるまい。連中は、恐らくは王都奪還を計画中じゃろう」

……あ?!

「王都を奪還だぁ？……まさか、俺から奪還するとでも??」

「おーよ。決まっておろうが？」

はっ！……誰があんな肥溜めを占領するかよ。もう、どうでもいい場所だ。

「そんなこと連中が知るものかよ。……お主も軍におったのなら、わからん話でもなかろう？　お主の感情はともかくとして、『王都』が正体不明の軍隊に襲われたとなれば、軍主力の野戦師団が動かんわけにはいくまいて」

……まぁ、それはそうだろう。

だから、一番最初に精鋭の第一騎兵連隊が出撃してきた。もっとも、一瞬で80cm列車砲で消滅したわけだが――。

「――そんな中で、馬鹿正直に真正面から姪っ子を取り返しに向かってみぃ。……敵は何と思う？なんで女一人取り返しに来たと考えるに違いあるまい？……わざわざ王都からお前が出て来たんじゃぞ？　何かあると思って、その目的を勘ぐるのが普通じゃろうが――馬鹿め。……そして、せっかく勘違いしてくれておるのに、敵にワザワザお前の弱点を教えるつもりか？」

う…………。そうか……。そういうことか。

「野戦師団も馬鹿ではない。……そして腐っても軍主力――精鋭じゃ。いくらお主の召喚獣が強くとも、一瞬で滅ぼすことは難しかろう⁇……そこを攻撃し、一人でも逃がすことになれば、奴らにお前の目的がバレてしまうではないか……言っていることの意味は分かるな⁇」

「…………あぁ」

ようやく合点のいったナセルが唇をかみしめ押し黙る。

悔しいが、バンメルの言っていることは正論だった。

「奴らを攻撃するチャンスは一度だけ――」その意味するところは、一度でも、ナセルの目的が露見してしまえば、野戦師団は対抗手段として、リズを盾にするだろうということ。

……当たり前の話だ。ナセルの目的にして、最大の弱点。それがリズなのだから――。

「……もし奴らがリズの首に匕首（あいくち）を当てれば、それだけで俺は手が出せなくなる」

そして、ナセルはあっという間に殺されて、リズも取り戻せない……。

「つ、つまり――」

「……おうよ。攻撃の機会は、奴らがまだお主の目的を測りかねている、この一度しかない」

ぐ…………！

「……じゃが、やるんじゃろ？」

「あぁ！　……当たり前だ」

一度しかチャンスがない？　上等だ……。

「…………なら、一撃で決めてやるさ――……」

「ふむ。……というわけで、今向かっておるのが、騎兵共の塒（ねぐら）――駐屯地方面というわけじゃ。中でも、姪っ子が囚われている可能性が一番高いのが、第二か第三騎兵連隊の強制労働所じゃ。第一はお主が完膚なきまでに潰したからのー」

……そう、だな。

第一騎兵連隊は壊滅した。ならば、人員の補充ができるまで、強制労働所をはじめ駐屯地機能は他所（よそ）へ移すはずだ。

……そこまではいい。間違っていないはずだ。

だが、問題があるとすれば、

「……第二騎兵連隊と、第三騎兵連隊――このどちらにいるか、か？」

「おうよ。さすがに細かい情報まではわからんかったでのー。ま、消費されている物資の量から見ても、騎兵連隊には満遍なく女が補充されておるよ」

……つまり、二択というわけか。

「幸い、第二、三騎兵連隊は距離が近い――お主なら、さほど間を置かずに攻撃ができるのではないか？」

「…………多分な」

というより、やるしかない――。

だが、ドイツ軍とて万能ではない。

質量のデカいものはやはり魔力の消費が多いらしく、「魔力の泉」頼りで80cm列車砲をいくつも顕現させていればあっという間に魔力欠乏に陥るので現実的ではない。

ただし、ドイツ軍Lv6の「V－1」のような攻撃兵器の場合、質量こそかなりのものだが、もともとが使い捨ての兵器らしく、それを直撃させれば魔力の消費は少なくて済む。

……だが、今回の目的は殲滅ではなく救出だ。V－1を撃ち込んで終わりというわけにはいかない。ならば、やはり戦車か歩兵しかない……。

（……今のところ、無理なく召喚できそうなのは――「魔力の泉」ありきでLv6のティーガーIなら、同時に十数台といったところか）

そして、戦車以上に召喚に必要な魔力が少ないのが、歩兵のような兵科だ。

――首から下げた魔力の泉をチャラリと鳴らすと、ぐーぱーと手を開いては閉じて魔力のなじみ具合を確認する。

「カッカッカ！　結構、結構――ならば、お主のやることはおのずと限られてくるな」

「あぁ……。収容されている一番可能性が高い第二騎兵連隊を攻撃し、強制労働所の解放―――

……そして、リズを発見し……救出する」

絶対条件。リズの救出。……これだけは外せない。

――たとえ、第二騎兵連隊にいなかったとしても、地上に降りさえすれば、返す刀で電撃戦をしかけ第三騎兵連隊を叩けるッ！

そうして、どんな犠牲を払ってもリズだけは絶対に救ってみせる――必ず、だ！

「おうおう、それでよい―――……おぉ、見ろ！　ほれほれ、街が見えて来たぞぃ？……懐かしかろうて」

ニィ
バンメルが小気味よさ気に頷きつつ前方を注視させる。

そこに見えてきたのは懐かしき最前線。無数の天幕と武骨な砦が立ち並ぶ軍人の町……。

そここそが前線都市。今も昔も、魔王軍と王国軍が鎬(しのぎ)を削る地獄の戦場の都(みやこ)だ。

(懐かしいか、どうだろうな……)

だが、

「――まさか、また戻ってくることになるとは……」

うっすらと目を細めて思いを馳せる。魔王軍との戦闘で負傷し、軍人を引退したナセル。

そして、負傷後は大隊長の伝手(ツテ)で冒険者ギルドに入り……アリシアに出会った。

「………大隊長」

街を透かし見て、大隊長の面影をみると、空を掴む。

もちろん、何も摑めはしなかったが、かわりに胸がズキリと痛む。

（…………そうか。思えば、この戦場がすべての始まりだったのかもしれないな）

胸を押さえ、この地で背を預け合い戦った――あの人を瞼の裏に浮かべた。

今は、亡き……あの美しい金の髪をした強き人――……シャラ・エンバニアを思い出すナセル。

（――すべての始まりにして終わりの町……か）

ふっ。「……懐かしい、ね」よく言うよ。自嘲気味に、バンメルの皮肉を笑って受け流すナセル。

もはや、そんな感情はこの戦場にはない。ここにあるのは、ただの過去。

かつて、魔王軍と戦い。そして、ナセルは負傷し――――……。

軍人としての終わりを迎えた……。ただ、それだけ。

「ヒョホホホ……。そうじゃ、そうじゃ――思い出すがええ、思い出すがええ。……本当に憎むべき、魔王軍との戦いを全てな。カーッカッカッカ！」

「……余計なお世話だよ」

バンメルが何を思ってナセルに手を貸すのかは知らない。

そして、ここまであっという間に飛んでこられたのも、情報を収集できたのもバンメルのお陰だ。

――そこは素直に感謝しよう。だが、……それだけだ。

「さーて、じきに前線都市上空じゃのー。ここを起点として変針、最短経路で第二騎兵連隊の駐屯地を目指すとしようか。……出来れば、バレずに行きたいところじゃったが、魔法兵団の哨戒網にはとっくに引っかかっておるでの――ま、ここまでくればもうすぐじゃて」

さっきから断続的に魔力の照射を受けているのを感じていた。おそらく、地上の魔法兵団から、探知魔法の類を受けているのだろう。

　ナセルとて、召喚士——魔術師の端くれだ。そのくらいはわかる。

「……あぁ、知っているさ」

　なにせ、この場所はナセルにとって第二の故郷だ。防空体制がどれほどかもある程度は目星がついている。なら、バンメルの言うように最短経路で飛ぶのが正しいだろう——。

　ふっ。

「…………懐かしき戦場、か」

　そう、だな。たしかに、俺は帰って来た。

——再びこの地に帰ってきた……。

　だが。今度は、魔王軍と戦う兵士としてではなく……。

　　——バサァ……!!

「……お前たちの悪夢となってなッ!」

　万感の思いを籠めて、ナセルは防寒具をかなぐり捨てる!

　そのマントの下に佩いていたのは完全武装———ドイツ軍の迷彩柄の戦闘服だった。

「さぁ、野戦師団よ……!　今宵、俺の家族を返してもらうぞ」

……もはや、ここにいるのは復讐者ナセル・バージニアではない。

　ただ一人の家庭人。そして、王国民でもなければ、元軍人でもない。

——ただただ、リズを取り返しに来た一人の男でしかないッ!

…………だからこそ!!

「お前たちは、何の罪もない俺の最後の家族（リズ）を弄（もてあそ）んだ……」

　お前たちは、何の咎（とが）もない俺の最後の家族を奪った――。

　お前たちは、何の罪もない俺の最後の家族を傷つけた――！

「――だから、容赦などしない、慈悲など期待するなッ」

　理不尽には理不尽（ドイツ軍）を。

　軍隊には軍隊（ドイツ軍）を！

　悪夢には悪夢（ドイツ軍）をもって応えよう！

「……そうとも、俺は、お前たちにとっての悪夢であり、敵だッ！」

　敵であり、怨敵であり、仇敵!!

　決して魔王になどなったつもりはないが――お前たちが俺を『敵』と呼ぶなら、「魔王」の誹（そし）りも甘んじて受けよう!!

　だから、俺はお前たちと戦うッッ!!

　ナセル・バージニア個人としてお前たちに戦争を――!!

　一心不乱の闘争をッ!!

　ただ一人だけの私闘を!!

「――ここに今、王国に対し、このナセル・バージニアが再び宣戦を布告する！」

　　バーーーーーン……！

　誰も聞いていなくともよい。

　これはケジメ。これは、ただの決別だ!!

だから――！

………さぁ、始めようか。

家族を救出する、ただの一人の男の戦いをッ!!

「――お前たち、野戦師団に鉄槌をッ！」

魔力充塡！

召喚呪印、起動――！

いくぞ、我が愛しの召喚獣たちよ!!

「カーーカッカッカッカッカッカッ！　小気味よい、小気味よいなぁ――ナセル・バージニアぁぁあ!!……っと、そうそう、言わんでも知っとるだろうが、もう、とっくに発見されたぞ？……おそらく、じきに迎撃が来るじゃろうて」

「あぁ……」

構わないッ。

バンメルの言う通り、夜明けの空にもかかわらず、眼下の町が騒がしい。そこかしこで連続する警鐘の音が鳴り響きはじめた。

隠密行動もここまで。

むしろ、ドラゴン一騎とはいえ、ここまでよく気付かれずに来られたものだ。

――構わないともさ!!

むしろ、

「……むしろ、望むところだッッ！」

首から下げた魔力の泉に力を籠めると、身体中に魔力が漲っていくのを感じる。

『魔力の泉』……これは、バンメル曰く、かつての伝説の勇者パーティにいたという大賢者が作ったアーティファクトなんだとか。

「もはや、ここから先──遠慮はいらないし、」

──隠れる必要もない。

「……ならばいっそ、ここから先はド派手にいかせてもらうぜッ！」

すうう……。

「出でよ、ドイツ軍──────────！」

カッ────!!

■第3話　ドイツ軍降下猟兵

——出でよ、ドイツ軍ッッ！

くわっ!!　と目を見開いたナセルが魔力を注ぎ込むと、騎乗するドラゴン上に無数に浮かび上がる召喚獣ステータス画面。いつもの透明板。……いつものステータス画面だ。

そして、そこに映し出されたものは……、

……ブゥン。

ドイツ軍Ｌｖ７：

※　※　※：

Ｌｖ０→ドイツ軍歩兵１９４０年国防軍型（ヴェアマハトタイプ）

Ｌｖ１→ドイツ軍歩兵分隊１９４０年国防軍型、
　　ドイツ軍工兵班１９４０年国防軍型、
　　Ｉ号戦車Ｂ型

Ｌｖ２→ドイツ軍歩兵小隊１９４０年国防軍型、
　　ドイツ軍工兵分隊

Ⅱ号戦車Ｃ型、
R12サイドカーＭＧ34（軽機関銃）装備
Ｌｖ３→ドイツ軍歩兵小隊１９４２年自動車化
※（ハーフトラック装備）
ドイツ軍工兵分隊１９４２年自動車化
※（３ｔトラック装備）
Ⅲ号戦車Ｍ型
メッサーシュミットＢｆ１０９Ｇ（戦闘機）
Ｌｖ４→ドイツ軍装甲擲弾兵小隊１９４３年型
※（ハーフトラック装備）
ドイツ軍工兵分隊１９４３年型
※（工兵戦闘車装備）
ドイツ軍砲兵小隊
※（軽榴弾砲（１０・５ｃｍｌｅＦＨ１８／４０）装備）
Ⅳ号戦車Ｈ型、
ユンカースＪｕ８７Ｄ（急降下爆撃機）
Ｌｖ５→ドイツ軍装甲擲弾兵小隊１９４４年型
※ハーフトラック装備
ドイツ軍工兵分隊１９４４年

※火焔放射戦車装備
ドイツ軍砲兵小隊
※重榴弾砲装備
パンター（V号）戦車G型
フォッケウルフFw190F（戦闘爆撃機）
Lv6→ドイツ軍装甲擲弾兵小隊1944年型
※重装備（ハーフトラック装備）
ドイツ軍工兵分隊1944年型
※大型ロケット弾発射機（ネーベルヴェルファー）装備
ドイツ軍砲兵小隊
※自走重榴弾砲（フンメル）装備
ティーガー（VI号）II戦車
フィーゼラーFi103（通称V-1無人飛行爆弾）
※He111H後期型に搭載可能
Lv7→ドイツ軍降下猟兵小隊1944年型
※ユンカースJu52（輸送機）装備
ドイツ軍降下猟兵工兵分隊1944年型
※DFS230（グライダー）装備
ドイツ軍列車砲兵

※80cm列車砲(グスタフ)装備
ティーガーⅡ(Ⅵ号B型)戦車
メッサーシュミットMe262(ジェット戦闘機)

（次）

Lv8→降下猟兵小隊1944年、強襲型
※メッサーシュミットMe323装備
降下猟兵工兵分隊1944年、強襲型
※空挺戦車装備
ドイツ軍ロケット砲兵部隊
※トレーラー発射型A4ロケット装備
マウス試作戦車
アラドAr234B
Lv完→？？？？

ついに到達した現人類最強の境地――召喚獣Lv……7。

それは勇者を降(くだ)し、何度も封印したナセルが至った文字通りの最強の証だった！

「……さぁ、いくぞLv7召喚獣――ドイツ軍よッ!!」

「ひょ、ひょほほほー！　お主また強くなっておるのかぁ？」

さすがに目を見開くバンメル。

強者にしかわからない気配を感じ取ってでもいるのだろうか？

「――はっ。見ての通りさ！」

人類最強の一角であるバンメルでさえ、Ｌｖ６のドラゴン召喚士なのだ。

Ｌｖ７がどれほど規格外かは言うまでもない。

――……そして、いっそ、言葉通り目に焼き付けるがいいッ!!

――はぁぁ…………ッ！

「ドイツ軍、召喚ッ!!」

カッ――!!

ナセルの魔力が迸り、高空に浮かび上がる召喚魔法陣！

ドイツ軍
Ｌｖ７：ドイツ軍降下猟兵小隊１９４４年型
※ユンカースＪｕ５２装備
スキル：空挺降下、降下射撃、空挺堡確保、小銃射撃、手榴弾投擲、銃剣突撃、ｅｔｃ
備　考：１９４４年に活躍した降下猟兵部隊。
降下猟兵は空挺部隊のことである。
後年は大規模空挺作戦は実施されず、精強な歩兵として戦場を支配した。
装備機体Ｊｕ５２は旧式だが信頼性が高く、兵士は親しみを込めて、
「タンテユー」と呼ぶ。

直後――その中から、キラキラと召喚光を纏った機体が爆音を立てながら飛び出してくる。

グゥォォォォオオオオオオオオオオオオオオン!!

グゥウォォォォオオオオオオオオオオオオオン!!

グウウォォォォオオオオオオオオオオオオオオオン!!

「な、な、な……なんじゃそりゃぁぁぁああ?!」

バンメルが目をむき驚愕(きょうがく)している。

それもそのはず。ナセルが召喚したのは、ドイツ軍唯一の空挺部隊――降下猟兵だ！

しかも、それはただの歩兵にあらず!!

キラキラと輝く召喚光をまとわりつかせながら召喚魔法陣から飛び出してきたのは、波形鋼板(コルゲートメタル)で覆われた空の荷馬車(ワークホース)Ｊｕ５２／３ｍ輸送機の編隊！

それは、グォングォン!!　と力強いエンジン音を響かせる、ＢＭＷ６００馬力級エンジンを３発装備した中型航空機の群れであり、その腹の中には、完全武装したドイツ軍が搭乗を完了した状態で召喚されていたのだ！

「ふ……！　これが、進化したドイツ軍の威容だッ！」

彼等こそ、ドイツ軍の中でも、精鋭中の精鋭にして――――。

ドイツ空軍(ルフトヴァッフェ)所属。

「――Ｌｖ７召喚獣、空の猟兵(フォスクスイェーガー)であるッッ!!」

誇らしげに語るナセルと、並走する輸送機の群れ。

ポカンと口を開けていたバンメルもやがて呵々大笑し、

「……こ、こりゃ～たまげたな。まさか、兵士まるごと空輸するとは、いやはや恐れ入った——カーッカッカッカ!!」

バンメルが掛け値なしに褒め称える。それほどに画期的な戦略なのだろう。

長駆侵攻し、敵の予期せぬ場所に兵力を展開する！

……まさに、今回の救出にうってつけの兵科であった。

「だが。まだだ。まだ足りない——」

——まだまだ降下猟兵がいるッ！　……敵は腐っても最精鋭の騎兵連隊。

一撃で倒すには兵力が足りない……。足りなすぎる————!!

だから!!

　グゥゥォォォォオオオオオオオオオオオオオオン!!

「もっとだ……！　もっとだ!!」

もっと……！

もっと、

「————もっと来いよッ！」

ドイツぐーーーーーーーーーーーーん！

　ブワァァア————!!

ドイツ軍

Ｌｖ７：ドイツ軍降下猟兵工兵分隊１９４４年

※ＤＦＳ２３０装備

スキル：空挺降下、降下射撃、空挺堡確保、短機関銃射撃、爆破作業、障害処理、応急陣地構築、応急障害構成、経路開拓、ｅｔｃ

備　考：１９４４年に活躍した降下猟兵の工兵。

空挺作戦用の特殊装備を多数保持、頑強な精神と肉体で戦う戦闘工兵。

装備機は輸送機牽引（けんいん）のグライダー、改良型は完全武装兵が15名搭乗可。

シュパァァァア……！

「はぁ、はぁ……！」

空を染め上げる召喚魔法陣と、キラキラと粒子を振りまく召喚光の軌跡。

無数の召喚魔法陣とともに現出した輸送機の群れは、さらに、軍用グライダーをも曳航（えいこう）し、その兵力はとどまるところを知らない。

「かはっ……！」

「お、おいッ！　む、無茶するでないぞ？　現地に直行してから召喚してもよかったのではないのか？」

ボタボタと鼻血を垂らし、顔色を悪化させるナセルをバンメルが珍しく気遣う。

「……大丈夫だ。召喚時のコストが高いだけで、一度召喚してしまえば維持だけでいい──」

だから、今は大丈夫。大丈夫……。

王都で回収した魔力回復ポーションをがぶ飲みし、空瓶を投げ捨てるナセル。

「いや、ワシが言いたいのはそうでなくての……」

名状しがたい気持ちを押し殺して言うバンメル。

だが、心配無用――。

「敵は騎兵連隊だ――……。動きは素早く、機動性に優れる――」

だから、悠長に降りてから攻撃していたのでは取り逃がす恐れがある。

リズが再び連れ去られるようなことがあれば、今度こそナセルの負けなのだ……！

「……だから、さ。最初から全力で兵力をぶつけて、奴らとの決戦を企図する必要があるんだよ」

奴らが精鋭だというならば、正面切って攻撃を仕掛ければ、まずは全力で対処しようとするはず
――仮に連中が、最初から逃げの一手を打つとしたら、それは状況が不明な時のみ。

――だから、『奇襲』ではなく『強襲』をするのだ!!

そして、それができる兵力はナセルにはただ一つ――……降下猟兵しかいない！

「わかったら、黙ってろ――ごほッ」

……はぁ、はぁ。

Lv7の召喚獣に要する魔力はやはり膨大で過剰だった。当然本来のLvが低いナセルには尋常ではない負荷がかかっている。実際、魔力の過剰使用のため、鼻だけでなく、耳や目からも血が流れ落ちる――……が、知ったことか!!

（……今日、この日魔力が尽きてもいい！）

――リズを救う、その、今日だけ魔力がもてばいいッ！

「――いくぞ、ドイツ軍ッッ！」

輝く『ド■■■』の呪印！

その呪印からもたらされる魔力を受けて、無数の魔法陣から飛び出したドイツ軍は、重低音を響かせながら空を行く!!

その中型輸送機が大量に驀進(ばくしん)していく様は、まさに圧巻だ。彼らは一様にキラキラとした召喚光を纏いつつ、兵士たち全員が特徴的な空挺部隊ヘルメットを被った特殊装備で身を固め、手動索環を携えていた。さらに、輸送機の機尾には、鋼線で牽引する軍用グライダーをも引っ張っていた。

これなら、誰にも負けない――これぞ、ドイツ軍降下猟兵!!

『1番機(エアステ)ッ！　準備よし(ベライテット)――』

『2番機(ツヴァイテ)ッ！　同じく(グライヒ アオホ)――』

『3番機から(フォン ドライテ)10番機まで(ビス ツェンテ)すべて準備よし(イスト アレス ベライト)ッ！』

――グゥォォォォオオオオオオオオオオオオオオン!!

「ははっ!!　いいじゃないかッッ!!」

総員、230名!!

Ju52/3m――戦術輸送機×10
そして、DFS230――軍用グライダー×10
ナセルの召喚した、最強の兵力――空挺降下のプロフェッショナルのドイツ軍降下猟兵が一個中隊だ！

その内訳は、一機当たり15名、グライダーにも完全武装の一個分隊8名が搭乗している。

「は……。はははッ！――――……あはははははははははははは！」

軽く手を叩いて喝采！　いっそ騒然とした満面の笑みを浮かべたナセルが、小気味よく謡(うた)う。

あはははははははははははははははははははははははははッ!!

「――そうだ！　これが俺の空挺だ!!」

これが俺の軍隊だ！！！　これが俺の力だ！

……まさに、一撃必殺――強襲降下という本作戦のために召喚されたような兵士たち。

だから、

「さぁ、見せてやろうっ――兵士の能力差が、戦力の決定的差であることを!!」

これがドイツ軍である！

これぞ降下猟兵であるッ！

これこそ空挺作戦である!!

「――今日を最後の戦いにするッ！　総員(アーレメナー)、密集(エング)隊形(フォーマーション)!!」

『『了解(ヤボール)ッ！』』

マントの下の軍装を露わにし、持ち込んでいたドイツ軍の無線機に呼びかけるナセル。

チャンネルは広域！――同時使用だ！

『集結(フェアザーメルン)ッ』『集結(フェアザーメルン)ッ』『集結(フェアザーメルン)ッ』

――グォォォォオオオオオンンン!!

――グォォォォオオオオンンン!!

練達の操縦手が重々しい機体を巧みに駆りながら綺麗な単縦陣を作っていく。

その見事な編隊機動よ———。

その圧倒的な武力行動よ———！

その頼もしき鉄十字の紋章よ———!!

朝焼けの始まる空に、ドイツ軍の戦術輸送機(Ju52/3m)の群れが舞う。

ナセルを中央に挟むようにして飛行し……北の大空にドイツ軍の鉄十字が舞い狂うのだッ！

「——時は来たッ!!」

スパァァ……！

と、ナセルは懐から、突撃拳銃(カンプピストーレ)を取り出すと、昇り始めた朝日に照準する！

「朝焼けの空に強襲は成り、」

あとは、我らが空から地上を圧するのみ！

——……のみッッ!!

すうう、

「……目標———リズ！」

ナセル・バージニアの最後の家族!!

ジャキンッ！　突撃拳銃に27mm信号弾を籠めると、高らかに宣言する!!

「……では、降りようか、諸君ッ！」

『『了解(ヤボール)、指揮官殿(コマンデン)!!』』

さぁ、

——歌え！

――笑え！

　そして、

「……戦えぇぇぇえええ!!」

――パァアアンッ！

「……凱歌（ジーゲスリート）をッ！」

『『凱歌をッ』』

〜〜♪

〜〜〜〜〜♪

ギラギラと輝く信号弾の明かりを突撃ラッパ代わりとして、輸送機の群れが一層速度を上げて突進を開始！

さらに、景気づけとばかり輸送機の操縦手たちが一斉にスピーカーを最大にして掻き鳴らす！

本来ならば訓練時に使用する降下開始の放送を、蓄音機の音に乗せて、ワーグナーのごとく謡いだしたのだッ！

――これぞ、戦場音楽（ワルキューレ）！

――これぞ戦太鼓（タムタム）！

ダン――――ダンダンダダンダン♪

　ダーダンッダンダンダンンダダダン♪

　太陽は赤く輝き（ロートシャイントディゾンネ）　♪

　準備は整つた（フェアティッヒゲマハト）　♪

明日もその陽が我らを照らすか知る者はなし（ヴェア ヴァイス オブ ズィモルゲン フュア ウンス アオホ ノッホ ラハト）　♪
エンジンまわせ　全速前進（ヴェルフト アン ディモトーレン シープト フォールガス ヒナイン）　♪

今日の標的、敵地に向けて飛び立て（シュタルテット ロス フリークト アン ホイテ ゲート エス ツムファイント）　♪
機上へ　機上へ（アン ディマシーネン アン ディマシーネン）　♪
戦友よ　前進あるのみ（カメラート ダギプト エス カイン ツリュク）　♪
暗雲垂れ込むはるか東方へ（フェルン イム オーステン シュテーエン ドゥンクル ヴォルケン）　♪
ともに進まん　迷うことなく　ともに進まん（コムミット ウント ツァゲ ニヒト コムミット）　♪
機上へ　機上へ（アン ディマシーネン アン ディマシーネン）　♪
戦友よ　前進あるのみ（カメラート ダギプト エス カイン ツリュク）　♪
暗雲垂れ込むはるか東方へ（フェルン イム オーステン シュテーエン ドゥンクル ヴォルケン）　♪
ともに進まん　迷うことなく　ともに進まん（コムミット ウント ツァゲ ニヒト コムミット）　♪

音の割れたスピーカー音が朝焼けの空に、下品に響き渡る。
それは雄鶏の声よりも勇猛で、楽団の音楽よりも暴力的！
戦術輸送機10機が外部スピーカーを、割れんばかりに掻き鳴らす！
降下猟兵達も輸送機の床を踏み抜かんばかりに、機上で声を張り上げる！
　搭乗せよ！　搭乗せよ!!
　戦え！　戦え、共に行こうと――――――!!
「あぁ、そうとも！……共に行こうッ！」

……さすがはＬｖ７の召喚獣!!

維持するだけでも魔力をガンガン削り取られているが――構うものか!!

朝焼けの始まる空に、ドイツ軍の戦術輸送機の群れが舞うのだ。

そして、降下せんと、ＤＰ（ドロップポイント）に一斉に向かう――朝焼けと共にッ!!

～～♪

～～～～♪

迅雷（ドネルン）のごとくエンジン（モトーレン）が轟き（ゲダンケン）、誰もが（アライン）♪

故郷（デンクト）の愛する（イェーダー）者たち（ノッホ）に（シュネル）思い（アン）を（ディー）馳せる（リーベン　ダハイム）♪

戦友たち（ダン　コムト）よ（カメラーデン）　降下（ツム　シュプルンク）の時は（ダス）来た（ジクナル）♪

敵地（ヴィア　フリーゲン）に降り（ツム）立ち（ファイント）信号（ツュンデン　ドート）を（ダス）送れ（ファナル）♪

降　着　急　げ（シュネル　ヴィルト　ゲランデット）　降　着　急　げ（シュネル　ヴィルト　ゲランデット）♪

戦友よ（カメラーデン　ダー）　前進（ギプト　エス）あるのみ（カイン　ツーリュック）♪

暗雲（フェルン　イム）垂れ込む（オシュテン　シュテーエン）はるか東方へ（ドゥンクル　ヴォルケン）♪

ともに進まん（コム　ミット）　迷うことなく（ウント　ツァーゲ　ニヒト）　ともに進まん（コム　ミット）♪

降　着　急　げ（シュネル　ヴィルト　ゲランデット）　降　着　急　げ（シュネル　ヴィルト　ゲランデット）♪

戦友よ（カメラーデン　ダー）　前進（ギプト　エス）あるのみ（カイン　ツーリュック）♪

暗雲（フェルン　イム）垂れ込む（オシュテン　シュテーエン）はるか東方へ（ドゥンクル　ヴォルケン）♪

ともに進まん（コム　ミット）　迷うことなく（ウント　ツァーゲ　ニヒト）　ともに進まん（コム　ミット）♪

「……そうとも、恐れずに行こうじゃないかッ！」

朝日(暗雲垂れ込むはるか東方)をぶち破る様に、全身で陽を受けてナセルは口角を吊り上げる。

ドイツ軍空挺部隊を満載したＪｕ５２／３ｍが10機に軍用グライダーも同数。全員完全武装
――……負ける要素など一つもないッッ!!

だから歌う!

降下猟兵達は歌うッ!

　降下せよ!　降下せよ!!

　戦え!　戦え、共に行こうと――――!!

(あぁ、そうとも……!)

降下しようッ!

……リズのもとに飛んでいこう!

かつての戦友たちの首を刈り、かつての戦場を駆け抜けて――――!!

家族のもとへッ!!

「……目標(ズゥエル)!　王国軍野戦師団(ライヒスアーメディフィジオン)――――第二騎兵連隊(ツヴァイテカファレリーレギメント)!」

鳴り響くエンジン音と降下猟兵たちの力強い歌声を聞きながら、ナセルは万感の思いを解き放つ
――――。

そう、家族を救うために……。

　そう!　理不尽を叩きつぶすために!!

　　そう!!　万感の思いを籠めた叫びと、
　　　そして、輸送機の凶暴なまでのエンジン音が北の大地を殴りつけんがためにッ!!

すぅぅぅぅぅ……。

「――――これより（フォン イェツト）、空挺作戦（フルークオペラチオン）を開始する（アオフネーメン）ッッ!!」

『『『了解（ヤボール）っ、指揮官殿（コマンデン）!!』』』

――ガァァン!!

ナセルの命令一過、一斉に輸送機の側壁が解放されると、一番降下員が降下合図を待ちつつ側扉の縁にしがみつく！

内部からは減光された淡い光がチカチカと灯り、今や遅しと降下の合図を待つ!!

……さぁ、行こう！

……さぁ、逝こう！

――最高じゃねぇかッ!!

さぁ！

さぁ!!

さぁ――――!!

〜〜♪

〜〜〜〜〜〜♪

寡兵なるも猛き血燃ゆる我らは（クライン ウンザー ホイフライン ヴィルト ウンザー ブルート）♪

敵も死すらも恐るるに足らず（ヴィア フュルフテン デン ファイント ニヒト ウント アオホ ニヒト デン トート）♪

ドイツの危機に際して我らがひたすら思うのは（ヴィア ヴィッセン ヌア アイネス ヴェン ドイッチュラント イン ノート）♪

戦い、勝ち、そして死ぬだけだ（ツー ケンプフェン ツー ズィーゲン ツー シュテルベン デン トート）♪

銃を取れ（アンディーゲヴェア）　銃を取れ（アンディーゲヴェア）♪

戦友よ（カメラート）　前進あるのみ（ダーギブトエスカインツリュック）♪

暗雲垂れ込むはるか東方へ（フェルンイムオシュテンシュテーエンドゥンクルヴォルケン）♪

ともに進まん（コムミット）　迷うことなく（ウントツァーゲニヒト）　ともに進まん（コムミット）♪

銃を取れ（アンディーゲヴェア）　銃を取れ（アンディーゲヴェア）♪

戦友よ（カメラート）　前進あるのみ（ダーギブトエスカインツリュック）♪

暗雲垂れ込むはるか東方へ（フェルンイムオシュテンシュテーエンドゥンクルヴォルケン）♪

ともに進まん（コムミット）　迷うことなく（ウントツァーゲニヒト）　ともに進まん（コムミット）♪


「――さぁ、武器を取れッッ!!」

……そしてぇぇぇぇ!

すうう……、

「総員（アーレメナ）、降下用（ベライテン）おおおおおおおおお意（アプシュリンゲ）――――!」

了解（ファシュタンドゥン）ッツッ!!

――ヴォォォオオオオオオオオオオオオオオオオオオオオオオン!!


北の最前線にドイツ軍降下猟兵が舞い降りんとする。

この日、異世界（このせかい）初の空挺作戦が敢行されようとしていた。

無数の輸送機と一騎のドラゴンを駆る復讐者改め救援者――ただ一人の男、ナセル・バージニアの手によって……!

■第4話　空を圧する

ゴゥン、ゴゥン、ゴゥン……！

ナセルも降下猟兵と共に飛び降りるべく降下装備の最終チェックに取り掛かっていた。

落下傘よし、装備よし、準備よし、全部よし！

――さぁ、いざ行(ゆ)かんッ!!

巡航速度で飛行する戦術輸送機と並走するバンメルのドラゴン。

戦術輸送機の立てる重低音と「降下猟兵歌」が空を震わせる中――ドラゴンと輸送機が綺麗に編隊を組んで飛んでいるという異様な光景をまるで見せつける様に前線都市の上空を航過していくナセル達、降下猟兵の部隊。

眼下の都市は大騒ぎだ。

なにせ、大量の輸送機が装備する640馬力の計30発ものエンジン音が大地を叩くのだから、その様は圧巻ですらあるに違いない。空路を行くものからすれば、騎兵連隊の駐屯地も前線都市もさしたる距離の差はないが、下から見上げる彼等からすれば、前線都市をドラゴンが襲いに来たようにも見えるのだろう――。

だが、そのつもりはない――今のところは、な。

あくまでもナセルの目標はリズが囚われているであろう騎兵連隊、そして彼女の身柄ただ一つ。

「ほっほー。言葉通りド派手にやりよる」

「……まだまだ序の口さ」

――そうとも、まだ戦端を開いてすらいない。シュルリッ、と空挺マフラーを口元まで押し上げるナセルはひとりごちる。その装備はほぼ降下猟兵と同様で、彼等よりも少しだけ重武装だった。

「ほっ？　言いよるわ。これだけ大々的にお披露目しておいてからに――」

繁々と左右を併進する輸送機を眺めるバンメル。……たしか、バンメルと戦闘したのはBf109G-6戦闘機だったか？　だから、輸送機のが物珍しいのかもしれない。

「……あまり近づくなよ。ドラゴンと違って、繊細なんだ」

「カッ！　――言われるまでもないわ！　……それにしても、こりゃあ凄いのー。鉄の怪鳥の中に兵が乗っておるのか？　どうやって飛んでいるのか皆目見当もつかんわい」

――そんなの俺だって知るかよ、とナセル。

バンメルは興味津々な顔で、輸送機に搭乗するドイツ軍を見ている。

一方のドイツ軍はバンメルには全く関心がない様で、乗員も兵も微動だにしない。

「……バンメル。感謝はしているが、アンタは手を出すなよ」

もうじき目標上空に到達するが、これはナセルの戦いだ。……もう、バンメルも十分に王国に弓を引いている気もするが、別に彼が仲間になったわけではない。あくまで手を貸してもらっているだけで――バンメルはバンメルで何かの思惑があり、ナセルを利用しているのだろう。

「カッカッカ！　皆まで言わんでも、手など出すものかよ」

「……ならいいが」

この爺さんが何を企んでいるか知ったことではない。邪魔をしなければ上等——手を貸すなら、恩に着るまでだ。

「その代わり、存分に見せてもらうとするかのー『どいつぐん』の戦いとやらを!!」

ふっ。

望むところ——。

「あぁ……見せてやるともさッ。存分になッ！」

バンメルの期待に応えてやるわけではないが、存分に見せてやろう！

この世界(異世界)初の空挺作戦をッ！

すぅ……。

「——降下開始、1分前!!」

『『了解(ヤボール)ッ！』』

輸送機からの返答は明朗快活。無線機の故障も全くないらしい——さすがはドイツ製。

そして、徐々に近づく騎兵連隊駐屯地——……その郊外。

つまりはＤＰ(ドロップポイント)だ。

（よーし……！　もう少しだ！　待ってろよ、リズ……！）

朝焼けに輝く騎兵連隊の広大な敷地——そのどこかにあの子が……。

「リズ……」

……今行く。……すぐに行く！

だから、だから……待ってろ――――。

「リ――――」

「ぬぅッッ?! ……ま、魔力反応多数が現出?! まずい、……ナセルよ!! どうやら、お客のようじゃ!!」

は……?

「きゃ、客……だと??」

「ど、どこから?!」

ま、まえ――ッ!

刹那、真正面――地平線の向こうに輝く弱々しい陽光を遮る影!

その影から無数の黒い塊が飛び出し散開する!!

「あ、あれは――――?!」

……しまった!!

ナセルをはじめ、降下猟兵達が降下しようと空挺扉の縁に手をかけ、降下開始までのカウントダウンを開始したまさにその時のこと。

降下に集中していたがため、対空監視が疎(おろそ)かになり、それを見越したかのように最悪のタイミングで接触をされたらしいッ!!

「ちぃぃぃいいい!!」

今更ながら、ビリビリと肌を刺すような強力な魔力の照射を受けて、顔を歪めたナセルの視界に飛び込む黒い影!

それは、どこか見覚えのあるシルエットに、耳を叩く被膜の飛翔音――……ド、ドラゴンだとぉぉおお?!　そんな馬鹿な?!

いつの間に、野戦師団はドラゴンの運用体制を整えていたというのか?!

ギィッエェエエエエ……!!

ナセルの疑問をよそに、鈍い獣声とともに、まるで太陽から生まれ出(い)でるかのように湧き出したドラゴンらしき飛翔体の群れが、パッ！　と上空に散り……一斉に襲い掛かった!!

――う、上かぁぁぁあああああああああああ！！！

『『直上(ルフトアングリィィィィフ)、敵機来襲――――！！！』』

一歩遅れてドイツ空軍中に響き渡る接敵警報！

その瞬間、バリバリバリと鋭い爪が輸送機の鋼板を盛大に切り裂く音が交じったかと思えば、激しい破壊に晒(さら)された、一騎の輸送機のエンジンから黒煙が吹きだし行き足がガクンと落ちる。

――――ボンッ……！

「クソッッ……！　一機やられた?!」

『警報(アラート)、警報(アラート)ッ!!』

『『警報(アラーーーーーーーーーート)ぉぉぉぉぉおおおおおおお!!』』

ワンテンポ遅れ、無線に響き渡る絶叫!!

途端に全輸送機の警報が鳴り響く――――!!

ヴィー!!

ヴィー!!

けたたましい警報音が無線機ごしにも流れ、その瞬間に時を置かずして奴らが強襲を仕掛けて来た!!

そう。……それは、狙っていたのか、たまたまか——だがいずれにしても、このタイミングで接敵(エンゲージ)するとはッ!

「く……。やられたか……! よりにもよって——ドラゴン!! よりにもよって太陽の中からだと?!」

嚮導機を務めるナセルの後尾に詰めていた一機が食われたらしい。

思わず振り返ると、輸送機の外板である波型コルゲートメタルが、ばっくりと切り裂かれて黒煙が噴き出していた。

左翼のエンジンもパスンパスンとせき込んで停止する。

「くそ(シャイセ)!!」

せいぜい、地上の高台から魔法攻撃で対空射撃をしてくる程度だと高をくくっていたが、ナセル達の魔力を遠方から察知し、律儀に緊急発進(スクランブル)をかけた王国の虎の子の戦力がいたらしい——

……!

しかも、ドラゴンだと?

空中機動戦力である飛竜や怪鳥は、全て、勇者が親衛隊に接収したものとばかり——……。

「ま、ままて、ナセル違うぞ。あれが、ドラゴンなものか——。……あれは翼竜じゃて。ほれ、北部に生息する魔物どもじゃよ」

はっ?!

「よ、翼竜……?!」

翼竜――それは、ドラゴンの亜種ともいえるモンスターだった。

北部には特に多く生息し、性質はどう猛にして果敢。魔王軍でさえ手を焼いているという危険生物だ。……実際は、竜と名がつくものの、鳥に近い種族で、ドラゴンとは似ても似つかないモンスターなのだが――。

「そんな話、初めて聞いたぞ?!」

「お、おうおう。すまんすまん。わ、忘れとったわい――……！　ありゃー最近、配備されたばかりの新兵種じゃ。……た、確かー、調教師(サモナー)の訓練用に捕らえていたらしいのー」

バンメル曰く、野戦師団に協力するテイマーが、より高度な『飛竜』をテイムするための練習として、無数に生息している翼竜を飼いならしたものらしい。それもかなり前から……。

ただし、大飯ぐらいな上、頭が悪いモンスターのためか、結局は戦力として使いものにはならないとして、後方の連絡任務くらいにしか使っていないと言われていたらしい――。

だが、

「あー……。すまんのぉ。どうやら、研究熱心な奴らがおったようじゃの。……見るに、飛竜の編成がうまくいったことから、気をよくしたお偉いさんが、飛行部隊の創設に予算をつけたようじゃなー」

そ、それって、

「つまり――」

――ま、魔法兵団なのか?!

「そ、そうさな……？」

「ってことはよー……テ、テメぇの仲間じゃねーか!!」

「はめやがったのか?!」と、思わずバンメルを振り返るナセル。

なぜならバンメルは魔法兵団の元帥で、勇者親衛隊を除けば唯一の航空戦力を有する兵団の指揮官だから!!

「ば、馬鹿を言うなッ。そんな面倒なことをするなら、王都で首を掻き切っておるわ——ほれ、うだうだ言う前に連中を蹴散らさんと」

……ちッ！　このボケジジイ!!

バンメルは知らぬ存ぜぬ。オマケに簡単に言いやがるが——その数……およそ百騎の翼竜部隊だ！　どこに隠れていたのか、太陽を背にして進路をふさぐ形で次々と新手を繰り出してくる。

ギエエエエエエエエ……！

——いいだろう。

「そっちがやる気なら、騎兵連隊の前に、テメぇらから血祭りに上げてやるぁぁああ！」

攻撃されるのは予想外。だが、ここまできて、むざむざとやられるものかッ!!

「——全機(アーレ)。グライダー(デン クライター)を切り離せ(レーゼン)!!　……損傷機を援護するため密集隊形(ゲーエン ジー エンゲ フォルマチオン ウム ベシェーディヒテ フルーク アプツーデケン)ッ！」

『『『了解(ヤボール)ッ！』』』

降下猟兵を満載したＪｕ５２／３ｍは貴重な戦力——……一機たりとも失うわけにはいかない！

ならば、行き足を損傷機にあわせて密集隊形で防御するまでと——まずは、鈍重なグライダーを切り離し、重量を軽減する。

このままでは、鈍重なグライダーを曳航したまま撃墜されかねなかった。

共に墜落するくらいなら、母機だけでも守らなければ――!!

――グライダー切り離しッ！

母機の後部とグライダー先端に火花が散り、頑丈に張り巡らせていた曳索がはじけ飛んだ！

そのとたんに、空気を切り裂く音が変わる。

……カシンッッ！　ヒュィィイイイ……！

兵を満載したグライダーが切り離された事により、重荷を手放した輸送機がグググと機首を持ち上げるも、パイロットが腕力でそれを抑え込んでいた。

切り離されたグライダーは、一度空気抵抗を受けてフワリと舞うも、その後は自重と操縦によって飛行姿勢を安定させ、緩い角度で回頭して遠ざかっていく。

――敬礼(アハトゥング)ッ！

ビシィ……！

グライダー機首、上部銃座についていた兵が一斉に敬礼。ナセルも答礼しつつ、グライダー部隊を見送る。

（無事でいろよ――）

……今生の別れというわけでもないが、グライダーを見捨てた気にもなる。

だが、違うと思いたい――。

――実際、グライダーが狙われるかどうかは賭けでしかない。

とはいえ、グライダーにも防御火器はあるし、……なによりも翼竜部隊はナセル達輸送機を狙うと半ば確信していた。なぜなら、本隊である母機側10機のJu52/3M(戦術輸送機)の編隊にはナセルが跨乗するドラゴンも交じっている。

……狙うなら、当然ドラゴンを有するナセル本隊のはず!!

ギィイィエェエエエエエエエエエエエエ!!

「やっぱり、来たか……!」

……果たして、上空に遷移した翼竜たちはナセル目掛けて殺到してきたッ!!

「おうおう、盛りおって――――トカゲ風情がのー」

ニィと口角をあげるバンメルと、同じく笑うナセル。

「はは、同感だ……!　かかってこい――――エセドラゴンども!!」

中指をあげて挑発するナセル!

(グライダーは追わせない――――……!)

――来いよッ!!

本家ドラゴン召喚士と、ドイツ軍召喚士が相手になるぞぉぉぉおお!!

二人の召喚士は嘲笑い、その様子に、戦意を漲らせた翼竜たちと、翼竜を狩る魔術師たちが突撃ラッパを吹きならす。

ギィエェエエエエ……!!

　ギィエエエエエエエ……!!

そして――。

北の最前線の初戦は、まさか、まさかの空中戦から始まった……!!

※　※　※

「ナ、ナセル、何か考えがあるのか――?!」

三角帽子を押さえながらバンメルがナセルを振り返る。

……考えぇぇぇ?? はっ！　んなもんあるかッ！

「……出たとこ勝負だ――!!」

「な、なにぃぃぃぃい?!?!」

バンメルが目をむいているが、知るか！

翼竜部隊のことを話さなかったお前の責任だろうが……！

「わざとじゃないわい!!　ええぃ、くそぉ！」

半ばヤケクソ気味のバンメルだが、口調とは裏腹にその表情はどこか楽し気だ。

「バンメル！　速度をあわせろッ！　ドラゴンの最高速度でも、輸送機なら十分についていける！」

「やかましい！　舌をかまんように口を閉じとれ！」

いくらドラゴンが空の覇者とはいえ、所詮は生物。航空機の速度には遠く及ばないだろう。だが、ドイツ軍側も一機が損傷しているため、巡航速度は大きく落ちている。

もっとも、幸いなことに、損傷機の被害はエンジンが一発のみ。

これなら、たちまち墜落するようなことはないし、編隊飛行には支障もなさそうだった。

「密集(ツザーメ)！　密集(ツザーメ)！　襲撃(ベライテン)に備えろッ(アオフ アングリフ)!!」

グルグルと手を回して集合図を出すナセル。

すると、銃座に人を配した輸送機10機は、まるで手を伸ばせば触れられそうなほど身を寄せていく。

……対する迎撃機は魔法兵団の航空兵力――翼竜部隊が約１００機の大群だ！

――ギェェェエエエ……!!

腐った肉を引き裂くような下品な獣声に、反射的にバンメルの肩を叩く!!

「……来るぞ!!　一旦、降下ポイントのことは忘れろ――！……まず敵を躱(かわ)して生き残るのが先だ!!」

だから、行け!!　いけよ、バンメル!!

「ちぃぃい……爺使いの荒い小僧じゃ――!!　ドラゴぉぉぉおン!!」

ナセルに言われるまでもなく、バンメルが強引な軌道でドラゴンの騎首を曲げる。

翼竜部隊は真正面から進路を防ぐ部隊と、上空に遷移しつつナセル達を狙う部隊に分かれていた。

「数の利を生かそうってか？　なら――」

……ならば、まずは敵を掻きまわす!!

「初弾装填(アーステ ラーデン)――!!」

――撃ちまくれぇぇぇぇええええええええええええ(ファォイア フラァァァァァァァァァァァァイ)!!

10機の戦術輸送機と、一騎の巨大なドラゴンが見事な編隊飛行で大きく旋回っ！

そして、一撃食らわせようと上空から降りて来た翼竜の鼻先目掛けて防御火網をぶちかました!!

ダダダダダダダダダダダダダダダダダダダダダッ！

　ズダダダダダダダダダダダダダダダダダダダダダッッ！

無数の火箭(ひや)がきらめき、空を曳光弾が切り裂いていく！

――ドイツ軍の戦術輸送機：Ｊｕ５２／３ｍは3発エンジンを装備した、どこかコミカルな外見をしているが、こうみえても軍用機。武装は施されており、一機当たり3丁の航空機関銃のＭＧ15(7.92mm旋回機銃)を備えている！

その防御火器が、10機編隊全部で計30丁！　その機関銃群がハリネズミのようにして輸送機群を守っているのだ。

「撃てええ(フォイヤァ)！　撃てええええ(フォイヤァァァァ)！」

パッ!!　と空中に血煙が立つ！

――ギェエエエエァアアア……?!

密集した輸送機からは雨あられと防御火器が指向され、なんとか一撃を決めんとしていた翼竜を叩き落としていく。

ギラギラと空を切り裂く曳光弾の光。７・92ｍｍ弾とはいえ、翼竜には防ぎきれないだろう。

「「「ぎゃぁぁぁあああああ!!」」」

――ぶちゅ……！

一瞬だけ聞こえた竜騎手(ドラゴンライダー)達の悲鳴。

彼等は成す術(すべ)もなく防御火網に囚われ撃墜されていくと、絶叫が高空の空気ごしに木霊(こだま)していった……。

「はーーーーはっはっはっは!!」

無防備な的だと思って襲い掛かったのだろう。だから、まさか反撃されると思わないまま不用意に突っ込んできた翼竜が数匹、あっという間に叩き落とされてしまった。

――どーんなもんだ!!

「おい、ナセル!! 前だ!! それくらいで浮かれておる場合か?!」

……だが、翼竜の主力はいまだ健在！ しかも、その数は正面の太陽の中に潜む、進路を妨害中の数十匹だ!!

その上、更にさらにと、その数は増加中……。

「ちぃ!! あとからあとから――!」

だが、これが敵地で戦うということか――……!

(壁を作る気か?!)

まるで、分厚い壁のように立ち塞がる翼竜部隊。あそこに突っ込んでいっては流石にドイツ軍の輸送機といえど無事ではいられない――。

「お、おい！ あそこに、このままでは突っ込むぞ?! な、何とかならんか――?! なんとか、」

「はぁ?!」

なんとかってなんだよ、なんとかって!! ――ドイツ軍だって万能じゃねぇぇぇぇ!!

「あれがあるだろうが!! ワシのドラゴンを叩き落とした――」

「あぁぁ?! あ、あれって……メッサーシュミットのことか?! ――バカ言うな相対速度の差で間に合うものかよ……!」

……クソ！　簡単そうに言うんじゃねぇ！　なんとか出来たらとっくにやっている!!

「とりあえず、上空に遷移した翼竜は最悪無視してもいいが――――」

戦術輸送機の速度なら振り切れるし、防御火網に阻まれて損害を増やしていくのみ。

「上は気にせんでもええ!!　それよりも問題は真正面から通せんぼしている翼竜部隊じゃろうが――!!　旋回力じゃ奴らが上じゃ！……このままじゃ突っ込むぞ?!」

――――どうするんじゃナセル?!

「わーってる!!　今考えてる!!」

……バンメルに言われるまでもなく、奴らは、大きく旋回して迂回しようとするナセル達の鼻先を押さえようと、まるで蝙蝠(こうもり)の群れのようにわさわさと湧きいでる翼竜部隊を率いて、常に進路を塞ごうとする動きを見せていた。

このままでは、あと数秒で連中の群れに輸送機ごと突っ込んでしまう……!!

そうなれば連中にも被害は出るだろうが、こちらも無事では済まない。とくにＪｕ５２／３ｍの波型外板(コルゲートメタル)といえど、もたないだろう。

――――いや、まてよ!?

「そうだ！……メッサーシュミットだ!!」

「あぁん?!　相対速度で間に合わんと言ったのはお主じゃろうが!!」

バーーーーーーカ!!　そりゃ、Ｂｆ１０９Ｇの話だ!!

進化したドイツ軍……Ｌｖ７召喚獣を舐めるな!!

「ドイツ軍に不可能はないッッ!!」

あと数秒で衝突するってんなら、そ、その数秒でカタをつけてやるぁぁぁぁああ!!

……はぁぁぁああぁッ!!

胸の呪印に魔力を注ぐナセル……。

「……いでよ、ドイツ軍――――!!」

ブワァァアアアア……!

ナセルの魔力を受け取り、中空に浮かび上がった召喚魔法陣が4つ!!

空中で呼び出すのだからもちろん、航空機だ!!

それもただの航空機ではない――……そう、あと数秒の距離を一瞬で詰める高速の申し子
……!!

「――行ぃぃぃぃッッッけぇぇぇぇぇぇぇぇぇぇぇぇ!」

カッ――……!

ドイツ軍Lv7:メッサーシュミットMe262
スキル:超高速飛行
機首30mm機関砲×4、
55mm空対空ロケット弾R4M×24
備　考:ドイツ軍のジェット戦闘機。
大戦末期に登場し、超高速性と、大口径機関砲及び多数の空対空ロケット弾の重
武装により、連合軍機を恐慌状態に陥れた。

しかし、エンジン信頼性が低く、稼働率には最後まで悩まされた。

愛称のシュヴァルベとは「燕」の意味。


――ギィィィイイイイイン!!

――ギィィィイイイイイイン!!

……そう。

大量の魔力を吸って顕現したLv7召喚獣が狂おしいまでの咆哮をあげる!

『Jumo004B-1』ターボジェットエンジンの爆音を響かせてッ!

「な、なんじゃっぁぁああ?!」

あまりの騒々しさにバンメルがひっくり返らんばかりに驚く。

「なに」って、決まってんだろ――??

「――ジェット戦闘機だぁぁあッッッ!!」

『集合終わり(アンゲトレーテン)ッ!』

メッサーシュミットMe262が編隊飛行で飛び出してくると、ナセルの眼前で華麗なロール飛行を見せる。

こいつなら行けるッ……!

「突っ込めぇぇえッ!!」

『了解(ヤボール)!　迎撃(アプファンゲン)しますッ』

あっという間に時速860kmに達すると、バァン!　と、衝撃波を生み出しながらナセルの真横を綺麗な編隊飛行で駆け抜けていくMe262！

その数――4機！

重武装、一個小隊だ！

キュゴォォォオオオオ!!

キュゴゴゴゴオオオオ!!

亜音速に近い、時速860kmの超高速度で、航過していくMe262！

力強く空気をかき分けていくジェット戦闘機のその音だけでも、バンメルの駆るドラゴンが委縮するほどだ。

……空の最強種たるドラゴンが怯えるほどの猛威！　それがドイツ軍最強の戦闘機、Me262――！

空気を切り裂き、飛行機雲を棚引かせながら猛烈に突進する様は、まさに高速の申し子だ！

「は、ほっほー！　これまたぞろ、おっそろしく速いドラゴンじゃて」

だから、ドラゴンじゃねっつーのッ！

……だが、コイツならば無敵！……そして、一気に片が付く!!

「……目標、前方の蚊トンボっ!!」

耳を押さえながら妙にはしゃぐバンメルを横目に、ナセルが戦闘開始を下命する。

「――すべて、叩・き・落・と・せぇぇぇぇッ」

『『『了解ッ、指揮官殿』』』

エンジンから響く音が、空気を切り裂く音から轟く音に変化したかと思えば、あっという間に敵の翼竜部隊に接触し、戦端を開いた。

対する前方の集団は、まさか真正面から攻撃されるとは予想していなかったのか、翼竜たちが動揺に揺れているのが見て取れた。

――ははっ！　その逡巡(しゅんじゅん)が命取りだ!!

そして、言ったはずだ！

「容赦などしないし、慈悲もない!!」

だから――道を塞いだことを後悔しながら死んで逝けッッッ!!

すぅう、

「…………吶喊(アングリフ)、突貫(アングリフ)ッ、特観(アングリフ)！　……特と観よ(アングリィィイフ)ッツ」

――ギィイイイイイイン!!

これがドイツ軍の力だぁぁぁぁああああああああああ!!

『『『目標(ゲファンゲネス)捕捉(ツィール)ッ！』』』

「突っ込めええええ(サッチャアアアアジ)!!」

――了解(ヤボール)ッ!!

翼竜　ＶＳ　ジェット戦闘機

「はッ！」…………そんなもの、戦う前から勝負は見えてるッ!!

空を覆いつくす翼竜の群れに突っ込むＭｅ２６２！

その時点でようやく高速で突っ込むＭｅ２６２に気付いた翼竜たちが、慌てて回避行動をとろうとしているが……。

「はは――……間に合うものかッ!!」

相対速度もあり、Ｍｅ２６２があっという間に集団の中を突き抜ける様は、まるで小魚の群れに食らいつく巨大魚のようだ！

辛うじて、騎乗している騎手たち――ドラゴンライダー達が反応し、回避運動が間に合わないとみて慌てて騎槍を振り上げ、魔法杖にボウガンなどそれぞれが持つ得意の武器を掲げるが――。

「闘う気概だけは上等ッッ」

――それだけは認めてやらぁぁあ！

だが、

「……まー、無駄死にじゃなー」

バンメルがやれやれと首を振ると同時に、ジェットエンジンの爆音を響かせながら、Ｍｅ２６２が仕掛けた!!

トリガーフリー!!

「――撃てえええええ(フォイエェッエエル!)!!」

ナセルの命令一下！　Ｍｅ２６２のパイロットたちが容赦なくトリガーを引く！

『『『了解(ヤボール)ッ！』』』

――ドカンッ、ドカドカドカドカドカドカドカドカァン!!

遠く離れていてさえ、腹に響く重低音!!　そして、遅れて砲撃の音が空を叩く！

それは、Lv4召喚獣――Bf109（レシプロ戦闘機）の主武装である20mm機関砲（マウザー砲）の比ではない!!

Me262ジェット戦闘機の機首に4門も集中配備された武装は、ドイツ軍製機関砲：口径30mmのMK108――初速540m／秒の強力無比な巨大弾頭30×90RBmm弾を毎分650発でぶっ放す大口径機関砲だ!!

それが、4機で計16門――猛烈な破壊力をもって上空で阻止線を張っていた翼竜部隊にまともにぶち刺さったのだ!!

……しかも、ただの砲弾じゃない!!

どうやら普通弾以外にも、ミーネンゲショスこと薄郭弾頭で包まれた「高性能爆薬入りの炸裂弾」と「遅延信管付き焼夷弾」が放たれ、奇しくも隊列中央で一気に炸裂したらしい!!

カッ！　と、猛烈な火炎を噴き出し爆散したかと思った時には、すでに決着がついていた。

――ギェェエエエエアア……?!

翼竜たちの悲鳴が響き渡ったかと思うと、ボンッ！　ボンッボンッ!!　と、隊列のど真ん中で次々に炸裂する砲弾に砲弾!!

そのあとには、バラバラと空から墜落していく翼竜どもと、その騎手たち。

ついで、翼竜の後席にしがみついていた魔術師たちもわけもわからず真っ逆さまに地上に落ちていく！

オーバーキル！　……まさにオーバーキルだ!!

それはいっそ、肉袋を投げつけたかのような有様だった。

「「「ぎゃぁぁあああああああああああ?!」」」

……掠っただけで人体を粉砕し、直撃をうけた翼竜は爆散または炎上させる、悪魔の砲弾を真正面から食らったのだから、直撃しなかったものさえも、破片と火炎で次々に負傷または即死するしかない。

あちこちに人体と翼竜たちの炸裂が続いたかと思えば、前方の空にぶちまけられ、貴重な魔術師たちで構成された勇士たち——魔法兵団の精鋭がなぎ倒されていった。

刹那、あっという間に大混乱に陥る敵集団。

半数以上の翼竜が、損傷ないし撃墜された所で、

「……よーーーーし!! 封鎖線を突破する————つっこめぇぇぇぇぇぇ!!」

バンメルの頭を押さえつける様にして、ドラゴンを躊躇(ちゅうちょ)なく突進させる!

……いいから、いけ!!

「おい、ナセル無茶をするなぁぁぁあああ————うぉぉおおおおおおお!!」

バンメルの悲鳴もそこそこに、その大混乱の翼竜部隊のど真ん中にあいた穴を押し広げる様にして、強引にナセル以下の輸送機10機が突っ込んでいく!!

もちろん、防御火器を乱射しまくりながらだ!!

ズダダダダダダダダダダダダダダダダダダダ!

ズダダダダダダダダダダダダダダダダダダ!

それがさらに混乱に拍車をかける!

防御火網に捉われた翼竜は僅かだが、戦術目標たるナセル達の突破をみすみす見逃してしまったのだ。大口径砲をまともに食らった直後ゆえ、しかたないとはいえ、だ。

「はーっはっはっは！　突破したぞッ！」

「ば、馬鹿が……！　この馬鹿垂れがぁぁあ！　無茶苦茶しおってからに――」

「うまくいったんだからいいだろうが」

「やッかましい!!　心臓が止まるかと思ったぞい！」

――バンメルの心臓がそう簡単に止まるものかと、ニヒルに顔を歪めると、そのまま、強引に封鎖線を突破したナセル達。

そこを、慌てて残余の翼竜が追いすがろうと、無理やり軌道を変えているが……それはどうみても悪手だった。

まとまった戦力で追撃しようと密集したのが運の尽き。

その頭上を、

――ギュゴゴォォオォォオオオオオオ!!　ゴォォォオオオオオオオオオ……！

翼竜部隊を蹴散らし、ぶち抜いたＭｅ２６２が猛烈な加速と急上昇を見せて、さらに上昇し、上昇し、上昇し――……。

横一列に綺麗に並ぶと――……逆落とし気味に、一気に急降下する4機編隊ッ！

一撃離脱の態勢で新たな敵の梯団に突っ込んでいく！

その距離――１０００ｍ!!

「バンメル――……一応確認しておくが、あれはアンタの部下だよな？」

「そうじゃのー？　……魔王軍と戦いもせんで後方で油を売っとる、クソみたいな連中じゃよ。

……ま、クソの価値もないわ」

ペッ。と空に唾棄(だき)するバンメル。

「おいおい……」

……本気でそう言っているのだから、この爺には人望がないのだ。

気を遣った自分がアホらしく思えるほどだ。

「さーて、お次はなんじゃ？」

「……あぁ、もういい！　聞いた俺が馬鹿だったよ――……止めをさせッ(マハシュルス ダミット)」

『『『了解(ヤボール)』』』

一個小隊の小隊長機が軽くバンクを振りつつ、急降下を仕掛けたまま横並びに飛行姿勢を安定させると、投弾位置についた。

そして、まんまとキルゾーンに飛び込んできた翼竜の只中に向け――……。

『――発射(フォイヤ)ッ』

トントントンッ!!　弾道を探る様に30ｍｍ機関砲が連射されたかと思うと、次には、ドシュン！と、空対空ロケット弾がぶち込まれる。

主翼が真っ赤に燃え上がったかと錯覚するほどの猛烈な発射煙とともに、通称：嵐(オルカン)という名を冠する『Ｒ４Ｍ』無誘導の空対空ロケット弾が全力発射される。

それは、ジェット戦闘機の片翼に12発ずつ搭載され、一機あたり24発――。

『発射(フォイヤ)ぁぁ！』『発射(フォイヤ)ッッ!!』『発射(フォイヤ)ぁぁぁあ！』

ドシュン、ドシュン、ドシュシュ――……！

それが、4機編隊全てならば、96発!!

いっそ、無数のロケット弾が、一発目の発射を呼び水に、次々に発射されていく！

まさに一斉射撃。……一斉射ッッ!!

ズババババババババッババババババッッ！

　ズバババババババッババッバババババッッ！

……まるで、空が燃え上がったかのよう。

発射噴流を後方に吹き流しカッ飛んでいくロケット弾の嵐は、まるで豪雨のごとく翼竜部隊に突き刺さる!!

そう。

　……情けも、……容赦もなく!!

――シュゴォォオオオオオオオオオオオオオオオオオオオオオオ!!　と、空に響き渡る、その凶悪なまでの轟音と共に!!

ギエエエエエエン！！！

　ギィエエエエエエエン?!

怯えた翼竜たち。騎手たちも思いっきり手綱をひくも、時すでに遅し！

低伸性と直進性の低いロケット弾ではあるが、その分、横や上下に微妙に広がりつつ散布界を大きく開くと――――……ついに、着弾ッッ!!

ボォォッォオオオン!!

……ボボボボボボボボボボボンンンンンンッッ！　と、朝焼けの空に、一斉に横並びの爆発の花が咲くッッ！

「「「ぐぁぁぁあああああああああああああああ!!」」」

誰かの絶叫とともに、まともに食らった翼竜があちこちで爆散し、空に消えていく！

たとえ直撃しなくとも、爆裂の炎と破片が周囲にぶちまけられ翼竜や騎手を次々に傷つけ叩き落としていった。

……まさに虐殺だ。

いかに翼竜が凶暴だろうと、搭乗する魔法兵団の兵士たちが障壁を張ろうと、所詮は空飛ぶ魔物と兵士に過ぎない。アメリカ軍が誇る4発エンジンのB－17重爆撃機すら一撃で叩き落とす威力のロケット弾を喰らって、生物が無事でいられるはずもなし。

さらには、ダメ押しと言わんばかりに、爆炎を突き抜けるジェット戦闘機群が、生き残りの翼竜に向かって大口径機関砲を乱射しながら突っ込んだ！

――ドドドドドカドカドカドカドカドカドカドカ！

――ドドドドカドカドカッドカドカドカドカァン！

――ドドドドドカドカドカドカドカドカドカドカン！

そこはもう、阿鼻叫喚の地獄。一方的に叩き落とされるのは、魔法兵団のみ！

「「「ぎゃああああああああ!!」」」

「「「うわぁぁぁあああああ!!」」」

それは、まさにトドメ。逃げ惑う翼竜部隊の残余を、時速860kmのジェット戦闘機が追い回し、大口径機関砲で叩き落としていく。

ただでさえ、ロケット弾の集中射撃を受けた翼竜部隊は大幅に数を減らしており、さらには密集していたことで頭上から降り注ぐ味方の残骸と、恐慌に陥った翼竜の迷走にあちこちで空中衝突が起こり――――もう無茶苦茶だ!!

――ぁぁぁあああああああああああああああああああああああ!!

誰とも知れぬ絶叫だけが響き、輸送機に近づくどころか、ロクな抵抗も出来ずに墜落していく。

「ひょほ～。これがどいつぐんかー!!! すごいのー、たまげたのー!! ひょほほほほー。翼竜どもが、まるでゴミのようじゃわいー」

呵々大笑。ひとり喝采するバンメルが、じつに楽し気に空の殺戮を観覧している。

「……何を暢気に言ってやがる。あんなんでも、アンタの部下だろうが」

「カッカッカ。墜としておいて、今さら――――。……ま、この程度でくたばる連中よ。魔王には、と～てもかなわんさ。そんな連中、ど～うでもええわい」

本当にどうでもよさそうに宣うと、バンメルは肩をすくめていた。

コイツ本当に魔法兵団の元帥なのか??

「ったく……。ほんと、アンタは一体何がしたいんだ？」

「あぁ??……何度も言っておるだろうが。わしの狙いは初めっから――――っと、時間か?? ……お喋りはここまでじゃな。ほれ、封鎖線の先は、もう騎兵連隊の駐屯地上空じゃぞ」

ナセルの言葉を遮るバンメル。

そして、言われるまでもない――――促されて前方かつ下方を眺めるナセル。

「…………あぁ、そのようだな」

「チッ」どこかはぐらかされたような気もするが、まぁいい。

たしかに、目標上空に差し掛かりつつあった。それは、当初の降下コースから大きくそれてはいるが、これくらいなら旋回で多少は修正が効くはずだ。

「たしかに、今はアンタと駄弁(だべ)ってるときじゃない――――だけど、忘れるな？　アンタとは仲間じゃない」

「ワシも仲間とは思っとらんよ⁇」

……ったく、ほんとに食えない爺さんだ。まぁいいさ。バンメルの事なんざ二の次だ。

ナセルが気にすべき最大の関心事項はただ一人の女のみ。

――――リズ……。

（……お前は、そこにいるのか⁇）

夜明けの薄明りに、騎兵連隊の広大な敷地が青白く輝いていた。

あのどこかに……。

この地獄の最前線のどこかに……。

「……待ってろ、リズ。今行く」

すぐに行く。

………………――――だから!!

「総員(アーレメナー)　降下用意(ドロープフォバハイトゥン)――――!」

『『了解(ファシュタンドゥン)ッ!』』

――だから、生きていてくれ……!

ナセルの願いが空に流れていくとき。

ついに異世界の空で、世界初の空挺作戦が開始される……!!

■第5話　空挺降下

「総員、降下用意――――！」

総員降下用意！

　総員降下よーーーい！

リズを救い出すという強い決意を胸に、キッと地上を睨み付けるナセルは、無線機に向かって、敢然といい放つ。

彼の眼下に広がるのは、広大な敷地を持つ騎兵連隊の駐屯地だ。

そこには――――。

巨大な厩舎。人員用の宿泊施設。騎兵訓練場――――そして、奴隷置き場などの各種施設……。

その、どこかにリズはいる。

……いるはずだ！

無実の罪で囚われ、すべてを搾取されるために……！

（リズ――――！　リズ――――！）

そんなこと絶対に許せるかよ……！　あの子が……。リズが、何をしたっていうんだ……。

ただ……。ただ、ただ平和に日々を生きていただけだろうがッ！

「そんなあの子が――――！　勇者とアリシアと、王国上層部のアホどもの都合で、男達の供物になっていい理由などないッ！」

………何一つないッ！

ギリギリリリリ……。

ナセルの手が真っ白になるほど握りしめられる。

「あまり気負うなよ、ナセル。……それより、本当にここでいいんじゃな？　下まで降りられんこともないぞ？」

ここは上空３００ｍの空の底。

「いや――――いい。ここで十分だ」

バンメルは下まで送ろうか、という。……だが、それは危険すぎるし、必要ない。

いくらバンメルのドラゴンが強かろうとも、相手は腐っても対魔王前線にいる騎兵連隊だ。

降下して、一撃の下に叩かねば反撃を食らうだろう。……対魔物戦闘に慣れた前線の部隊には、ドラゴンに対抗する術もあるのだ、その危険は冒せないッ！

「――世話になったな、バンメル。ありがとう」

「ふふん、礼を言われるまでもない。――――ま……。また、すぐ会うことになるじゃろうて。ひょほほほほ」

口角をあげるバンメルは飄々と宣い、軽く手を振っていく。

「……ちっ」

調子が狂うぜ。

だいたいナセルに協力するなど、本当に何が目的なんだか――。

（……まぁ、いい。どの道、俺の成すことは変わらない……！）

ならば気にするだけ無駄というもの――すー……と無線機の送話器を構えるナセルは、展開するドイツ軍に命令を下す。

「降下開始2分前！　――部隊は空挺堡を確保ののち、騎兵連隊を強襲する。…………目標は強制労働所の確保！」

そして、リズの救出だ!!

「それ以外の抵抗は全て排除！　……すべて排除ッ！　情けも容赦も必要ない!!」

『『『了解ッ!!』』』

頼もしい返答と共にドイツ軍が動き出す。

……ガシャン!!

――ガラガラ、ガシャン、ガシャガシャ!!

襲撃により閉鎖されていた側扉が再び解放される。

その内部から顔を出すのは、精悍な顔つきの降下猟兵達――その先頭降下員だった。

そして、ナセルはというと、ドラゴンの背に位置したまま一度目を閉じ、両手を広げて低空の空気を感じ入ると、うっすらと目を開けて輸送機と共にしばらく飛行する。

ここは目標上空300m――人が単独では到達できぬ空の底だ。

（ようやくここまで来た……）

長く、遠い道のり――。あの日リズを奪われてから幾星霜。

……復讐を優先しての道のりだった。

（すまん、リズ。……俺は、お前を巻き込んだことを後悔しなかった日は一日たりとてない!!）

……だから、許してくれとは言わない！

いくらでも罵倒して構わない……！

——殺してくれてもいい……！

でも、それでも、ここにきた!!

「——彼ら（ドイツ軍）と共に来たッ!!」

王都を滅ぼし、勇者を封印し、敵勢力を排除して——ここまで来た。

だから！！！　だから。だから——!!

——生きていてくれれば、必ず助けに行く！

どんなことをしてでも、何があっても生きていてくれさえすれば、
この、最低で最悪の、家族を巻き込んだ、この男——ナセル・バージニアが必ず救出にいく！

だから——————!!

カッ!!　と目を見開いたナセルは、ドラゴンの上で両の足で仁王立つと、防寒具の裾をバサァと開きつつ、ジャキン！　と、ドイツ軍降下猟兵制式装備のＦＧ42自動小銃を空に翳（かざ）して高らかに叫んだッ——！

ジャキンッ!!

「…………………だから、生きていてくれッッ!!」

いま、行く!!

――ジリリリリリリリリリリリリリリリリリリリ!!

けたたましくベルが鳴り響く。それに押されるようにして、

『総員(アーレメナー)、降下態勢(ヴァプネディッヒ)ッ！　――風速よし、高度よし(ヴィントゲシュヴィンディヒ ウント ヘーヘ ジント イン オルトルンク)……敵、航空戦力なし(カイン ファイントリヒ ルフトシュトライトクレフテ)。進路(クルス)クリアー(クラー)!!　――コースよし(グート クルス)』

……降下の条件はオールグリーン！

『――コースよし(グート クルス)、コースよし(グート クルス)、コースよし(グート クルス)……用意(ベラァイ)、用意(ベラァイ)、よーい(ベラーィ)……』

嚮導機の無線から流れる、降下開始を秒読む号令。

それと同時に、低速域のヒュルヒュルとした風がドラゴンの背に流れ込んでくる。

それは、降下猟兵装備ごしに感じる懐かしき戦場の空気だ。……そう、懐かしき戦いの匂い――。

『よーーーーい(ベラーーーィ)……』

――――……降下!!

『『――降下、降下(アプシュプリンゲ アプシュプリンゲ)!!』』

「……降下ぁぁああ(アップシュリィィイインゲ)!!」

ベルが鳴りやむと同時に、輸送機内部のランプが一斉に赤から緑へと切り替わる!!

それを合図に、輸送機の両扉から一斉に身を躍らせるドイツ軍降下猟兵たち！

降下！　降下ッ!!

飛び出すと同時に、彼等(降下猟兵達)の落下傘に連結していた手動索環が伸び切り、落下傘を引きずり出していく！

ぼんっ……！

ぽんっぽんっ！

次々に開傘するのは、ドイツ軍降下猟兵の白く輝く落下傘。

……あぁ、夜明けの空に次々と花が咲いていく。

次々に降下コースに入った輸送機が降下猟兵を上空にばら撒いていく。

輸送機の両扉の縁に手をかけた降下猟兵がためらいもなく身を躍らせると無数の白い花が咲く。

藍よりも青く、――大空に、大空に。

『『――降下ぁぁああ!!』』

次々と、次々と！

降下猟兵たちが降下していく。降下して、降下して、降下して――……！

……その様子をうっすらと眺めるナセルも、無線機をかなぐり捨てると、大きく息を吸い込んだ。

はッ。

「おうおう、行け行け!!　行けよ、若人――」

「行ってくるぜ、バンメル」

「もう、若くはないさ――!!」「ワシよりは若いわい」

はっ、ほざいてろバンメル。

言われずとも、行く。

征くさ――!!

……数多の理不尽を吹き飛ばし、……王国の傲慢を排し、………全ての不条理を正すためにッ！

なにより。

なにより、家族を……！

リズを、あの子を救うためにッ!!

……征く!!

「────行くぞ」

ナセル・バージニア！

──再びの最前線。

だが、今度は魔王軍と戦うためではなく……。

──ダンダンダンッ!!

ナセルは駆ける。ドラゴンの背の上を駆ける！　駆ける────!!

駆けて…………！

駆けて────────!!

……ダァン!!

思い切りよく、ドラゴンの背を蹴ると、ナセルは高空に身を躍らせた────!!

「……そうだ。……そうだ!!　俺は、俺はもはや軍人にあらず！　俺は……俺は!!　俺は一人の男として、」

ナセル・バージニアとして……！

「──リズの最後の身内として……戦う!!」

魔王軍とではなく。

……家族を奪った、このクソ王国と戦うために……!!

戦場よ!!

　最前線よ!!

　　俺の因縁の土地よ!!

「俺はぁぁああ――――――」

ぶわぁぁあっぁぁぁぁぁ――……と、空の空気を全身で浴びつつ叫ぶ!!

万感の思いと共に叫ぶッッ!!

すぅう、

「――俺は、帰って来たぞぉぉおおお！」

■第6話　第二騎兵連隊

ォォォォォォォオオオオオン…………！

　ォォォォォォォオオオオオン…………！

その轟音は、夜明けの空とは逆からやってきた。

それは、まるで暗い闇を背負うように……。

未だ闇に抵抗する薄暮の向こうから、空を震わす羽音を立てて――。

……？

最初にその異変に気付いたのは第二騎兵連隊の夜を守る不寝番達。

聞き間違いかと思ったのは彼等の神経が高ぶっていたせいだろうか？

毎夜毎夜、前線ではあらゆる物資が消耗されているが、それはここ――野戦師団の最精鋭と呼ばれる騎兵連隊も同様であった。すすり泣く物資こと、異端者の係累たちを夜の暇つぶしに夜通し甚振(いたぶ)っていた、そのせいか。

血だけはやたらと騒ぐ彼等が気付いた時、突如、空が真っ赤に燃え上がった。

……っ?!

…………!!

それは、野戦師団郊外に独自の勢力を持っていた魔法兵団の翼竜部隊の壊滅の光だったが、彼等にはそれを知る由はない。

秘密のベールに包まれた魔法兵団と野戦師団はほとんど交流がなかったからだ。

だが、それでも最前線を預かる軍人たちだ。

何か異常事態が起きたことを敏感に察知すると、気のせいなどで収めることなく、手早く報告文をしたためると若い将校を伝令として本部に送りこんだ。

急げ急げ！　と――――。

その第一報を発したころには、薄暮の中にボトボト落ちる翼竜の姿を目の当たりにした不寝番達。

そして、すぐさま気付く。

これは……。

　これは――――。

「く、」

く……！

「空襲??」

夜の暇つぶしに、女たちを甚振っている場合ではない!!

異常事態だ!!　いや、緊急事態だ――――あああ、ちがう!!

　そうじゃない!!　さっさと警報を出さなければ!!

散々に責めたてていた女たちを投げ捨てると、急いで衣服を整え鐘楼に向かう。そして、誰に憚（はばか）ることなく空に向かって叫ぶ兵士たち――――。

「空襲、警報ぉぉぉぉぉぉぉおおおおおおおおおおお!!」

　カンカンカンカン!!

　カンカンカンカン！　カンカンカンカンカンカン!!

「空襲警報発令ぇぇぇぇええええ!!　空襲警報発令ぇぇぇぇぇぇええええええ!!」

すぐさま駐屯地中に響き渡る警報に、夜明け前の目覚める直前の兵士たちがたたき起こされる。

……さすがは最前線の精鋭部隊。一度異変を察知すると迅速に行動開始。

跳ね起きる兵士たちは、剣も兜もそこそこにすぐさま呼集の窓口に立ち、バタバタと態勢を整え始めていった。

ともあれ事態は緊急事態であると――。

そして、不寝番にたたき起こされた将校たちが「なんだなんだ?!」「何事だ!?」と慌てて会議室に飛び込み情報収集を開始する。もちろん、正確な情報は誰も持っていない。

そのうえ、どいつもこいつも寝ぼけ眼か、夜通し女を甚振っていたかで、誰もかれもが充血した目をしている。

それは、この連隊を預かる長たるギーラン・サーディス卿とて同じであった。

バタバタと騒々しく駐屯地全体が揺れ動く気配に、夜明け前の連隊長執務室でウトウトとしていた連隊長は不機嫌そうに顔をあげた。

「空襲だと?」

　ペッ……！

顔についた新鮮な血を拭いとると、そこに図ったように部下が駆け込んできた。

バンッ!!

「し、失礼します!!」

「馬鹿もの!!　誰の部屋と心得るか!!」

建物中に響き渡る大音声に、駆け込んできた若い将校がビシィ!!　と姿勢を正して恐縮する。

「も、もももも——もうしわけありません!!」

「……ち！　イイから話せ！　何事だ?!」

反射的に怒鳴りはしたものの、言われるまでもなく緊急事態なのは警報からも知っていた。

ならばさっさと詳細を話させた方がいい。

「は、ははー!!　ほ、報告しますッ！」

間抜けなタイミングでの敬礼。

若い将校は言われるがままに口を開きつつも、部屋の隅でズタボロになった異端者の係累と思しき女たちの亡骸を見て顔を引きつらせる。

苛烈な連隊長だと聞いてはいたが、夜通しこれをしていたのだと思うと、自分がいつ同じ目に合わないとも言い切れないとばかりにつばを飲み込みつつ、慌てて報告。

「ふ、不寝番についていた当直将校より至急伝です！——じょ、じょ、じょ——??」

「何の話だ!!　はっきりせんかぁぁぁあ!!」

よほどの事態に舌が回らない若い将校に苛立つギーラン卿。

ただでさえ、夜明け直後にたたき起こされて駐屯地中が殺気立っているのだ。

「……じょ、上空にドラゴン現出!!」

は？

「…………はぁぁぁあ?!」

ド、ドラゴンだぁぁあああ？！？！　……何を言っとるんだコイツはぁ!?

「朝っぱらから何を寝ぼけたことを言っとるッ!!　まーーーだ目が覚めとらんのかぁぁぁぁ?!」

「も、もうしわけありません!!　し、しかし!!」

反射的な反論に眉根を寄せるギーラン卿であったが、構わず若い将校は言う。

そう。一気に言う!!

「ド、ドラゴンです!!　間違いなくドラゴンであります――……一騎、いえ、数十のドラゴンらしきものが現出!!」

「あぁん?!　そんなはずあるか!!　翼竜と見間違えたのではないのか?!」

若い将校ならありうる話だ。血気だけ盛んで経験の少ない兵士ならば、翼竜とドラゴンを見間違うこともあるだろう。いや、そうに違いない――。

魔王軍との戦いに備えて前線には監視網が張り巡らされているというのに、その警戒を突破していきなり駐屯地上空に現れるなど不自然極まりない。

「よ、翼竜ではありません!!　自分はこの目で見ました!!　ドラゴンです!!　ドラゴンに間違いありません！　し、しかも――」

なおも食い下がろうとする若い将校だが、

……しかもぉぉぉ?·?·?

仮にそんな事があるとしたら、それは最強の召喚術士、殺戮翁ことバンメルの裏切りに違いない。

そう。警戒を破って内側にドラゴンを出現させるなどドラゴン召喚士にしかできない芸当だ。

つまりそんなことは絶対にありえな──

「──し、しかも、ドラゴン上に人影を多数確認!! あ、あ、あ、あれは、ドラゴン召喚士です!! ドラゴン召喚士の来襲です!!」

な、なんだとぉぉぉぉぉおお?!

「ドラ、ゴン……召喚士ぃぃ?」

ば、ばかな?! 魔王軍にドラゴン召喚士などおらん!!

居るとすれば、王国広しといえど、ただ一人──。

それもとっておきのドラゴン召喚士にして王国軍の最高階級者の──バンメル元帥のみ!!

「おい、要領を得ん一体何事だ?! バンメルが乱心でもしたか──」

「はッ!! その通りであります!! 敵は──敵は、」

ば、ばかな?! バンメルが反旗を翻した──……馬鹿な?!

「ありえん! ありえんだろうが!!」

人一倍魔王軍に対し敵愾心(てきがい)の強いバンメル。そのバンメルが魔王軍のために手を貸す
──???そんなの天地がひっくり返ってもありえない。つまり、本心はそこではない。

「て、敵はバンメル元帥だけにあらず!! 敵はぁぁああ──!」

──な、な、ナナナナ……、

「なぁ?? 何を言っとるか──」

ナセル・バージニアの襲撃です！！！

「……は？」

はぁぁぁぁぁ？？？？？

ド、ドラゴンんん?!　それに、ナセル・バーーーーーージニアだぁぁ？？？

「……な、何を馬鹿なことを言っておる！　だいたい、どうして奴だと――」

そこまで言ってからハタと気付く。野戦師団は臨戦態勢を常とする部隊。夜間警戒は当番制ではなく、専門の警戒部隊を配備している。もちろん、この若い将校とて同じこと。

人一倍視力がよく、夜間適応視の高い兵士たちを集め、夜間の警戒に当たらせていただけに、その言葉に説得力があった。なにより、本人だと断言できるほどに確信をもって言っているのだろう。

つまり――……。

グォォォォオオオオオオオオオオオオオオオオオオオオオオン!!

グォォォォオオオオオオオオオオオオオオオオオオオオオン!!

否定しようとしたギーラン卿の耳をつんざくドラゴンの咆哮。

ビリビリと窓が振動し、ただならぬ数が上空にいることがわかった。

「……ッ！　バ、バカな?!」

思わず窓に駆け寄り空を見上げると「ッ!!」……なるほど――確かにドラゴンだ！

無数の巨大な黒い影が空を埋め尽くし、咆哮をあげているではないか。

「ど、どういうことだ？　なぜだ?!　いつ侵入された?!　いや、それよりも奴の呪印は確か――

……」

ナセル・バージニアは前線においてある意味伝説的な兵士だった。

何度も叙勲されているし、人柄もよいため、同じドラゴン召喚士であるバンメル元帥よりもある意味人望の厚い男だったから、前線指揮官の中でも知っているものは多かった。

それだけに、ギーラン卿もナセルの顔と、その後の顛末（てんまつ）も聞き及んでいた。

当然、ナセル・バージニアに課された残虐な刑すらも――。

「げ、現在、上空で魔法兵団とおぼしき所属不明のドラゴンが交戦中とも情報がきております！　最新の伝令によると、ドラゴンの上に人影を視認したとのこと――。し、しかし、ドラゴンは勇者親衛隊（ブレイズ）のものではありません！」

将校が言わんとするのは、飛竜を駆る勇者親衛隊と誤認したのではないかということだが……。

「当たり前だ!!　ブレイズはとっくに壊滅しておるわ!!」

王都壊滅の報と共に、ブレイズの壊滅も知れ渡っている。

……ただ、この時点で騎兵連隊と王都には情報のタイムラグが存在していた。通信手段の未熟なこの世界においては、ブレイズの誇る空中機動戦力を除いて長距離連絡が可能な部隊は存在しない。それは短距離飛行しかできない翼竜とておなじことだ。つまり、いまだ騎兵連隊が掌握している情報は、難民から細々と入ってくる噂程度であったのだ。

つまり、王都が正体不明の軍勢に滅ぼされたのは間違いない。その程度と――。

「一体、どういうことだ?!　なぜ、ナセル・バージニアがここに?!」

そもそも、ナセル・バージニアと騎兵連隊攻撃の関連性が思いつかない。

たしかに、動機は十分にあるだろう。……しかし、あり得ない。あり得ないのだ。

ナセル・バージニアが異端者として召喚呪印を焼きつぶされたのは厳然たる事実なのだから。

いや、そもそも……！

「なぜだ?!　なぜ、我らを攻撃する？　異端者が、我ら王国を逆恨みするのはわからんでもないが……。なぜ我が連隊なのだ??　……もしや、そいつは異端者ナセルではなくドラゴンを擁した魔王の軍なのではないのか？　……かの軍勢と誤認した可能性は?!」

魔王軍ならば、王国軍を見て強襲することがあるだろう。

野生のドラゴンを飼いならし、魔物を駆って侵攻してくる可能性も充分にある――。

「ち、違います!!　い、いいい、異端者です……！　異端者ナセルです!!　ど、ドラゴン上に教会十字の焼き印をされたナセル・バージニアを間違いなく視認したとのこと!!」

「ば、馬鹿なッ!!」

バカな、バカな、バカなぁぁぁぁあああ!!

「いえ!!　事実です!!　あ、あれを!!」

若い将校が指し示す先を見れば、なるほど!!　いましがた、ボロボロの翼竜が駐屯地の広場に着地したところだ。そいつは魔法兵団所属の帯を付けており、先の戦闘の被害者だと分かる。そして、彼奴(きゃつ)が息も絶え絶えに報告しているではないか。

「――……ええい、わかった！　まずは情報の収集と、部隊の召集だ！　正体はともあれ上空にドラゴンがいるのは事実だからな！　調査もなにも、全ては撃退してからだ!!……それよりも、攻撃を受けているというのは、間違いではないのかッ?!　異端者は、我が方の上空を通過するのではないのか?!」

戦略的にも価値の薄い騎兵連隊駐屯地だ。しかも、復讐相手というにはいささか方向性がずれているようにも――……。

「っ?!　まさか……」

ギーラン卿がフト気付いた可能性。異端者が発生した場合、連座的にその家族をも連行することがあるというが――……確か、ナセル・バージニアには家族がいたはず。

残された最後の――……。

ギーラン卿が、何かに気付いたその時、若い将校がわなわなと震え出した。

「ま、まままま、」

ま……??

「――間違いいいではありいいませんいいッ!!　あれを!!　あれをぉぉぉおお!!　き、きききき、来ます!!」

「な、何ぃッ?!」

バッ!　と、窓の外を指さす先にあるもの――「あれ」とはつまり……。

「………………なん、だ。あれは??」

若い将校の指さす先。それを見て、あんぐりと口をあけたギーラン卿……。

「なんだあれはぁぁっぁあああああ!!」

その目に映る非現実的な光景。……それは一言で言うなら――白い花、だった?

グレーの空を埋め尽くす、黒衣の軍勢がぶら下がる白い花。ドラゴンがバラまく白い花――……。

花……??

「ッ?!　……い、いかん!!　て、敵だ!!　あれは敵だ!!　……異端者ナセルだ!!」

それは、ギーラン卿とて初めて見る光景だが、奴らが敵意を持った存在だということぐらい推測できる。……いや、できてしまう!!　でなければ、誰がドラゴンに乗って舞い降りるというのか?!

……そんなのは、王国に恨みを抱く異端者ナセルしかいないッ！

なぜなら、異端者ナセル・バージニアは王国に微塵も好意を抱いていないのだから!!

「そ、総員起こし!!　総員起こしッ!!　いや、」

――――すぅう、

「非常呼集だぁぁぁあああああああああ!!」

「ッ?!」

ギーラン卿の声に弾かれたように動く、将校と部屋の前に控えていた副官と兵士たち。

その動きすら遅く思える程の異常事態だ。だが、

「急げ急げ！　さっさと動けぇぇぇえええ!!」

今すぐ全兵士をたたき起こし、すべての兵力を「あれ」に指向しろぉぉおおおお!!

緊急配備でも間に合わん!!　とにかく、数だ!!　数を集めろ――――だから非常呼集で非番の者もたたき起こして呼び集めろぉぉぉおおおお!!

「非常呼集!!　非常呼集ぅぅううう」

「急げぇぇぇえええええええええ!!」

カンカンカン!!

　カンカンカンッ!!

ギーラン卿に指示された当直将校がけたたましく警鐘を叩きならす。さらに飛び起きた幹部クラ

スの騎士が続々とそれに従い、武装もそこそこに会議室に飛び込んでいく！

「急げ急げ！」

「何か知らんが急げ急げぇぇぇぇぇぇぇぇぇぇぇぇぇぇぇぇぇぇぇ!!」

わーわーわー！

わーわーわー!!

そして、―――バンッ!! と、大きな音を立てて威容を保ったギーラン卿が会議室に入ると、息も絶え絶えで、汗だくの幕僚が居並び敬礼する。

そのズラリと並んだ幕僚に鷹揚（おうよう）に答礼しつつ、顎で報告を促した。

「――報告を！」

は、はい!!

「――げ、現在情報を収集中！」

「遅い！　まずは部隊を集めよッ！」

「りょ、了解!!」

カンカンカンッ!!

カンカンカンッ!!

鳴り響く警鐘と、軍人たちの怒号が飛び交うなか、グレーに染まる雲一つない寒空は、白い花に埋め尽くされていた。

その数……数百?? いや……いっそ無数と言ってもいいほどだ!!

「と、ところで、れ、連隊長殿?! あ、あれは一体……」

狼狽する当直将校。

「ま、魔法兵団の、なにかの実験なのでは？」

希望的観測を言う主席幕僚。

「ど、どうしましょうか？」

指示待ちしかできない副官……。

「──えええぃ！　黙れ!!」

知るか、アホどもめがぁぁあ！！

会議室の大テーブルをぶっ叩いて幕僚らを黙らせるギーラン卿。

──バァァァッァアアアン!!

この期に及んでも、危機感すら感じていない部下どもに苛立ちを募らせると、

「……何をしておるかぁぁあ!!　敵かどうかを聞いてから部隊を動かすつもりか、馬鹿者が!!

……その足りない頭を使って理解できんのなら、動け動け、動けぇぇぇえ!!」

「「は、ははーー!!」」

まったく、一から十まで言わんとわからんのか!!　と苛立ちを募らせるギーラン卿。

「──先ほど、緊急着陸した魔法兵団の物見から報告があったわッ!!　……奴らは異端者ナセル・バージニアで間違いないッ!!　そして、それに与するバンメル元帥だ!!　──そうとも。我らの怨敵と英雄が同時に魔王軍に与して我らに牙を剝いておる!!　つまり、人類の裏切り者じゃぁぁああ!!」

「「な、何だってぇぇぇえええ?!」」

目をひん剥く幕僚たちを見て、青筋を立てるギーラン卿。

いくら士気が低下しているからといって、この体たらく――――!!

「ばッかもーーーーーーーーーん！　何だその態度はぁぁぁあ!!」

ビシィ!!　と反射的に敬礼を返す幕僚を見て怒気を吐き出す。

「「「も、申し訳ありませんせぇぇぇぇぇん!!」」」

「やかましい!!……まずは急ぎ出撃準備を整えろ！　あと、さっさと当直についている初動の部隊を偵察に出せッ！　そのための待機部隊だろうが!!」

「は、はいー!!」

慌てて駆けだしていく当直部隊の小隊長。

まったく……！　どいつもこいつも、なっちゃいない！

内心で盛大に舌打ちをしつつも、駆けだした当直部隊を見送りつつ頭を抱える。

この状況はまずい。部隊の集結状況を鑑みて、現状では間に合わないだろう。

……それほどに、敵の攻撃は奇抜かつ迅速だ。まさか、空から降ってくるとは……。

「……やってくれる、異端者めがッ！」

ギリリと歯をかみしめるギーラン卿であったが、逆にチャンスでもあると心が躍っていた。

なにせ、強襲されたとはいえ、ここはギーラン卿の本拠地だ。ここは数千の強者が駐屯する兵舎にして――――策源地。そして、王国最強の騎兵連隊の本部なのだ！

「……くくく、舐め腐りおってからに。しかーーーし、襲った相手が悪かったなぁ！」

動揺する心すら戦意で塗りつぶしていくギーラン卿。

よもやよもや……！　これすなわち、奇貨であると――。

「くっくっく！　いいだろう、いいだろう!!　異端者めがッ！　あくまでも王国を裏切り、魔王軍に与するというなら――その首、王都へ凱旋の御印となってもらうまでよ!!」

王都奪還に失敗した第一騎兵連隊。

……その悲願をギーラン卿の第二騎兵連隊が達成するのだ!!

しかも、その下手人の首級を従えてなぁぁぁあああああ!!

「くくくく……。ぐはははははははは！　はーーーーーっはっはっはっはっはっは!!」

これで文字通り救国の英雄！　文字通りの最強!!　勇者など目ではない!!

「あぁ、そうだとも――!!」

これが天から舞い降りたチャンス!!　王都が陥落し、王族が不在の今!!

「このギーラン・サーディスが救国の英雄として凱旋し、『王』となることも可能であるよなぁっぁあああ!!」

はーーーーーーーーーーーっはっはっはっはっはっは!!

こんな辺境の地で部隊長をやらされている身を呪ったこともあるが、今となってはそれこそが天啓だったのだとギーラン卿が確信する。

そして、天から餌をぶら下げて異端者がやってきた。ナセル・バージニアがやってきた!!

大手柄がやってきたぁぁっぁあああああああああ!!

ニィ――と、闘争心をむき出しにして笑うと、部下を呼びつけ自らの武装を用意させる。

「おい！　わしのハルバードと馬を持ってこい！　主力は、わし自ら率いる！」

「は、ははー!!」

どうせなら、自ら首を刎ねた方が箔がつくというもの。

くくくくく。

「ぐぁーーーーーーはっはっはっはっは!! これは愉快じゃぁぁあああ!!」

まさか、空から兵が降ってくるという奇策には驚いたものの、こちらは腐っても王国最精鋭の騎兵連隊。これまでも、魔王軍との戦いなら何度となく潜り抜けているのだ。……これしきの奇策で動揺などするものかよ。

「さぁ!! 立て、貴様ら!――我らは王国野戦師団が主力!……神速の第二騎兵連隊であるッ!」

……甘く見るなよ、異端者! 目にもの見せてくれるわッ!!

「「「お、……おおおおおおおう!!」」」

「奴の命を取れ!! その四肢をもぎ取り、腸を引きずり出し、首級を掲げたものには望みの物をなんでもくれてやる!! 爵位も、女も金も自由にしてよいぞぉぉぉぉおおおおお!!」

望外の褒美に沸き立つ騎士に兵士たち。奮起させ、戦意を掻き立てる。これこそが統率!!

ギーラン卿自身、決意を新たにすると、居並ぶ幕僚にてきぱきと指示を出していく!

「第二騎兵連隊、対ドラゴン戦――用ぉぉぉおお意ッ」

「「「おおおおう!!」」」

まさかまさか、万に一つも負ける要素はないとばかりに――。

そのせいか、先ほどのほんの少し疑問に感じた、「なぜナセルが戦力的価値のないここを強襲するのか?」とそこに至った考えをアッサリと戦意で塗りつぶしてしまった。

それこそが最重要なことであったというのに……だ。

――――すぅぅ……。

「全軍出撃じゃぁぁぁぁああああ!!　武器庫をあけぇぇぇい!!　ミスリル製のランスを出せ!!　ポーションも強化薬（ブースター）も全部出せ!　出し惜しみをするな!!　重装騎兵による突撃で敵を完全に粉砕し、異端者のドラゴンなど叩きつぶしてくれるわッ!」

「「「ははーッ!」」」

ババンッ!!　と、全幕僚の敬礼を受けつつ気持ちよく笑うギーラン卿。

心は既に勝利者の気分だ。

――ははははは!　ドラゴンなど何頭いようと物の数ではない!!

「……ドラゴン召喚士、なにするものぞ!!　さぁ、我らの強み、存分に思い知らせてやれぇ!!」

ぐわーーはははははははははははは!!

盛大に笑うギーランは侍従から装備を受け取ると、頑丈なヘルムを被り、ガシャンと面覆い（フェイスガード）を下ろす。

その手には、総ミスリル製の青銀に輝くハルバードを構えると、再び笑う!!

「ぐわーーーーーーーーーはははははははははははははは!!」

その内面からは、ナセルを誅することができる愉悦がにじみ出ていた。

……だが、この日。第二騎兵連隊最悪の日となることをギーラン卿はまだ知らない。

そう。相手がドラゴン召喚士だと信じて疑っていないから――――。

■第7話　敵前降下

――――降下！　降下、降下!!

「とぅ!!」

決意を胸に、高空に身を躍らせるナセル――――!!

自由落下により、ヒュルヒュルと体が風を切る音を感じつつ両手を広げる。

「ひょほほ……元気でやれよ～♪」

そこにドラゴンを駆るバンメルが落下に追従しつつ、ニヤリと笑いかけてきた。

「あぁ、そっちもな――――」

「言われるまでもないわぃ」

カーッカッカッカ!!

ナセルの挑戦的な笑みを満足げに見送ると、後ろ手を振りながらバンメルはドラゴンを操り、戦場を離脱していった。

「……まったく、変わった爺さんだぜ」

ナセルは、最後まで掴みどころのなかったバンメルの気の抜ける挨拶を聞きながら苦笑い。

だが、いつまでも余韻に浸ってはいられない。地表まではわずかな時間。ナセルの落下傘は、空中勤務者用のもの。降下猟兵達のそれとは違い、手動で開傘しなければならない。

「さて、」

ヒュルヒュルと近づく地表を目標として、ガチャンッ!!――――と一気に落下傘の解放レバーを引き出すと、背中に担っていた傘にかかる力が一気に解放される。

――ぼんっ!!

「ぐぅ……!」

広がる落下傘はナセルにかなりの開傘衝撃を与え、ミシミシと体を軋ませる。

慣れないGと、肩に食い込むストラップに思わず肺腑から呼気が漏れる。

空挺降下とはこれほどに負荷がかかるのか……!

ナセルの真上で、輸送機から次々に飛び出す降下猟兵を見上げながらナセルは、冷や汗をかく。

高空からの落下による緊張感と、近づく地表に対する不安で、脳内の交感神経が狂いに狂う。だが、今は地上に向けて静かに降りるほかない。

念のため、落下傘等の異常の有無を確認するため、目視で周囲をクルクルと見回すと、

「……傘チェック異常なし!」

――穴無し、捩じれなし、完全開傘確認済み……。

そのことにほっとするも、地上に異変が起こる。

「あそこだ!!」

「集合、集合!　弓持ち集まれ!!」

(……む?!)

降下中のナセルの足元にワラワラと湧き出した王国軍の散兵。弓持ちが少数……。

……来たか!!

駐屯地方向からおっとり刀で押し寄せたらしい散兵が、武装もそこそこに真下からナセル達を見上げていた。

その手に持つのは短弓ばかりだが、無防備に舞い降りるナセル達には脅威というほかない。

チ……！　奇襲とまではいかなかったか。

さすがに輸送機の爆音は喧しすぎる。夜明け前とはいえ、ここは最前線の駐屯地だ。監視点くらいあってもおかしくはない。ナセルも無抵抗で制圧できるとは思っていなかったが……それにしたって早すぎる。やはり、魔法兵団の翼竜部隊との戦闘が余計だったというほかない——。

まぁいい、そのための降下猟兵だ。

とはいえ、降下点を押さえられると厄介なことに変わりはない。

空挺降下の最も脆弱な瞬間が降下中と降下直後なのだから——。

「主力は上空——。俺の方が早い、か」

ワイヤーによる落下傘の開傘よりも、ナセルの自由降下のほうが降下がわずかに早かったようだ。

それは数十秒の差でしかないが、空挺降下において、この数十秒が生死を分ける。

「いいだろう！　雑魚数名くらい露払いしてやるッ」

ナセルは続々と集結しつつある王国軍の位置を頭に叩き込みながら、空中で身体をまさぐり固縛している武器を探り当てた。降下猟兵用のＦＧ42が1丁に、拳銃1丁——手榴弾数発！　そして、愛用のブロードソードが1本……！

（十分だ！）

落下中にバラバラにならない様に縛り付けていたそれを取り出すと、20発入り箱型弾倉を叩きこむ!!

――ジャコ！

「き、来た!!　来たぞ!!」

「人??　人なのか――?!」

はっ！　天使でも舞い降りたと思ってるのか?!

寝ぼけてるなら――……。

「そのまま、寝てろやボケぇぇぇええ!!」

――ジャッッっキン！

初弾装填（ラーデン）！

「死ねや、雑魚どもがぁっぁあああ!!」

――ズダダダダダダダダダダダダダダダダダダダダッ!!

情け容赦のないフルオート射撃!!　しょっぱなからの全力だ!!

「「「ぐわぁっぁあああああ?!」」」

ナセルに対応しきれていなかった王国兵があっという間に打倒される。

まさか、空から敵が降ってくるとも思わずに、そして、まさか空から撃たれるなんて夢にも思わずに、一瞬にして屍の山を築くことになる王国軍。

「邪魔をするなら、マウザー（7.92mm）をくれてやるぁぁぁ!!」

ジャキンッ!! ぶん……と、弾切れの弾倉を投げ捨て、素早く再装填。ナセルの装備する降下猟兵用の超高級装備――空挺用自動小銃FG42は、降下中も射撃できる優れモノなのだ!

だが、敵も精鋭だ。寝ぼけ眼で駆けつけてきたとはいえ、長年魔王軍と対峙している騎兵連隊の兵士たち。全員を射殺できたわけではなかったらしく、生き残りの兵士が弱々しくもナセルを見上げて指差し、反撃を指示する。

「ちぃ……!」

寝てればいいものを――。

ジャキンッ――ガシャコ!!

――追加のマウザーだぁぁあ!!

「く、くそ!! 上からくるぞ、気を付けろッ!」

「いいから、さっさと弓持ちは狙え!!」

「「構ぇぇぇぇぇええええ!!」」

今度こそ、狙いをつけられるナセル。キリリリリ――……と、降下中にも聞こえるほど引き絞られる弓の先に、自分の脳天を幻視するも――。

はっ!!

「だから……遅いっつーーーの!」

素早く弾倉交換したナセルは、矢が放たれるのを黙って見過ごす趣味はなく、端っからのフルオートでFG42を鼻先にぶちかましてやる。

「――どけぇぇぇぇぇえええええええええええええ!!」

狙ったら、さっさと撃つんだよぉぉおお！

こーーーーゆーーーーーーーふううになぁぁあああ！！

「うぉらぁぁあああああああああああ!!」――――ズダダダダダダダダダダッ!!

第二射を地上に浴びせかけるナセル。その容赦ないフルオートに今度こそ全滅する王国兵たち。

「「「ぐわぁぁぁああああAAAA！」」」

だが、この大騒ぎであっという間に敵の警戒レベルが跳ね上がったようだ。

なにせ、ここは敵の本拠地だ。初動の部隊を殲滅しても次々に新手がやってくる――――！

「くそ!!　降下完了まではまだまだかかる……！」

やはり、翼竜部隊で手間取ったことが、ここにきて裏目に出ている。……本来なら、とっくに降下完了していたはずが、翼竜の妨害のせいで余計な時間を使い、降下地点もそれてしまった。

「ちぃぃぃ……！」

初撃のような、探りはもうない。敵も馬鹿ではないのだから当然の事!!

一撃を食らわせたら、敵も一撃で応えるのだ――――。

「ファストフォース（初動部隊）の連中がやられたぞ?!」

「小隊長どの戦死！　――畜生ぉぉおお!!」

畜生はこっちのセリフだ!!

ナセルの真上ではようやく降下猟兵が全員輸送機から飛び降りたところだ。地上までは約1分ほど――。

つまり迎撃できる戦力はナセルしかいないという状況だ!!

だから増援到着までの、その1分が鬼のように長い――……！

敵もそんな時間を待ってくれるほどお人好しなはずもない!!

続々と集結しつつある王国兵は、軽装ぞろいの、初動部隊らしいがそれでも降下地点にワラワラと集まってくる。

「ま、魔法だ！　野郎、魔法武器を持ってるぞ！」

「盾持ちは集まれッ！」「弓持ちは準備出来次第、どんどん射てぇぇぇぇ！」

――ビュンビュンッ！　と指向された弓がナセルを狙い、何本もの矢が耳元をかすめていく。

ナセルも負けじと、ズダダンッ！　ズダダダンッ!!　と、素早い短連射の繰り返し、弓兵を何人も打ち倒し、上と下から互いに応射！

落下傘の大きさに幻惑されてか、弓兵の狙いは大きくそれていたが、ナセルの空中からの射撃も当たっているとはいいがたい。ましてや下から狙われていて正確な射撃などできるはずもない。

くそ……！

「ひ、怯むな!!　放てッ!!　放てぇぇぇぇ！」

撃ち上げと撃ち下ろしの関係でほんの数刻はナセルが有利に射撃戦を進めていたが、あっという間に弾倉の弾を撃ち尽くしてしまった。

FG42は降下中射撃が可能なように、グリップは湾曲し、構えやすい仕様となっているが、強力無比な7・92mmマウザー弾を撃ち出すかわりに、反動は大きく……。

「弾切れ?!」

――なにより箱型弾倉には20発しか装填できないのだ。慌てて予備の弾倉を取り出すナセルだが、落下中の不安定な体勢では再装填の動作もおぼつかない。

ともすれば、弾倉を数個取り落としてしまう。

「な……!?」

数十メートル下に落ちていく弾倉――。薄暗い地上に落ちていく弾倉を未練がましく掴もうとするが到底届かない――ええぇぃ、ままよ!!

バチンッ!!

まるで弾倉を追うかのように、ナセルも落下傘の離脱器を解放し飛び降りる。

まだ数メートルはあろうかという高所だ!! 一見無謀にも思える賭けだが、下から撃たれまくるよりははるかにいい!!

「――馬鹿めぇ、天使にでもなったつもりか!」

「ひゃははは! 見掛け倒しだ! いいぞぉ、そのまま天に還してやれッ!」

きりりりり――……!

無防備なナセルを狙う地上の弓兵たち。その動きがスローモーションに見えるほど濃密な瞬間!

刹那、一斉に構えられた弓矢がナセルを狙っている様子がまざまざと――。

「そこだぁぁあああああああああああ!!」

気味の悪い浮遊感に内臓が持ち上がる感触――だが、うぉおらぁぁあああ!!

「ひ! こっちに――めぎゃ!!」

メリリ……! と足先から感じる感触に、そのままゴロゴロと地面に転がるナセル。

「がはぁ!!」

突き抜けるような衝撃に息が詰まるも、回転を繰り返し落下の衝撃を逃がす。

そのまま、頭がくらくらするのを強引に追いやり、ブロードソードを引き抜き、呆気に取られているる王国兵のただなかに突っ込む！

「ひ?!　と、飛びおりやがった?!」

「く!!　剣兵――やつを……ぐぁぁぁあああ!!」

弓持ちが接近されたなら、さっさと逃げろボケぇぇぇぇ！

ジンジンとしびれる腕と全身のそれを半ば無視するようにしてブロードソードを振りぬき、弓兵数名をあっという間に切り伏せる。

だが、そこに王国軍の兵も短弓をかなぐり捨て、ショートソードを引き抜き、殺到する！

「舐めやがって!!　どこの兵か知らんが――近づいて仕留めてやるぁぁあ！」

「斬れぇっぇえええ!!」

――うおおおおおおおおおおおおおお!!

数名とはいえ、最精鋭の王国兵たち。

対するは、高所から飛び降りたばかりで満身創痍の元ドラゴン召喚士――!!

剣の腕は比べるまでもない!!…………………が!!

「……魔法を見せてやらぁ！」

ドイツの薬学医学は世界一ぃぃいいいいいい!!

降下猟兵の上着に縫い付けてある戦場用覚せい剤（ペルビチン）を被服ごと破り取ると、包装紙のままかみ砕く。

途端に異物感と共に、口に広がる甘苦い味――――……。

「ぺっ！」

カラフルな紙容器を吐き捨てると、負傷を思わせぬ動きで、地面に転がっていた弾倉を足でけり上げ、腕の反動だけで装填すると、流れる様に、ズダダダダダダダダダダダダダンッ！　と、超々至近距離でＦＧ42のフルオート射撃をぶちかます！

「は!!　コイツはご機嫌だぜ！」

戦場用覚せい剤。神経を高ぶらせ、対睡眠、対疲労、対恐怖効果のある魔法の薬だ！

「――――ぶっ飛べやぁッッ！」

高揚する精神のままに、敵散兵に特攻するナセル。まるで獣のように蛮声を張り上げてバリバリと銃を乱射しながら躍りこむと、体の延長のようにＦＧ42を振りかざしていく。

「「ぎゃぁぁあああああああ！」」

無慈悲なまでの強力に過ぎる7・92ｍｍマウザー弾のフルオート射撃が、バタバタと王国兵をなぎ倒していく。

まるで野獣のように走り回り、縦横無尽にＦＧ42を振り回すも、戦果に満足することなく、弾が尽きると同時に――――固定式スパイク型銃剣を素早く展開し、白兵戦を演じるナセル。

「かかってこいやぁぁぁああ!!」

「ぐわぁぁあああああああぁッ！　あっが……こ、こいつ――――む、」

及び腰の王国兵を次々に突き刺し、打ち捨てる。そのうちに、刺突をまともに食らった王国兵が、血を吐きながらナセルの服を摑むと驚愕に目を見開く。

まるで、親の仇のようにナセルを見て、ようやく気付いたのだ。

「ぐがぁぁ……コイツ⁈　む、胸に、教会十字……⁇　ま、ま、ま、まさか——」

ガハぁ……！

「ま、まさか————……‼」

……はッ‼　今更気付いたか‼

「そうとも……！」

ブシュ……と、真っ黒な血をまとわりつかせながら引き抜かれる銃剣とともに、王国兵が断末魔の叫びをあげる——。そう……。

「——い、異端者だぁっぁあああああああああああああああ‼」

ようやく、空から舞い降りたナセルの正体に気付いたのだった。

「……御名答」

ゴキィッ……！

そいつの顔面を蹴りはがしトドメを刺すナセル。

だが、悲鳴を聞いた王国兵たちが、ようやく————ナセルが隠しもしない教会十字をかざしていることに気付いてギョッとした顔をする。

「い、異端者？」

「まさか、あの——⁇」

ザワリと動揺が広がる王国兵たち。

「…………ほぅ？」

なるほど。なるほど。どうやら、ナセルのことは噂程度には知っているらしい。

（ふ……上等じゃねーか）

今さら隠す気もないし、……むしろ知っておいてもらおうか!!

ジャキン!!　と、FG42をローレディ気味に構え、片手のブロードソードは肩に置く。

そして、挑発するように鼻で笑うと、

「────あぁ、そうだッ！　俺だ！　俺が、異端者だ!!　俺こそが異端者ナセル・バーーーーーージニアだぁぁあ！」

……だったらどうした?!　だったらなんだ?!

くいくい。

「……だったら、かかってこいやッ!!　──俺だ。俺が、俺こそが貴様らの敵だぁぁぁああああああああああああああ!!」

──ガシャキッ!!

かかってこないなら────……。

「こっちから行くぞぉぉぉぉおおおおおおおおおおお!!」

絶叫と同時に、最後の弾倉を叩きこむと、一切容赦のないフルオーーーーーートを──ズダダダダダダダダダダダダダダダンッ!!　と叩き込み、群がる王国兵の一団を薙ぎ倒す！

「「「ぐわああああああああああああ!!」」」

バタバタと倒れる王国兵。怯んだが最後──あとは殲滅あるのみ!!

「ひ、ひるむな!!　たかが一人──」

「うおらぁあ!!」

そして、弾切れのＦＧ42を投げやりの要領で、兵を叱咤激励する将校にぶん投げた。

「――えぶわっ?!」

「た、隊長ぉぉお?!」「ひぃぃい！」

ザクゥ!!　と、そいつの顔面に突き刺さったのを見届ける間もなく、すばやく腰のホルスターから拳銃を引き抜くと、空いた手には愛剣のブロードソードを構えて残る敵集団に突っ込んでいくナセル。

「「「逃げろぉぉぉぉおおお!!」」」

「逃がすか、おらぁぁぁああ!!」

パンパンパンパンパンパンパンッ!!

「あが！」「ぐがぁ！」「ぎゃぁ！」

ルガーＰ08を乱射し、集団の先頭が崩れたところを見計らってブロードソードごと体で突っ込むと、低い姿勢で構えて頭上でぶん回す。

それだけで軽装備の王国兵の顔を肩を、胸を次々に切り裂いていく。

「どうしたぁ!!　ビビってないでかかってこいやぁぁあ!!」

当直の部隊だったのだろう。指揮官を失い一気に腰が引けた軽装備の王国軍は、ついに逃亡を始めた。だが、ナセルはもはや止まらない！　止められるものか!!

「トドメぇぇええええ!!」

シュ――……と、ワン動作で手榴弾を引き抜くと、一挙動でキャップを外して点火。

発火煙が手に纏わりついたまま、低い弾道で投擲すると、逃げ出した一団の足元に転がり

――ボォォォン!!

「「「うぎゃぁぁあああ!!」」」

断末魔の悲鳴と共に、あとには王国軍の十数体の遺棄死体が残された。……そうして、たった一人で、迎撃に出てきた初動部隊を殲滅したナセル。だが、

「「あそこだ!!」」

「「仕留めろぉぉッ!」」

敵の援軍が、間髪を容れずにナセルに襲い掛かる!!

(ちぃ……増援か?!　キリがねぇ!!)

今度はなんだ?!

「盾持ち多数……。槍持ち多数……つかみで500程――。軽装歩兵じゃないな……!」

――……重装歩兵集団(ファランクス)かッ!

※　※　※

「れ、連隊長殿ぉぉおおお!!」

出撃準備を整えている騎兵連隊主力のもとに、伝令が駆け込んでくる。

「何事だ騒々しい!!」

「ふぁ、ファストフォース壊滅!!」

――な、なにぃ?!

どうやら初動部隊の兵士らしく、軽装歩兵の装備に全身傷だらけで命からがら逃げ戻ってきたという雰囲気だった。

「ばかな?! 足止めもできなかったのか?」

「は、ははー! 申し訳ありません……! しかし、敵は魔法を使っており、精鋭兵を一瞬でなぎ倒すほどの腕前を――」

バカものがぁぁぁあ!!

ドカァァ!! と、労りも何もない喧嘩キックを兵士にぶちかますと怒り心頭のギーラン卿。

「が、がは……ぐふ」

「ひ、ひぃぃぃい!」

同じく逃げて来たであろう兵士たちが腰を抜かす。次は自分たちの番だと怯えているかのようだ。

「し、しかしぃぃぃい!! あんな魔法見たこともないです!! しかも、しかも!! 空から敵が降ってくるなんてぇ!」

「そうです!! そうです!! 自分たちは必死で――」

やかましい!!

「言い訳している暇があったら再出撃の準備をしろ!!」

「は、ははー!」

くそ! たかが異端者ごときに何たる無様な……!

我らは王国最精鋭ぞ?!

第一騎兵連隊が壊滅した今、第二騎兵連隊こそ、王国最強と言っても過言ではない。

だというのに……。

「――使えんクズどもが!!　おい、次の部隊……重装歩兵を500ほど出せ!!　主力準備まで今度こそ、敵を足止めしろ!!」

「はっ!!」

ビシィ！　と綺麗な敬礼を決めるのはギーラン卿の副官だ。長年の付き合いなので、こういったときの機微もよくわかっているはず。

事実、すぐに兵をまとめると、自ら先頭に立って空から舞い降りた敵に向かっていくところであった。その間にも、着々と騎兵の準備が整えられていくが、いましばらく時間がかかる。だが、あと少しだ……。

「今度こそ、目にもの見せてくれるぞ。むしろ、重装歩兵の攻撃なら、異端者を殺してしまわない様に気を遣うべきかもしれん。……おい、ワシの馬の準備――」

ユニコーンはまだ用意できんのかぁぁああ!!

※　※　※

「速歩!!　接敵前進んんん!!」

うおぉおおおおおおおおおおおおおおおおおおおおおおおおお!!

敵指揮官の大音声が響き渡り、ドドドドドドドドドドドドドドドドド!!　と、凄まじい速度で駆けてくる歩兵が多数。さすがは敵の拠点。その数は優に500は超えるほどだ。

「ち……！」

ファストフォース（初動部隊）を追ってやや前方に突出したナセルを狙って、５００の重装歩兵が突っ込んでくる。戦場用覚せい剤（ペルビチン）で疲労を感じなくなったのはイイが、ハイになり過ぎて進み過ぎたらしい。

「あそこだ!!　侵入者――異端者を確認したぞ！……全隊、密集隊形ッ！――――これより圧殺する」

「「「はっ！」」」

派手な兜をかぶった男が指揮官らしい。

「――攻撃前進ッッ!!」

「「「「おおう!!」」」」

ザン!!　ザン!!　ザン!!

ばらばらに駆けて来た重装歩兵が横列を整え始める。この統制された動きよ――。

雑多な装備だが、それでも部隊の体裁を整え重装歩兵っぽく隊列を整えた敵が、ズズンッ！　と、一斉に動き出す音が大きく轟いた。

（手強いな……！）

だが、

「…………上等ぉぉおッ！」

吐き捨てる様に言うと、降下猟兵が地上に降り立つ前に先だって投下された落下傘付きの重量箱（コンテナ）を蹴り開けて、ドイツ軍の最新兵器が満載された様子に盛大な笑みを浮かべる。

「ひゅ～♪」と軽く口笛を吹いて大量の小火器に手を伸ばすと、

取り出した弾倉を肩から掛け、残りは予備弾薬箱ごと小脇に抱え、さらに両手にはＭＧ42（多目的機関銃）を慣れた様子で構えた！

そっちが数で押す気なら、こっちは、いい武器があるんだよ!!

……横隊相手にするなら、おあつらえ向きの、

「──こいつぁ、ご機嫌のマシンガン（マシンゲヴェーア）だぜッ！」

ジャキンッッ!!　と物騒な音をたてるドイツ軍、歩兵の守護神──……。

このＭＧ42（多目的機関銃）でなぁぁぁあああ!!

「戦力が兵器の性能の決定的差でないことを教えてやるぁぁあ!!」

──うぉらぁぁあああああああああ!!

敵の密集陣形（ファランクス）に向かって凶悪に笑うナセルは、ズバァァアア!!　と、クソ重いＭＧ42を２丁抱えると、──ガシャコッッ！　と慣れた動作で初弾を装填し、ジャラリとぶら下げた弾帯（メタルリンク）を腕に巻きつけ、遠目に見える武装集団目がけて駆けだす。

「──ぉぉぉぉぉおおおおおおおおおおおお!!」

２丁のＭＧ42を両手に、腕に弾帯をまきつけ、小脇には予備弾薬箱。

この大量の武器を身に付けたナセルの火力は、まさにワンマンアーミー状態！

「戦場の音楽が聴きてぇかぁぁぁああああああああ!!」

戦場用覚せい剤（ペルビチン）の影響で脳みそがハイになったナセル──……一人雄たけびを上げて５００人の敵集団に突っ込むさまはまさに戦闘狂だ！

「な、何だアイツ？　一人で突っ込んで来ただと?!」

「――自殺願望でもあるのか？」

ざわざわ
　ざわざわ
高ぶった神経が敵の雑音をもよく聞き取ってくれる。

くく……！　自殺志願？？　それはどっちのことかなぁぁぁああああああああ!!

マシンガンの前に横隊で攻撃前進なんてのはなぁぁぁああ!!

「そーーーーーーいうのをこそ自殺っていうんだぜぇぇえ!!」

５００もの重装歩兵がナセルを圧倒しようと前進を続ける中、むしろ喜々として銃を構えるナセル。その姿が敵にはどう映ったのだろうか？

英雄？

　蛮勇?!

　　いや、
　　いや、

「見ろ!!　いかれちまったクズがいるぞ!!」

「はっ!!　ちょうどいいじゃねぇか!!　我が連隊を攻撃しようなんて百年早いぜ!!」

ぎゃはははははははははははははは!!

「馬鹿者!!　敵を侮るな!!　だが、まぁ……本当にいかれてるようにしか見えんな？　いっそ特攻か――……まぁいい、構うものか！　連隊長殿が来る前に片をつけるぞ！」

――手柄は思いのままぞッ!!

「「「おおおおう!!」」」

威勢の良い蛮声！　その返答に気をよくした指揮官が剣をスラリと抜いて、声高らかに告げる
――――突っ込んできた馬鹿を「ぐちゃぐちゃにしてやれ」と!!

……目標、突っ込んでくる異端者の馬鹿一人！


「――――すぅぅぅ…………突撃ぃぃぃぃいいい!!」

大音声が戦場に響き渡ると、その号令に応えて、

「「「うぉぉぉおおおおおおおおおおおおおおおおおおおおおおおお!!」」」

と、５００人の重装備の兵が一斉に突っ込む地響きに空気が震える。

まさに多勢に無勢！　５００人もの大軍がナセル一人に殺到するッ。

その圧倒的戦力差たるや――――……。…………しかし、ナセルは動じない。英雄でも、蛮勇でも、
勇者でもない！『突っ込んでくる馬鹿』とのご評価をいただいたものだ!!

ニヤリ……。

「――ならば、突っ込んでくる馬鹿の手管をみせてやるぁぁあ!!」

ジャキーーーーーン！　と黒光りするＭＧ42の銃口をピタリと５００人の重装歩兵に向ける
ナセル。そしてぇぇぇ……――。

「馬鹿で結構!!　空から飛び降りる（ドイツ軍降下猟兵）ような奴が馬鹿でなくてなんとする?!　そうとも。……これが
馬鹿の鉄槌だぁぁあああああああああああああ！！！」

くたばれぇぇええええええＥＥＥＥ!!――ヴォバババババババババババババババババ

ババババッ！

途端に、金切り声をあげる2丁のＭＧ42が狂おしく鳴り響く!!

それはもう、ヴォバババッババババババババババババッ！……と、ばかりに、ババババババババババババババババババババ!!……と、咆哮し撃ちまくるッ!!

そう。撃ちまくる!!　撃ちまくる!!　撃ちまくる!!　撃ちまくるッッ!!

もう、ヴォバババッバババババババババババッ！　としか聞こえない!!

５００人の重装歩兵の横隊に向かってナセル・バージニアのフルオート射撃がぶち刺さる!!

ＭＧ42が2丁、同時射撃で7・92ｍｍマウザー弾が連射されていくのだぁぁあああああ!!

「「「ぐわぁっぁぁあああああああ?!」」」

５００人の歩兵に向かって毎分１２００発の高速射撃で——装弾数２５０発のベルトリンクの7・92ｍｍマウザー弾が容赦なく吐き出されては、兵を引き裂いていく！

それはもう、バタバタと!!　バタバタと!!

「な、なんだ?!　ひっ」

「うわ!!　し、死んで——はぶぁ！」

ノロノロと一塊になって前進する重装歩兵の突撃など的でしかない!!　そう、ただの的だ!!

「こ、攻撃されているのか?!　これがファストフォースを——うあぁぁぁあ！」

指揮官がいち早く異変に気付くも、どうすることもできない。

愚直に進撃を続ける王国兵は、成す術もなく、バタバタと倒れていくのみ。……のみ!!

「はっはー!!　どうだぁ!!　ＭＧ42（馬鹿の鉄槌）はぁぁぁああああああああ！」

――ヴォバババババババババババババババババババババババッ！

このぉぉぉぉぉおおおお!!　快感ッッッッッ!!

MG42の射撃速度は、毎分1200発じゃぁぁぁああああ！

「はーーーーーはっはっはっはっはっははははあああああああああああ!!」

　ヴォバババババッババババババババババババババッ！

　ヴォバババババッバババババババババババババババッ！

「「「あああああああああああああああああああああああ！」」」

500人の的にただただただただ、撃ちまくっていいというこの状況！！！

……その威力たるや！

「な、なんだぁ?!　あんな距離から攻撃されている――――ぐはっ！」

「き、聞いてねぇぞ！――――ぎゃぁぁああああ！」「た、盾が！　盾が抜かれる!!　ぐぁぁぁ！」

ばたばたと、バタバタと、無防備に打倒される王国兵！

薄い鉄板を成形したカイトシールドがあろうと関係ない!!

7・92mmマウザー弾の貫通力が、人間の持つ装備で防げるものかッ!!

「「「うぎゃああああああああああああ！」」」

あーーーーーーーははははははははははははははははははははは!!

　悲鳴にかぶさるのは、ナセルの狂ったような笑い声!!

戦場用覚せい剤(ペルビチン)の効用と、戦場の高揚と、闘争の昂揚がナセルをして笑わせる!!

そうとも、笑わせてくれるわッッ!!

「「「ぎゃぁぁぁぁああ、ああああ、あああああああああーーーーーー!!」」」

次々と倒れる王国兵！　バタバタと倒れる王国兵たち！

成す術もなくなぎ倒される王国兵ども!!

……しかし、ナセルは止まらない！　――止まる理由がない!!　止まってなるものか!!

「リローーーーード(再装填ッッッ)」

弾切れになった1丁を放り捨て、すぐさまもう1丁に、襷(たすき)のように肩から掛けていた２５０発弾
帯を再装填!!　そのまま、続けて射撃射撃射撃!!　射撃ぃぃぃいいいい！！！

　射撃じゃぁぁぁぁあああ!!

「――うぉぉぉおおおおおおおおおおおおおおおおおおおおお!!」

どこのラ〇ボーだ！　と言われそうなくらいに雄たけびをあげながら、ズンズンと今度は前進し
ながら小刻みに左右に振りつつ、MG42(機関銃)をバリバリと連射しまくり、王国兵の密集陣形をバタバタ
となぎ倒していく！

　曳光弾が右往左往と、戦場を平行に嘗(な)め尽くし、王国兵の命を狩っていく！

「ぐわぁぁあ?!」「ぎゃあああああ!!」

「ひ、怯むなぁ!!　奴は一人だ！　魔力とて、いつまでも持つはずがない！　上空の仲間が来る前
に仕留めろ――――吶喊(とっかん)ッッ！」

　よほどの幸運が重なっているのか、それとも悪運か――。先頭に立っていた指揮官は未だ生存。

仲間の死体を乗り越えつつ、このままではヤバいと感じ、剣とともに連隊軍旗を高らかに掲げた。

もう破れかぶれと言わんばかりに――――!!

　我に続け、――突っ込めぇぇぇえええええええええええええ!!　と……！

「畜生、やってやるぁぁ」

「死ねぇぇええええ！」「仲間の仇だぁぁあああ！」

「「「うぉぉおおおおおおおおおおおおおおおおおおおおおおおお!!」」」

王国軍の破れかぶれの突撃！　兵は盾に兜なんかの重装備を投げ捨て突撃を選んだらしい！

その判断はある意味正しい!!　マウザー弾の前に盾など無意味。兜など邪魔なだけだ!!

だから、

「――上等ぉぉぉおおおおお！」

　１　対　５００　!!

ナセル　対　重装歩兵集団　!!

いや、もはや５００人も生き残っているはずもないが、気合だけは未だ５００人分!!

……やはり、上等ぉぉぉおおおおおおお!!

「「「うおおおおおおおおおおおおおおおおおおおおお」」」

相手にとって不足なし!!　地響きのような重装歩兵の足音と、死神の咆哮のごときMG42（機関銃）の銃声!!　多勢に無勢――――……連射に盲射!!

だが、いくら連射力が毎分１２００発でも、MG42のメタルリンクは最大２５０発――――……対する王国兵は数百!!　……どうやっても足りない!!

だが、まだまだぁぁあ！

「コイツでカンバン!!」

最後の一杯。お代わりくれてやるぁッ!!

弾が切れそうになる前に、タクティカルリロード(残弾がある状態で再装塡)!!

数十発残したメタルリンクを惜しげもなく捨てると、小脇に抱えていた弾薬箱からジャラララと、
金属弾帯を取りだし、ＭＧ42の弾倉に叩き込むと、バチンッ!! と薬室を閉塞!!

「これで決めてやるぁぁぁぁぁぁあああああああああああああ!!」

だが、足りない!! 全部使いきって、奇跡的に全弾命中しても、数百発足りないぃぃぃぃいいい!!

絶対的に足りないのはわかっているぅぅううう!!

「くそがぁっぁあああ!!」

ヴォバババッバババババババババババババババババババババババ……ババッ…………——！

軽快に鳴り響いていたＭＧ42が突如沈黙する。２５０発の弾丸を毎分１２００発で連射するなら、
当然、約10秒で撃ち切ってしまうのだから当たり前だ！

「……ちぃ！」

やはり弾切れ!! 残るは、拳銃(ルガーP08)。あとは手榴弾だけ！

弾が尽きたＭＧ42を投げ捨てると、拳銃を構える。

「ぐ…………?! こ、攻撃が、やんだ?! 魔力切れか!! チャ、チャンスだぞ……今こそ——っ
っこめぇぇぇぇぇえええ！」

このチャンスを王国軍とて見逃すはずがない！ 無数の戦友の死体を積み上げての突撃！

さすがは最前線の部隊。数百以上の戦死者を出しながらも、王国兵の戦意は尽きていなかったのだ――――!!

「――行けぇぇぇえええ！」

「「「うおおおおおおおおおおおお!!」」」

装備をかなぐり捨てた王国兵がものすごい勢いでナセルに殺到する!!

「くそ！」

――万事休す！　せめてもの抵抗に、拳銃を引き抜き、集団に向けて乱射するも、それくらいで止まるはずもない！

咳き込むような頼りない銃声のあとに、先頭の数名が血しぶきをあげて倒れたが、死体を乗り越えた重装歩兵たちの槍の穂先がナセルに届こうとしていた!!

「仲間の仇だぁぁぁあ！　死ねぇぇぇぇぇぇえええ！」

ドドドドドドドドドドドドドドド!!

仲間の返り血で真っ赤に染まった、重装歩兵だった者たちが物凄い形相で突っ込んでくる。

もはや、その目にはナセルしか映っていない!!

たった一人で重装歩兵５００に大損害を与えたにっくき異端者しか――――!!

「勝った!!　勝ったぞ!!」

「グチャグチャにしてやれぇっぇえええええ！」

手柄なんざ知るか!!　首級なんぞいるか!!

この異端者を生かしちゃおけねぇぇぇぇぇぇえと――――……。

「ふ……」

だが、その絶体絶命の状況にあってナセルは笑っていた。

武器もほとんど尽き果て、あとはグチャグチャに蹂躙されるだけという状況で――――なぜ??

降下猟兵は未だ落下傘降下中で、地面に下りたものもすぐには動けない状態。

なら？　ならば、なぜ笑う――――。

「笑うな――異端者ぁっぁあああああああああああああああ!!」

「その顔を苦痛の連続でゆがめてやるぁぁあ――……って――お、おい！　なんだ、あれ?!」

「――あ？　う、うわッ?!」「馬鹿野郎、いいから走れ……うぉ、な、なんだぁ?!」

無数の仲間を打倒したナセルを切り刻もうと王国兵が殺到するも、先頭の数名がギョッとした顔で足を止める。その背にぶつかって何人もの王国兵が転倒するも、非難の声をあげる前に、ナセルの背後を見越して、その奥から迫り来るものを驚愕のまなざしで見た――――！

見てしまった……！

――な、なんだありゃ?!

「うわ！　うわ!!　うわぁぁあああああ!!」

「こ、こっちに来るぞぉおおおおお?!」

――イイイイイイイイイン……!!

空気を切り裂く高音に、大地を這うほどすれすれに飛びすさむ巨大なナニか!!

ドラゴン？　ガルダ??

いや、違う――――………!!　あれは、あれは――――――！！

「――DFS230（軍用グライダー）であるッ?!」
ゴォォォオオオオオオオオオオオオオオオオ!!
腕を組んで仁王だつナセル!!
その宣言を受けて頭上すれすれをカッ飛んでいったそれこそ、
　全長：11・3m
　全高：2・8m
　最大速度：160km／h
　武装は、7・92mm航空機用旋回機関銃MG15×1
　定員に、完全武装兵10名を搭載可能な降下猟兵（フォルクスイェーガー）の軍馬――！
ゴォォォオオオオオオオオオオ!!
翼竜部隊襲撃の前に切り離したグライダー部隊であった！！
　ゴォォォオオオオオオオオオオオオ!!
「「「……ひぃぃぃぃい!!　ま、前ぇぇぇぇぇぇぇ！」」」
凄まじい風圧を伴い、ナセルの軍服をバタバタと靡（なび）かせながら頭上すれすれをカッ飛んできた機体が、やかましいエンジン音もなく、直前までほぼ無音で飛来し――――……!!
――ぎゃ、
「「「ぎゃぁああああああああああ！」」」
悲鳴とほぼ同時に、ドカーーーーーーーン!!　猛烈なスピードで敵重装歩兵集団に突っ込むグライダー部隊！

まさかまさかの、このタイミングで旋回を経て強行着陸をかけて来たのだ！　いや、違う!!　このタイミングを計っていたからこそ、ナセルはあえて単身で重装歩兵を『足止め』したのだ!!

「「「うぐわーーーーーーー!!」」」

次々に飛来し、強行着陸と体当たりを敢行するグライダー部隊。その数10機!!

それはまるで自殺攻撃のようだが、多少外板を凹ませただけで数回バウンドしながら地上滑走するグライダーたちは――いっそ暴走馬車よろしく、固まっていた王国兵たちを次々にポンポンと跳ね飛ばしていく、その爽快さよ!!

「ひ、ひぃぃぃぃい！　う、腕がぁぁああ！」「卑怯だぞ！　上空からいきなり――ぐはっ」

まさか、空から突っ込んでくるとは夢にも思っていなかったらしく、王国兵が成す術もなくなぎ倒され、受け身も取れずにゴロゴロと転がっていく。

「ぐ、ぐぅ……！　え、援軍?!　異端者に援軍だとぉ？　くそぉぉぉおお!!　は、はやく、」

……はやく、隊列を――。

跳ね飛ばされた王国軍の指揮官が、重傷を負いつつヨロヨロと体を起こしたが、直後……！

　バンッ！

『――行け行け行けッ（ロスロスロスロォス）！』

乱暴に兵員区画の壁が蹴り破られ、グライダーの中から完全武装の降下猟兵が出現する。

「ひ、ひぃ！」

「な、なんだぁ?!　怪鳥の腹から、へ、兵が――」

「「「うわぁぁぁあああああああああ?!」」」

ただでさえ混乱しているところに、これだ。だが、敵の都合など一切考慮しない降下猟兵たちは、驚愕する王国兵を尻目に続々と機体から銃を手に飛び出していく。

『機銃（MG）は援護（デクタプ）ぉッ！』『了解（ヤボール）』

——ババババババババババンッ、バババババババババンッ！

　さらに、グライダー操縦席の上部に据えられた銃塔にある旋回航空機関銃ＭＧ15が、猛烈な射撃を加えていき、一気に戦線を押し上げていく！

「ぎゃぁああああ！」

「ば、ばかな、どこに隠れて——ぐぎゃぁあああ！」

『走れ（ラオフェン）、前線豚（フロント シュヴァイネ）どもッ——戦友の降下（ウンタシュテュッツェン カメラーデン）を援護（アプシュティーク）する。空挺堡（ベゼッツェン）を確保（デン ルフトコップフ）ぉおおお！』

『了解（ヤボール）ッ、走れ走れ走れ（ラオフ ラオフ ラオフ）ッ！』

『『——突撃（アングリィィィフ）いいいいいい!!』』

——フラァアアアアアアアアアアアアアア（うぉぉぉぉぉぉぉぉぉぉぉぉぉぉぉぉぉ）!!

　グライダーの腹の中にいた完全武装の一個分隊の降下猟兵が、ＦＧ42（自動小銃）をバリバリと撃ちながら降下地点にいた王国兵を駆逐していく。

……しかも、完全武装だから強い強い！　無茶苦茶強い!!

ズダダダダダダ!!

　ズダダダダダダダダダダダダダダダダダ!!

「「ぐわぁぁあああああああああああ！」」

無数の火箭に囚われ、重装歩兵自慢の重装備もなすすべなく、瞬く間に駆逐されていく。

「ば、ばかもの！　逃げるな！　戦え――――」

必死で重装歩兵の指揮を執る指揮官であったが、ここに至って、ただでさえ混乱していた王国軍は、もはや恐慌状態だ。反撃どころか、自分の命を守ることすらおぼつかない。

――それをいいことに、降下猟兵は無茶苦茶に動きまわる!!

『空挺堡（エロベルテデンルフトコップフ）を確保！　さっさと尻をあげろ（マハアルシュホッホシュネル）――戦友が下りてくる（カメラーデンコメンヘルンター）！　総員、円周防御（アーレメナウムクライシュフェアタイディグンク）ッ！』

『『了解（ヤボール）ッ』』

グライダー降下猟兵は僅か１００名足らずにも拘わらず、ナセルを狙っていた王国兵もあっという間に蹴散らしていき、降下猟兵はその余勢を駆ってすぐさま陣地の構築に動き出す。グライダーからの援護射撃と、機内から取り出したＭＧ42で、あっという間に、周辺を射角に収めてしまった降下猟兵達。

そこに、ついに上空にいた降下猟兵達が次々に舞い降りる！

ドスンッ……！

　ドスンッッ……！

『達着（アンクンフト）！――――降下成功（エルフォルクライヒャーアプシュティーク）ッ！』

『達着（アンクンフト）！』『達着（アンクンフト）！』――達着（アンクンフト）！

『『たっちゃ～～～く（アンクゥウウウウウウフト）!!』』

彼らは次々に降下を成功させると、落下の衝撃もなんのその。

バサァ……！

一斉に落下傘をかなぐり捨てると、降下猟兵とその指揮官がＦＧ42と拳銃を二手に構えて叫ぶッ!!

『立て(アオフシュテーン)！　そのデカイケツ(ヘーベ ダイネン ディッケン アルシュ)をさっさと持ち上げろッ(ホッホ)！　敵を駆逐し(デン ファイント フェアトライベン)、空挺堡を拡充する(エルヴァイテン デン ルフトコップフ)！

――急げぇぇぇぇぇ(シュネーール)!!』

うぉおおおおおおおおおおおおお！！！

『『『集合(フェルザーメルン)！　集合(フェルザーメルン)！』』』

『武装コンテナを回収しろ(ザムレ ヴァッフェンベヘルター)！　走れぇぇぇ(ラオフ)！』

『後続に場所を開けろ(マヘン ズィ プラッツ フュア ナハラオフェンデ)!!　まだまだ降りてくるぞ(トルッペン ゲート イマー ノッホ ルンター)！　走れ(ラオフ)、走れ(ラオフ)、走れぇ(ラオフ)！』

――フラァァアアアアアアアアア!!

鬨(とき)の声をあげる降下猟兵が、武器だけを手に一斉にナセルを中心に集合し、コンテナから取り出した重火器類のうち、無反動砲や重機関銃を素早く備え付けていく。あっという間に銃座が構築され、十字砲火に捕捉された王国軍の重装歩兵たちが、殲滅されていく。

「「「――ぎゃぁぁああああああああああああああ!!」」」

もはや、掃討戦の様相である。本来、重機関銃相手に歩兵が敵うはずもないのだ。

――ぁぁぁあぁぁぁ…………!!

そのまま、立て直すこともできずに敵重装歩兵５００は地面のシミと化し、殲滅された。降下直後の最大の弱点を敵はつくことができなかった以上、もはや形勢はドイツ軍に傾いている。

それが、たとえ王国軍、最強の――――……。

『指揮官殿(コマンデン)――敵主力(ファインデ ハオプトクラフト)、現出ッ(エルシーネン)！　……騎兵(カファレリー)、約１０００騎(エトヴァ アイン タオゼント)』

……そう、重装騎兵だろうともだ！

■第8話　騎兵ＶＳ降下猟兵

「れ、れ、れ、連隊長殿ぉぉぉぉぉおおおおおお!!」

遂に出撃準備を、ほぼ整えた騎兵連隊主力のもとに、息も絶え絶えになった兵士が駆け込んでくる。ボロボロの格好だが先に送り出した重装歩兵だろう。

だがそこには、本来報告に来るべき、長年の付き合いのある副官はいない。

「ええい、落ち着け――何事かッ」

ズンズンズン!!　完全軍装を整えた状態で、将軍椅子にドスンッ!!　と腰かけたギーラン卿が大音声で聞けば、泡を喰って兵士が報告する。

「じ、じ、じ、重装歩兵隊全滅!!」

な、

「……なにぃぃぃぃいいいいいいいいいいい?!」

メリリと、将軍椅子が軋（ひび）われるほど衝撃を受けるギーラン卿。

「バ、バカな?!　多少の損害はまだしも――全滅?!」

あ、ありえんだろ!!　ご、５００人だぞ?!

「し、しかし!!　事実です!!　空から巨大なものが降ってきて、重装歩兵を食らいつくしましたぁぁぁあ!!」

はあああああああああああ?!

「ふ、副官殿も戦死されましたぁぁあ!!」

な、なんだとぉぉぉぉおおおおおお!!

「馬鹿な!!　バカな!!　そんな馬鹿なぁぁあああああ!!」

きょ、巨大なものってのは……ドラゴンか?!　だが、いくらドラゴンとはいえ、王国最強の騎兵連隊だぞ?!　騎馬を伴っていないからといって、たかが異端者のドラゴン相手に全滅ぅ?!

「何かの間違いではないのか?!」

「違います!!　違います!　ちがいまーーーーーーーーす」

一回言えばわかるわぁぁあああああ!!

バッキーーーーーーーーン!!　と、ハルバードの石突でその兵士を吹っ飛ばすと、怒り心頭で将軍椅子を蹴立てて立ち上がる!!

ぐぬぬぬぬ……!

「異端者めがぁぁあああ!!」

……なんという大損害!!　……なんという大それた真似を!!

………なんてことをしやがるぅぅぅぅうう!!

「ええい!!　構うものかッッ!!　ともあれ、足止めは成功じゃぁぁぁぁああああ!!」

このまま突っ込むぞ!!　重装歩兵の仇討ちじゃぁぁぁああああああああああ!!

——全軍、武器を取れぇぇぇぇえ!!

すぅぅ……。

「対ドラゴン戦、用ーーーーーーーーーー意!!」

「「「おおおおおおおおおおおう!!」」」

ズ、ザンッッッ!! ジャキジャキジャキ! ——……一斉に空に掲げられる青鈍く光る美しき装飾の騎槍(ランス)! これこそ、最強たるゆえんのミスリル製の武具を纏った王国最強の騎兵の術よ!!

「もはや容赦せん!! ……異端者のドラゴンもろとも討つぞぉぉぉお!!」

ギーラン卿も士気をあげようと、総ミスリル製のハルバードを掲げる!

おおおお! ……おおおおお!!

「「「おおおおおおおおおおおおおおおおおおおおおおおおおおおおおおおおおお!!」」」

もはや、士気は最高潮!

「総員、出陣準備ぃぃいい!!」

おおおおおおおおおおお!!

おおおおおおおおおおおおおおお!!

そのクライマックスを図らんとばかりに、ギーラン卿が合図すると、ひときわ大きな厩舎の扉が開かれ、

——ズシンズシンズシンッッ!! と、ようやく準備の整った連隊長の専用騎馬——ユニコーンが現れる! そう、ユ、ニ、コ、ー、ンだ!!

見た目は白馬。だが、ただの白馬ではない。コイツこそ、騎兵連隊の隠し玉にして、最強の軍馬。

もともとは魔王軍の重騎馬であり、戦闘の最中(さなか)に野戦師団のテイマーがとらえて調教したもので、

伝説の生物とも、魔物とも呼ばれる一本角を持つ巨大軍馬である。

——その威容たるや、通常の軍馬の3倍はあるかというその大きさもさることながら、額からすらりと伸びた一本角が並の軍馬でないことを証明しているかのようだ。

……それがユニコーン!!　これぞ、ユニコーン！　第二騎兵連隊、必勝の兵器!!

「……征くぞ、者ども!!」

ブワサァッァア!!

全身をミスリルの鎧で覆いつつも、いささかも息苦しさを感じていない巨大軍馬に、マントを翻しながら、ズゥン!!　と跨るギーラン卿。

「はっはー!!」

……ドラゴン召喚士何するものぞ!!

すぅぅ……。

「第二騎兵連隊——出陣じゃぁぁぁあああああああああああああ」

うぉぉぉおおおおおおおおおおおおおおおおお!!

朝焼けの空に、騎兵たちの槍が朝日を受けてギラギラと光り輝く！

これぞ、騎兵連隊！　王国最強の野戦師団が主力！！！

わぁぁぁぁあああああ!!

わぁぁっぁあああああああ!!

……兵たちの大歓声を受けながら騎兵連隊長自らの出撃。

第二騎兵連隊——最後の戦いが始まる。

※　※　※

「来たか……！」

グライダー降下猟兵に渡された双眼鏡を手に、前方を確認していたナセルが口角をあげる。

ここまでは予定通り――そして、最後の仕上げだ。

ゴゴゴゴゴゴゴゴゴ……!!

明らかに歩兵とは違う地響きが近づいてくる。駐屯地の陰になって見えない位置。上空から見た時の様子から察するに、奥の厩舎が並ぶ地区から響いてくる馬蹄の音だ。

つまり、敵主力と推察。

「……最後のお客さんだ。リズ捜索のための障害――――……迎え撃つぞッ(アプファンゲン)」

『『了解ッ(ヤボール)』』

ザザザ!!　と、ナセルの号令を受けた降下猟兵の各部隊長がそれぞれの部署に散っていく。機関銃陣地に軽迫撃砲。そして無反動砲があちこちに据え付けられ、即席の野戦陣地をなしていた。

ナセルはリズを救出するため、彼女が囚われているであろう――騎兵連隊を攻撃するにあたり、その建物から敵兵を一掃する必要性を考えていた。それがために、ド派手な強襲攻撃を繰り出した。

そして、おおむね成功――敵の主力をつり出すことに成功した……！　しかもおあつらえ向きに敵の指揮官もこの場に現れた、ときた!!

ズンズンズン……!!

明らかに異様な大きさの軍馬は指揮官に間違いない。その周囲に連隊長旗が翻っていることからも偽装の類ではなさそうだ。コイツは逃がすわけにはいかない……！

敵の指揮官を逃がせば、生きている限り騎兵連隊は徹底抗戦しかねないからな！

「よし!!　機関銃は射撃用意——残りは予定通り、迎え撃つ!!」

『『『了解!!』』』

そう言うが早いか、降下猟兵達が一斉に、FG42のスパイク型銃剣を展開し、突撃態勢に移行する。

……そう、突撃だ!!　せっかく陣地まで作っておきながら、そこから打って出ようというのだ——……騎兵連隊に向かって歩兵が、だ!!

ちなみに戦力差は5倍!!

騎兵連隊は1000騎もの大軍勢だが、ナセル達降下猟兵は総数で200名ほど。陣地に籠って機関銃を操作する兵を除けば突撃に加わる兵士はもっと少なくなるだろう——……当然ながら、軍事的常識に照らし合わせれば無謀というほかない。

陣地があるのだからそれに籠って戦えばいいのだろうが、それはナセルにはできなかった。

ナセルの目的はリズの救出ただ一つ。そのためには、部隊長を捕らえるのが手っ取り早いからだ！　陣地に籠って戦えば、敵指揮官は絶対にこちらの有効射程には近づいてこない。

だが、もしも、ナセルが真正面を切って突撃を敢行すればどうか？

さっきの重装歩兵と同じく、誘いに乗るだろう。なにせ、降下猟兵は精鋭とはいえ歩兵。そして、騎兵連隊主力は、その名の示す通り騎兵なのだ！　絶対に歩兵を蹂躙するためにも、真正面から突っ込んでくると確信していた。しかも、指揮官が自ら戦場に立ったのだ。

「……たしか、第二騎兵連隊長は、ギーラン卿だったかな」

ナセルとて、元王国軍兵士だ。軍の編制くらい知らないわけではない。とくに王都を脱するときに、集められるだけの情報は集めていた。それに、バンメルからリークされた情報もある。

そして、それらの情報からも敵指揮官の性格はある程度知っている。

ならばこそわかる。ギーランならば絶対に誘いに乗ってくるに違いないと――。

……だから征く!! 無謀でもなんでもいい!!

ナセルは、リズを救うためなら命を懸ける!!

「総員(アーレメナ)、準備はいいな(ズィント ズィー ベライト)?!」

『『準備よし(ベハイズシィ グウト)!!』』

覚悟はしていたが、流石は敵の拠点……!

圧倒的な数だ。降下猟兵200で真正面から殴り合えるのかどうか――……。

『敵(ファイント)ッ!――重装騎兵(シュヴェアカファレリー)、横隊蹂躙隊形(ライエントランペルフォルマチオン)ッ……来ます(コーメン)ッッ』

「おうよ!!」

――見りゃ、わかる……!

空挺攻撃を仕掛けたナセル達ドイツ軍を真っ向から攻撃する、重装騎兵の横隊突撃だ!

きっと、陣地ごと磨り潰すつもりなのだろう。生き残りの重装歩兵ごと踏みつぶさんばかりの勢いだ。いや、踏みつぶす気なのだろう。駐屯地前に広がる荒野を駆け抜けるように、一気に降下猟兵が作った空挺堡を踏み砕かんとする騎兵たち。

――ドドドドドドドドドドドドドドドドドドドド!!

その一糸乱れぬ馬脚がたてるのは、地鳴りのごとき轟音――――まさに蟻の這い出る隙間もないほど、びっしりと隊列を整えた様子は圧巻ですらあった!

だがこっちは機関銃陣地!!

撃ちまくればそれで敵に大損害を与えることができる――――できる、が!!

「総員(アーレメナー)、白兵戦用意(ベライト ナーカンプフ)――――」

――了解(ファシュタンドゥン)!!

『『総員(アーレメナー)、着剣(アウフバヨネット)』』――ガキンッッ!

総員の着剣を目視ッ!

同時に、MG42の支援体制を確認しつつ、あえて陣地を捨てて機動防御にでる――――いや、騎兵相手に白兵戦を演じる、機動打撃だ!!

「――真ッ正面から叩きつぶすぞ(フォン フォルネ フェアニヒテン)!!」

『『了解(ヤボール)ッ!!』』

歩兵(降下猟兵)　対　重装騎兵

２００人　対　１０００騎

普通(ファンタジー世界)なら絶対に勝ち目のない戦力差である――――!!

だが――――!!

「――ドイツ軍(最強)なら可能ッ！」

いくぞッツ……！

すううう、
　突撃(アングリィィィィィィィィィィフ)いいいいいいいいいいいいいい!!

ナセルの大音声を背に、突撃ラッパを吹きならしたドイツ軍降下猟兵！

『突撃(アングリィフ)ッツ！』

『『『――突撃(アングリィィィフ)いいいい！』』』

突撃(アングリィィィィィフ)いいいいいいいいいい!!

無謀は百も承知!!　だが、貴様らは一兵たりとも逃がさん!!

「うぉぉおおおおおおおおおおおおおおおおおおおおお!!」

新しく受け取った銃を手に、先頭を駆けるナセル。それに追従するのは、ＦＧ42のスパイク型銃剣を展開し、武器だけを手にした身軽な格好のドイツ軍降下猟兵が約２００!!

総員が腰だめに銃を構えると、まるで、正面衝突せんばかりに、ドドドドドドドドドドドドッ！　と軍靴を響かせて一斉に突撃を開始した。

そう……！

歩兵(ドイツ軍)が重装騎兵(ファンタジー)に!!

――『歩兵の突撃』で『騎馬突撃』に真正面から立ち向かうのだ!!

一方、ギョッとしたのは敵方の重装騎兵だろう。ファストフォースや、重装歩兵たちの尊い犠牲のもと――味方を捨て駒にしてでも、ようやく万全の態勢を整えての出陣。その無念を晴らさんとばかりに、前列からの騎兵突撃をしようとしていた矢先!!

普通は、半分にも満たない歩兵など、逃げ惑ってしかるべき所――……が、よもやよもや!!

まさか、数ですら劣る軽装の歩兵が短い槍のような物だけを手に突っ込んでくるなど想像の埒外だったのだろう。綺麗に整列した重装騎兵が動揺でブルリと震える様に馬脚を乱しているのがナセルにも分かった――特に先頭から進み出した巨大な軍馬が馬脚を立てて動揺していた。

それは、まさに無謀。無謀がゆえに敵も動揺し――そして、誘いに乗った。

『敵、騎兵(ファイントカファレリー)!!――全軍、動きます(ツィエンウム)!!』

「あぁ、見えてる!!」

これぞ、まさにナセルの狙い!!　一種無謀ともいえる突撃は、計算ずくの事なのだ!!

陣地に籠っていたままでは絶対に引き出せなかった好機――……。千載一遇の好機!!

敵の全力突撃を引き出せたのだ!!

「そうこなくっちゃなぁぁぁあああああああああああああ!!」

突撃隊形を取ったままのドイツ軍降下猟兵と、騎兵たちがまさにぶつかる直前の事!!

ナセルは、ＦＧ42をかなぐり捨てると、無線機にがなり立てる!!

そう!!　隠しておいた、本当の狙いに向かって――……!!

この一瞬のために、敵を陽動したのだ！！！！

すううう……！

『近接航空支援(CAS)準備(タリホー)――!!』

※　※　※

何が起こったのかわからなかった……。ギーラン卿は確かに勝利を目前にしていたはず――。

無謀な異端者どもは、小汚い兵を引きつれており、無謀にも、突撃を仕掛けて来た。

きっと破れかぶれになったのだろうと……。だから、真正面から迎え撃ったのだ。

隣の騎馬の肩が触れ合うほど密集して、蟻の這い出る隙間も無き程に全力でグチャグチャにしてやるとばかりに――――騎兵突撃を、真正面の全力で!!

そう、真っ黒な一塊となって、小分けにして送り込むようなことはせずに、全力、全軍で!!!

「「「うおおおおおおおおおおおおおおおおおおおおおおおおおお」」」

異端者が狭い陣地に籠るようなら数派に分けて送り込むはずの突撃部隊を、たったの一撃で決めるために、一度に重畳して全正面でだ!!

うおおおおおおおおおおおおおおおおおおお!!

　うおおおおおおおおおおおおおおおおおおおお!!

――――ドドドドドドドドドドドドドド!!!

地面が割れんばかりの馬蹄を響かせながら、叩き潰してやるつもり……。

――だったのに、――それが……それがぁぁあああああああああああああああああ!!

れ、れ、

「「「――連隊長ぉぉおおおおおおおおおお!」」」

突如上空を見上げる多数の兵士たち!!

「なんじゃぁっぁあ?!」

ギーラン卿もつられて、見上げて驚愕する!!　――そう。驚愕するほかない!!

だ、だって!!　だってぇぇえええええええ!!

　――ギィイィイイイイイイイイイン!!

騒々しい爆音を立てながら、真っ逆さまに地上に向かって――――凄まじい速度で上空より舞い降りる物がある!!　まさに、ギーランたちが一塊になるところを狙いすましてきたかのように、だ。

いや、違う。狙ってきたのだ――奴らはぁぁぁぁあ!!

「あ、あれはまさか――――……!」

まさか――――……!
ド、ド、ド、
「「「ドラゴンだぁぁぁぁあああああああああ!」」」

大声で叫んだ声が自分のものか、誰かのものかもわからぬほど!!

それほどにして、一瞬にして連隊全体が混乱する!
　ド、ドド、ドラゴンだぁぁぁあ!
　　ドラゴンだぁっぁあああああああ!!

「ドラゴン来襲!!　ドラゴン来襲ぅぅううう!!」

「「「――ドラゴン来襲ぅぅぅうううううううう!!」」」

「ば、馬鹿なぁぁぁあああああああああああああああ!!」

ドラゴンは、重装歩兵を食らったと言っていたではないか!!　ならば、地上にいてしかるべき

――……いや、そもそも、空にドラゴンの気配なんて今までなかっただろうが?!

あんな速度で舞い降りるドラゴンなんて聞いたことがねーーーーぞぉぉぉおおおおお!!

　う、う、

「「「うわぁっぁああああああああああああああああああ!!」」」

※　※　※

――た、た、た、退避ぃぃいいいいいいいいいい!!

指揮官騎を含めて、まるで蜘蛛の子を散らすように、バラバラに散らばる騎兵たち。

「はーはははははははは!　間に合うものかッ!!　……そうともドラゴンだ!!」

ただし!!　……俺のドラゴンは――――Ｍｅ２６２(メッサーシュミット)!!

「――時速８６０ｋｍの機械仕掛けのドラゴンだぁぁああ!」

いぃいぃいッツッけぇぇええええええええええええ――――!!

突如、上空から襲ってきたジェット戦闘機は重装騎兵にとっては、まさにドラゴン以外の何ものでもないだろう。そして、ナセルをしてこの瞬間を生起させるためだけに、芝居を打ったのだ!!

そして、それは成功した!!!

「ははっはっはは!!　間抜けな連隊長さんよぉぉおおおおおお!!」

死ねぇぇぇえええええええええええ!!

ナセルの死刑宣告にあわせるがごとく、ジェットエンジンを響かせながらＭｅ２６２が急降下し、その強力無比な機関砲を地上に振り向ける!!

――ギィィィイイイイイイイイン！！

その恐ろしい爆音は、ドラゴンの咆哮にも引けを取らず、まともに耳にした重装騎兵の騎馬たちは、ヒヒィイイイイン！　と、総立ちとなり暴れまわっている！

そこに、

「撃て（ファイェェェェェェェェェル）ぇぇぇぇぇぇぇぇぇぇ!!」

ドカドカドカドカドカドカドカドカッ!!

一斉にぶっ放されるＭＫ１０８（30ｍｍ機関砲）!!

先の空戦で大半を撃ち切っていたが、まだ残り十数発ある!!

そして、もはや温存する意味はないとばかりに全て発射!!　全弾発射！！！　全弾発射!!　全・弾・発・射ぁぁあ!!

つまり、撃ちまくるぅぅぅうううううううーーーーーーーー!!

　ドカドカドカドカドカドカドカッ!!

　　ドカドカドカドカドカドカドカドカッ!!

着弾!!　着弾!!　着弾!!

――着・弾・ッ！

大地が激しく泡立ち、開墾され、爆裂していく!!

――……ズドドドドォォォォオオオオオンッッ！

それは、１機あたり４門！　４機一個小隊（シュバルム）の計16門の30ｍｍ機関砲の小型榴弾が生み出すこの世の地獄だった!!

「「ぐわぁあああああああ!」」

「「あがぁぁああああああああああああ!」」

重装騎兵(ファンタジー)らにとってのドラゴンブレスこと——ラインメタル製ＭＫ１０８機関砲30ｍｍ榴弾ミーネンゲショスが奴らに降り注ぎ、爆裂する!!

毎分６５０発を誇る30ｍｍ機関砲だ!

１航過で大量の砲弾が地上に撃ち込まれ、そこに、地上にバラバラと巨大な金属製薬莢がバラまかれて、それと同数の30ｍｍ機関砲弾が重装騎兵をぶっ飛ばしていく!

「「「うぐわぁぁぁああああああああああああ!!」」」

——ボォォオオオオンンッ!!

地上を叩きつけるような凄まじい後方流を巻き起こしながら、全弾を撃ち尽くしカッ飛んでいく機械仕掛けのドラゴン(メッサーシュミット)!

『『『大打撃(クリティッシェトレファー)ッ!』』』

パイロットが腕を振り上げる様子までもが、ナセルには見えた!

「——はッはッは!!……そうとも、大打撃だ!!」

この時のために上空で温存していたのだ! そして、まさにこの瞬間を作り出すために、生身で突撃を仕掛けたのだ!

ナセルが召喚を解除し、魔力を回収すると、すれ違いざま——役目を終えたメッサーシュミット達はバンクを振りつつも、キラキラとした召喚光を纏い、ギャーーーーーーーーン♪ とジェットエンジンを響かせながら彼等の世界に帰っていった。

——その一瞬、航過するコクピットの中で、パイロットが親指をあげて喝采している様よ！

そして、Ｍｅ２６２が完全に消えたあとには、ドカーーン!!　とまるで地面が爆発したように、巨大な力で掘り返されて四散した重装騎兵の無残な死体がぶちまけられていくのみ！

「ははははッ！　——どうだ!!　これなら、騎馬突撃もできまい!!」

Ｍｅ２６２を元の世界に戻し、魔力を回収したナセル。その魔力がなじんでいくのを感じながら、轟々と燃え盛る大地に吠える。

その程度で終わるタマじゃないだろ？　出て来いよ——王国最強の騎兵連隊さんよー！

四散した重装騎兵の群れを油断なく見つめるナセルであったが、果たして——。

ごぅ……！

「貴ッ様ぁぁああああああ!!」

ぼわっ！　とばかりに、炎のベールを突き破って大型騎兵が現出!!

やはり生きていた!!

「——連隊長騎(ギーラン・サーディス)いいいいい!!」

これしきで倒せるとは、ナセルも微塵も思ってはいない!!　だから、直接叩くのさッ！

……さあ、最終ラウンドの開始だ!!

※　※　※

「「「うぎゃあぁぁぁああああああああああああ!!」」」

騎兵（ファンタジー）が歩兵（ドイツ軍）に蹂躙されていく光景！

そのあり得ない光景に胸のすく思いを感じる間もなく、炎のベールを突き破って奴が現れた。

そう。あの連隊長騎だ。

「やっぱこれくらいでくたばるタマじゃないよなーーーーー!!　聞いてるぜー……前線勤務だからってのをいいことに、随分やんちゃしているってな!!」

バンメルからリークされた情報では、この第二騎兵連隊がもっとも異端者に対する扱いが苛烈で、その係累として送り込まれた強制労働者の消耗具合も高いらしい……。噂では山のように死体を積み上げるほど、係累を残虐に扱うんだとか……。

「――――舐めるな、異端者ぁぁ！」

ブォンッ!!

凄まじい遠心力を乗せた一撃がナセルに振り下ろされる!!

それは、巨大軍馬の体重と、突進の威力を乗せた一撃ですさまじい破壊力を生み出す!!

――ズドォォォォォオオオオン!!

「ひゅ～♪」

一撃を予期して大きくバックステップをしていたおかげでその攻撃はかわすことができたが、直撃すればミンチよりも酷いことになっていただろう。

「……異端者風情に、人権などないわぁぁぁあああ!!」

ブォンブォンブォン!!

ギーラン卿もその一撃で仕留められるとは思っていなかったのか、ナセルの目の前でブンブンとハルバードを振りさらなる一撃を加えようと頭上で回転を加えていく。

だが、予期していたとはいえ、あの近接航空支援の中をよくもまぁ生き残ったものだ。

しかもこの軍馬の図体で――!!　絶対に攻撃が集中したはずなのに、無傷と来ている。

(ち……!　デタラメかよ!)

しかし、命中しなかったわけではないらしい。

よくよく見れば――シュゥゥゥ……!　と硝煙をまとわりつかせているところを見るに、間違いなく30mm機関砲が数発は直撃していたはずだ。

……だが、ギーラン卿も軍馬も無事――――っていうかよぉぉぉ。

「その馬――」

「ふ……!　今さらぁぁぁあああああ!」

――ズドドドドドドドドッッ!!

言い切るや否や、拍車をかけて軍馬を駆ると、ハルバードを大上段に振り上げナセルにぶちかまさんとする!!

……は、速い!!

「――――……やはり、ユニコーーーーーンかぁぁあああ!!」

戦場で嫌というほど辛酸をなめさせられた魔王軍の重装騎馬だ!

だが、なぜ魔王軍の高速重騎馬がここに?!　――といった疑問も浮かびはしたが、「仕留めてしまえば関係ねぇか!」とばかりに――ピィン♪　と軽い音を立てて、卵型手榴弾の発火紐を引き抜くと、アンダースロー気味に投擲!!

てりゃぁぁ!!

「ぬ?!――――石ぃぃ?」

「な、わけねぇだろ!!」

……ズドォォォォオオオン!!

「ぐがぁぁあ?!」

ギーラン卿の悲鳴が一瞬響く。

「おっしゃぁぁぁぁあああ!!」

決まったぁぁああ! と思いきや――――――!!

「――甘いわッ!」

「なにぃッ?!」

ブワッ!! と、再び爆炎を突き破って姿を現したユニコーンとギーラン卿!!

さらには、物凄い踏み込みと共に、人馬一体となった一撃がナセルの脳天を狙う!! ――――が、
さすがに手榴弾の一撃が大きく効いていたためか、かなり狙いがそれていた。

ゴッパァッァァアアアアアン!!

「ちぃぃぃいいい!! ――小癪なッ」

「……なんて威力だよ!!」

くそッ! ……今の一撃で仕留めるつもりが!!

だが、それはギーラン卿とて同じだったらしく、必殺の一撃も大幅にそれていた事に驚愕。

それにしても、その威力はすさまじいの一言だ……。振り返った先、大地が数十メートルにわたって耕されるほどだ！

「がははは！　まぁいい。褒めてやる——よくかわしたなぁ、異端者！　だが、次はもうないぞ!!」

ブンッ!!　とハルバードの切っ先を突き付け宣言。

……はっ!!

「それはこっちのセリフだぁぁああ」

——次ぃぃいいい!!

バッ！　と手を振り上げたナセルの背後！

こっちにはまだまだ打つ手が山ほどあるぁぁぁああ!!——と、指揮するのは降下猟兵が一個分隊!!　手に持つのは対戦車榴弾——パンツァーファウスト１００が計８門！

「な、何ぃぃいいいいいいいい?!」

——ジャキジャキジャキ!!

はっ!!

「何だと思うぅぅうううううううう??」

パンツァーファウストだよ!!

——撃(てぇ)ツツツえええええ！

『『『了解(ファシュタンドゥン)ッ！』』』　発射(ファイエル)——!!

ドシュン!!　と、一斉射撃!!

……はは!!　躱せるもんなら、

「――躱してみろぉぉぉぉおおおおおおおおおおおお!!」

「ぬぉぉおおおおおおおおおおおお！」

ズドォォォオオオオン!!

「どうだ!!」

至近距離で、８門もの一斉射だ!!　これなら絶対に……。

「――……笑止!!　笑止なり!!」

ズシン、ズシン、ズシン！

……んな?!

「ば、馬鹿な……」

今度は躱す素振りすら見せずに、直撃した硝煙をモクモクと纏わりつかせながら、堂々たる様子で立つギーラン卿。そして、目を爛々と光らせたユニコーンも鼻息荒くブルル……と、首を振って鬱陶しそうにしつつも、全くの無傷で歩き出てくる。

「ど、どうなってんだよ……！」

「ふふ……。ふがははははは!!　――異端者風情の魔法が効くと思うてか!!」

い、いや!!　……き、効くとか、効かねぇ以前の問題だろうが!!

２００ｍｍの装甲をぶち抜く成形炸薬（パンツァーファウスト）だぞぉぉお?!

「はっ!!　ぱんつぁー何とかだか知らんが、無駄無駄無駄無駄ぁぁあああああああ!!」

ちぃ……ッツ！

「無駄かどうか試してみなきゃわからんわぁぁあああ!!」

8発でダメなら！　――100発ぶち込んでやらぁぁぁぁあ!!

続けて（ネイスト）、

「……てぇぇぇええええ（フォアイエェェェル!!）!!」

『『了解（ヤボール）!』』とばかりに、騎兵連隊に止めを刺していた降下猟兵が一斉に振り返り、今度こそ、各人が持つパンツァーファウストをギーラン卿に向けて一斉射!!

猛烈なバックブラストに戦場が包まれ、ギラギラと光る弾頭が一斉にギーラン卿を指向する!!

……だが！　――その射撃にも全く動じないギーラン卿!!

ユニコーン上で仁王立ちになると、くわ!!　と目を見開き一喝!!

「――無駄ぁぁぁあああああああああああ!!」

その一瞬、ユニコーンの身体が青白く光った――――あ、あれは?!

……チュバァァァァァアアアアアン!!

猛烈な爆発と共に、100発とは言わないまでも数十発がぶち込まれ、そのうちの何十発かが間違いなく命中!!

だが――……。

「……効かんといったぁぁぁぁあああああああ!!」

ごぅ!!　と爆炎を振り払うように、ハルバードを振りかざしてナセル目掛けて突進!!

そして、それを成すユニコーンの突進力よ!!

「こなくそ!!」

――パンパンパンパンッ！

バックステップからの拳銃を乱射！　至近距離なら当たるはず!!

――が、それよりも先に――……パリパリッ！　と紫電を纏うその馬体を見て、ナセルが叫ぶ！

(拳銃弾が……弾かれている?!)

っ!!

「――――シールド魔法か?!」

そのとおーーーーーーーーーーーーーーーーーーーり!!

「指揮官専用の騎馬だ!!　あるに決まってんだろうがぁぁぁあああああああああ!!」

そ、そういうことかぁぁぁあ！

ユニコーンの魔力を応用したシールド!!

つまり、王城で見たあの魔法『大障壁(バリアー)』の小型版ということ！

……瞬間的な防御力なら、魔王軍の重装甲魔獣ベヒモスにも匹敵するッ!!

「よーーーーーーーーーするに、異端者ごときでは百年経っても傷ひとつ付けられんということよぉぉぉおおおおお!!」

――ちぃぃいいいい!!

バリリッ……と奥歯をかみしめるナセル。ここで負けるというのか――――否!!

「これぞ、高貴なものの嗜(たしな)みよぉぉおおお!!」

死ね！　異端者!!

「……断じて、否っ!!」

「ほざくだけなら、首だけありゃ十分よぉぉおおお!!」

その首級――王都に飾ってやるぁぁああ、と！　ハルバードを振り上げるギーラン卿！　まるで背後には爆裂して壊滅した兵士たちの怨念が籠っているように見えたが――。

は!!

「――……ネタが割れりゃ、どうってことはねぇぇぇええ!!」

そうとも。……文字通り、割れろぉぉぉお!!

「――ドイツ軍、召喚」

ブゥウゥン……!!

ナセルの眼前に現れた召喚呪ステータス画面!!

「はっはっはぁー!!　何（なぁに）をやっても無駄よ。無駄無駄無駄ぁぁぁああ！　――小型化している分、王都のそれよりも頑丈なのだぁぁあああ！」

しかも、ユニコーンの魔力付き!!　そう簡単に消えると思うなよぉぉぉおおおお!!

がーーーーっはっはっはっはっは!!

勝ち誇るギーラン卿であったが、

「おいおい――王都よりも丈夫ぅぅう??」

そんなガラス板一枚で勝てるとでも？

ふっ。

「…………だったら、これを防いでみろぉぉおおお!!」

――いでよ、ドイツ軍！

ブワッ――――!!……と、中空に現れた強大な魔法陣！
そして、どずぅぅぅぅぅううううん！！　と超重力が地響きを立てる!!
そこには、圧倒的なまでの魔力消費をもってこの世界に顕現した最強・最硬の重戦車が出現!!
その名も――――……。

ドイツ軍
Lv7：ティーガーⅡ戦車
スキル：戦車砲（8・8cmKwK43L／71）
　　同軸機銃（MG34：7.92mm機関銃）、前方機銃（MG34：7.92mm機関銃）、対空機銃（MG34：7.92mm機関銃）
　　履帯蹂躙
備　考：1943年に開発された重戦車。きわめて重装甲。きわめて重武装。
　　大戦末期に登場し、活躍の場は少なかったが、防御戦闘では絶大なる威力を発揮。
　　機動性の低さが難点とされるが、それを補って余りある装甲厚で敵弾を悉く（ことごと）跳ね
　　返しうる。

その名も『ケーニヒスティーガー』!!

つまり……。

「な、な、な、な、な、」

――なんじゃそりゃぁぁぁああああああああああああ?!

「ティーガーⅡ（超重戦車）である!!」

ぶわっ!!　と、腕を振るって宣言したナセル!!

鼻からはツッーと鼻血が垂れて魔力消費による負荷がすでに出ているほどではあるが、Me262（ジェット戦闘機）を帰還させた分の余剰があるから、まだまだいける!!……はず。

だからよ!!　……ガラス板んんん——覚悟しやがれ！！！

「——おぉぉぉあああああああああああ!!　最強の貫通力を見せてやるぁぁぁぁあああああああああああああああ！！！」

発射用ーーーーーーーーー意ッ（ベライトツムシィーセン）!!

クイイイイイン……！

滑らかに動くティーガーⅡの砲塔がギーラン卿を捉えようと旋回する。

だが、戦車の怖さを知らないギーラン卿には脅しにもならなかったらしい。

その為か、愚かにもハルバードを両手に掲げ持つと頭の上でグルングルン!!　と、高速回転!!

まるで砲塔の回転に対抗するかのように!!

「……ぬぅぅぅううう!!　デカいだけで鈍い！　鈍い鈍いのろーーーーい！　そんなもんは、見かけだおしじゃぁぁぁあああ!!」

——図体がデカいだけで勝てると思うなよぉぉおお!!

そう言うや否や、先手必勝と言わんばかりに、十分に遠心力を乗せたハルバードによる一撃をブチかましてやらんとばかりに!!

「さぁ、我が一族に伝わる最強の矛……食らうがいいわッッ!!」

威勢よく宣言するや否や、「てりゃぁぁぁぁぁあああああああああ!!」と気合一閃――ナセルを守る様に出現した、鋼鉄の悍馬ティーガーⅡに必殺の一撃を加えんとする!!

「異端者ごと、ぶった切ってやるぁぁぁぁああああああああああああああ!!」

――ふんぬりゃぁぁぁああああああ!!

ぐわばぁぁぁああ……! と振りかぶった一撃が、まさにティーガーⅡを両断せんばかりに振り下ろされる!! それはもう、今日一番の一撃と言わんばかりに――――!

先ほど大地をえぐり取った、あの人馬一体となった凄まじい一撃が直撃し……――バァァァァアキィィイイイン!! と、ギーラン卿の腕ごとハルバードがブチ折れる!!

――いっぎゃぁぁぁあああああああああ?!

ぶしゅうううううう!! と、すさまじい勢いで立ち上る血しぶき!!

そして、腕から覗く白いモノは骨?!

って、骨ぇぇぇぇえええええ?!

「いッでぇぇぇぇぇえええ?!……んなぁぁぁああああああああああああーーーーんで、わしの腕があぁぁあ?!」

ブビュ……ビュビュゥウウウ……! と、血と骨髄がぶちまけられる中、総ミスリル製のハルバードまでもが、柄の部分から裂け、腕と同じくボキボキィ……と、どちらも開放骨折!!!

オマケに高く穂先が舞っていき、ヒュンッヒュン――と、空を切ったかと思うと、上り始めた朝日にキラリと輝く……。

……って、

「な、な、なんでじゃぁぁああああああああああ?!」

ドラゴンの鱗すら貫くミスリルだぞ?!　ユニコーンと共にブチかます必殺の一撃だぞぉぉおおおおおおお??????　なんでぇぇえ?!　なんで、骨ごとブチ折れるのぉぉおお?!

疑問符だらけのギーラン卿を見下ろすようにナセルがティーガーⅡに跨乗すると、

「……………んなもん」

――装甲が厚いからに決まっとるだろがぁぁぁあああああああ!!

ビリビリビリ……!　と空気を震わすがごとく吠える。

だってそうだろ?

それは事実で純然たるもの。

それ以外になにがある?

ティーガーⅡの装甲は前面は、

「――180mmだっつーーーーーーーーーーの!!」

「んなぁぁぁああああ、バ、バ、バ――バカなぁぁぁぁあああ?!」

いやいや、バカも何も!!　馬鹿みたいに分厚くて上等!!　重装甲こそが正義!!

ドラゴンの鱗が厚かろうが何だろうが、比べる対象がそもそも違うわボケぇぇえええええ!!

……こっちはドイツ軍製装甲板だぞ、アホンダラぁぁああああああああああああ！！！

「そしてぇぇえええええ!!」

馬鹿みたいな重装甲の更に上、

「――馬鹿みたいな重武装の主砲弾を食らいやがれぇぇぇえええええええええええええええ!!」

王都の大障壁以上のシールド？

……結構！

パンツァーファウストの直撃を防ぎきる魔法⁇

……実に結構!!

パンツァーファウストの貫通力は２００ｍｍッッ!!

……ならばぁぁぁぁあああ!!

　　クゥイイイイイイン……！

マイバッハ製エンジンからもたらされる、４ストロークＶ型12気筒水冷ガソリンが生み出す７０
０馬力由来の電力が砲塔を旋回させるとッ!!

「これが長砲身88ｍｍ（アハトアハト）の貫通力だぁぁぁあああああああああああああ!!」

主砲弾：タングステン芯のＰｚＧｒ40／43（高速徹甲弾）装填――――……!!

「ちょ、ま！」

まって、これはなし――――……!!

ブチ折れた腕でいやいやをするギーラン卿――――……って。

「……待つか、ボケ！」

　　発射（ファイエル）ッッッ!!

ドゥカーーーーーーーーーーーーーーーーーン!!

「ひぎゃ……!!」

目を閉じたギーラン卿の鼻先で、一瞬、主砲弾がメリメリィ……と、ユニコーンの魔力を受けて障壁が顕現し、巨大な88mm主砲弾を空中に停止させる。

ギュルギュルと横回転する砲弾が空中に留まるという不思議な光景――……。

「…………………ぬ？」

真っ黒な砲弾のうち、砲弾に刻まれた『ＰｚＧｒ』の赤い文字が生々しく見えた時……ついに、

――ピタ。

「は、ははは……とま」ピシィィ……!!

バリィィイ――――――――――――――――――ン！！！

「ふぅわ?!」

一瞬にして砕け散るユニコーンの障壁！　そのまま、高速で空間を駆け抜け――チュド――――――ン!!　と、空気を爆裂させると、真正面のギーラン卿を巻き込んでぶっ飛んでいく!!

ブチュ……！

上半身はブチ切れ、ユニコーンに至っては、顔面と胴体をブチャァァァ――と貫かれて、遥か彼方までかっさらって飛んでいく！　……いく!!

そして、

「――あばぁぁああああああああああああああああ!!」

まさかまさかの貫通う!!

信じられないものを見るような目で、ギュルルル……！　と、回転する上半身のギーラン卿が
「うそぉぉお?!」と、呟いているが、知らん!!

すぅう、

「――言っただろうが!!　こっちの貫通力は２３７ｍｍじゃぁぁぁああああああああああああ!!」

ガラス板一枚で、防げるもんなら、防いでみろっつーーーーの!!

――ぎゃぁぁぁああああああああああああああああ?!

ギュルルルルルル……!

悲鳴と共に、朝日の先までぶっ飛んでいくギーラン卿。

「は!!　夜明けに乾杯」

……何が最強の騎兵連隊だ。何が高貴なものの嗜みだ!!

「何が異端者に人権はないだッッッッ!!」

異端者に人権がないなら――――

「テメェみたいな野郎には――存在価値がねぇぇぇえええええええええよ!!」

ばーーーーーーか!!

ビシィ!!　と中指を突き立て、朝日に向かって飛んでいくギーラン卿を見送った。

そして、

「あ……」

やッべ。倒しちまった……。

※　※　※

あーあー……。

やっちまったよ。今さらドサリと地面に伏すユニコーンだったものの残骸。なぜか、頭を失った体の残骸が足を折って寝ころぶようにゆっくりと伏せの姿勢を取って動かなくなった……。

「ひ、ひぃぃぃ……！　連隊長がぁぁぁあ！」

「ば、ばかな!!　ユニコーンだぞ?!　最強の防御を誇る魔王軍の高速重騎馬だぞぉぉぉお」

わなく騎兵連隊の生き残り。大半は、Ｍｅ２６２の地上掃射を受けて吹っ飛んでいたが、いくらかは生き残りがいる。だが、所詮は生き残り――。

そして、残りを生かしておく気はさらさらない!!　まったくない!!

「――殲滅（ファイニヒトゥン）しろッ」

『『『了解（ヤボール）ッ！』』』

ひぃぃぃいいいいいいいいいいい!!

空爆直後から白兵戦を演じていた降下猟兵がついに殲滅戦に移行する。

ただでさえ壊滅寸前の騎兵連隊。まんまとナセルの策にはまり、全力で騎馬突撃を仕掛けたところを、まとめて近接航空支援によって仕留められたのだ。すでにまともな戦力は残っておらず、今は騎馬の大半を失い、負傷兵だらけとなっている。

さらに、たった今、彼等の最後の希望であった騎兵連隊長――ギーラン卿までもが、自慢のユニコーンと共に吹っ飛ばされてしまった。

精神的支柱まで失った今、そんな敗残兵どもに降下猟兵２００が負ける道理など一つもない!!

――ない!!

そして、ついに、

う、う、

「「「うわぁぁぁぁぁああああああああああああああああああああ!!」」」

士気が崩壊した騎兵連隊主力は逃走を開始。後ろどころか、前へ右へ左へと。とにかく自分たちから見て、敵――降下猟兵がいない場所を目指して逃げ惑うのみ。あまつさえ、その場に穴を掘り始める奴までいる始末。

だが、容赦せん！　許容も無ければ、慈悲もない!!

「言ったはずだ!!」

殲滅だ!!　殲滅する、と――――！

だ・か・ら、

「ぶっぱなせぇぇぇえええええええ（トリガーフリィィィィィィ）！」

『『了解（ヤボール）』』

そこかしこでＦＧ42の銃声が鳴り響き、背中から撃たれていく敗残兵ども。

重なり合った銃声が、ドババババババババ!!　と物凄い轟音を立てて、まとまったグループを追い立てていく。数名が数十名。数十名が百人となり、装備を捨てて駐屯地の建物の方へと駆けていくが、ナセルはティーガーⅡに跨乗したまま突進を指示する！

まとまって逃げてくれるなら好都合！

「行け（ゲーエン）!!　蹂躙（トランペルン）しろ――――!!」

一兵たりとも生かして帰すな！　ただし、主砲発砲は厳禁!!

建物のどこにリズがいるかわからない、からな！

それ以外は撃ってよし！　撃ってよし！――討ってよぉぉぉぉおおおおし！

「「う、う、うわぁぁあああああああああああああ!!」」

だから、背中には容赦なく撃て!!

撃ちこめ!!　撃ち殺せ!!　……一人でも逃がしたら、それだけリズが危険になるんだ!!

「――総員（アーレメナー）、連中（シャイセンジー）を後ろから（アオフォン ヒンテン）でも撃て!!　殲滅（ファイニヒトゥン）だ!!　殲滅（ファイニヒトウウン）しろ!!」

家族を害しうる連中は消えろ……！　皆、消えろ……。

「――消えてしまえ（ゲーヴェク）!!」

そうだ。王国に連なる貴様ら等、この世から消えろぉぉおお!!

――撃てぇぇぇぇぇぇぇッ（ファイエエエエエエル）！

ぎゃ……。

「「「ぎゃぁぁあああああああああああああ！」」」

第二騎兵連隊がナセルによって完膚なきまで叩きつぶされることが決まった瞬間だった――。

■第9話　掃討戦

戦車(パンツァー)、前へ(マルシュ)!!

ドルルルルル!!

逃亡する騎兵連隊の残余を追って、ティーガーⅡに跨乗(タンクデサント)したナセルが重装備の降下猟兵と共に吶喊する。

目標は騎兵連隊の兵舎群だ。

連隊旗が翻る勤務棟らしき豪奢な建物のほかにも、厩舎や兵舎らしき簡素で巨大な建物も見える。

それらを一気に制圧していくのだ！

行け行け行け行けぇ(ロスロスロスロォス)!!

「――行くぞ(ギィッヒ)!!　続けぇ(フォルゲミーア)!!　奴らを殲滅し、リズを捜索――救出するッ!!」

『『了解ッ(ファシュタンドゥン)！』』

ヴォババババババババ!!

　ヴォバババババババババン!!

彼等のうち身軽な装備の分隊が、ＭＧ42に支援されて躍進(やくしん)していき、

少し離れた位置でも、重装備の降下猟兵分隊を核に突撃隊形を作った降下猟兵のグループが、別

の兵舎を包囲するように迂回する姿も見えた。

『行け行け行け（ロスロスロス）!!』

『前へえええええ（マァアアルシュ）!!』

戦いは完全に掃討戦に移行していた。

「「うわぁぁあああああああああ！」」

悲鳴を上げる王国兵は逃げ惑うのみ。もはや、敵に反撃に出る余裕すらないだろう。

（もうすぐ……！　もうすぐだぞ、リズ！）

逸（はや）る気持ちを抑えて、降下猟兵とともに着実に屋内に至る周辺の残敵を掃討していくナセル。ナセルの目標は最も巨大で、豪奢なつくりの勤務棟だ。おそらく連隊長室があるのもここに違いない。

それらを確認しつつ、野戦に出ていた王国兵を一人残らず殲滅すると、建物にとりついていくナセル達。リズが囚われているなら、この中で盾にされる可能性は高い。

（……だが、そんな隙を与える気は毛頭ない）

そのために、敵の主力を完膚なきまでに叩き潰したのだから!!

「建物への発砲は厳禁だ（ニヒト アオフ ゲボイデ シィーセン）！　――流れ弾に注意せよ（ヒューテン ズィズィッヒ フォア シュトロイクゲルン）」

間違ってもナセル達の誤射で彼女を傷付けるわけにはいかない。無茶な命令だとはわかっていても、そのために降下したのだ、戦果に酔って、本質を見失ってはいけない……！

「――戦車は待機ッ（パンツァー ヴァルテン）！」

強力に過ぎるティーガーⅡは、当然発砲を控えさせている。だが、ここに居座るだけで敵に対する威圧感は十分――少なくとも、逆襲しようなどという気は起きないはず。

「……行くぞ(ギィッヒ)、ついてこい(ミアデコォン)!!」

手近にいた降下猟兵を、戦車と共に推進し、ナセルは建物内を制圧するために肉薄していく。逸る心を抑えながら、ティーガーⅡの乗員から手渡された短機関銃(MP40)に持ち替え、室内戦闘に備える。

……主力は殲滅したが、野戦で全てを殺しつくしたわけではない。それに、敵騎兵連隊の総数は多い。いくらかは建物にも残っているはず――！

ましてや、残余は少数ではあるが、逃げ切り兵舎や厩舎に立てこもった連中もちらほら見えた。奴らも必死だ。徹底抗戦の構えを見せている。建物の入り口という入り口はすべて家具などで防がれていた。

「ち……！　もっと減らしておくべきだったか」

すぐには突破できそうにないことは火を見るより明らかだ。だが、文句を言っても始まらない。主力を撃破できただけでも良しとするべきだ。それでもまだまだ敵の数は多い――……！

連中も、わかっているのだ。ナセルが容赦しないことを――そして、ナセルに時間がないことを！

なぜなら、……ここはまだ敵地。そして、時間をかければ、いずれ近隣の部隊から増援が来るのは間違いないのだから!!

……だから、一気に肉薄して制圧する!!

「――MGいい(マシンゲヴェーーァ)！！！」

『確認(ヤー)!!』

ナセルが後方で構えているMG42の射手に指示を飛ばす。

兵舎の窓から、バラバラと10名程度の歩兵が剣を手に猛然と飛び出してきたが、それにも構わず、まとめて射撃！　――今さら、側面を突こうとしても無駄だ!!

ヴォバババッ!!　ババババババババ……！　と、後方で射撃姿勢をとるＭＧ42からの支援射撃が素早く短連射！　機関音も頼もしく、敵散兵を切り伏せるように倒す。

泣き声のような悲鳴が一瞬聞こえたが、無茶苦茶に動きまわる降下猟兵の蛮声にかき消されていく。

「いいぞ（グート）、ＭＧ前へ（マァルシュ）！　小銃（ゲヴェーア）、援護（ミァデコン）ぉ！」

『了解（ヤー）ッ！』

『突撃（アングリフ）、突撃（アングリフ）!!』

――突撃（アングリィィィイフ）いいいいいいいいい!!

パンパンパンッ!!　――――パァァン!!

断続的に響き渡る支援射撃に支えられて、増援の降下猟兵突入部隊が次々に駐屯地の建物にとりついていく。

さらに、小銃部隊が取りついたのを確認した後、後方のＭＧ42装備の機関銃手が2名一組で、3脚から取り外したそれを躍進させる。

『『到着（アンクゥンフト）っっ』』

機関銃手が、ガチャガチャとＭＧ42と弾薬箱を鳴らしながら、予備銃身と弾薬箱を担いだ副射手を伴い、前方に到着。地面に張り付き、ＭＧ42の２脚で大地に依託すると、さっそくヴォババババババババ!!　と猛烈な連射を加えて顔を出した王国兵をなぎ倒していった。

『制圧（クラァ）！』

それでも、銃口からは目を離さずいつでも射撃できる態勢を維持する機関銃手。

照準器の先は、油断なくバリケードで封鎖された入り口に照準を付け――さらに副射手が、サポートする位置に付き、予備の銃身をいつでも取り出せるように控えている。

安定した射撃姿勢。

完璧な援護態勢だ！

ここなら、建物のどこから敵が来ても援護できるだろう。

「突入するぞッ（フォーアテュース）!!」

建物ギリギリにティーガーⅡで乗り付けると、入り口を塞ぐようにして停止。そのまま勢いをつけて飛び降りたナセルは、兵舎の壁に背をつけると、チョイチョイと手で合図し、突入班を編制すると、細かい指示もなしに短機関銃（MP40）を装備した降下猟兵が進み出た。

インドア戦用のベテラン兵なのだろう。彼等は2名一組で共闘しつつ、死角をカバーしながらナセルの背後に従っていく。

「いくぞ（ギィッヒ）！　突入の合図は俺がだす（イッヒゲーベダスジグナルツムヒナインシュテュルメン）」

『了　解（ファシュタンドゥン）！』

ナセルの周辺には、掃討を終えた降下猟兵が続々と集まりつつある。どうやら建物外周の安全化は完了し、残るは室内掃討だけらしい。

複数の突入班と、援護班に分かれた降下猟兵は、ハンドサインで突入のタイミングを計る。

もちろん、合図はナセルが出す。今のところ、籠城兵の逆襲は絶（た）えているが……。

　行けるか……？

　――まずはぁぁ、

「穴を開けろ（マハ ヤー アインロッホ）ッ!!」

『了解！』

　ババンッ!!　バババババンッ!!

　一斉に鳴り響くFG42（自動小銃）の音に続いて、籠城側が作ったバリケードにこぶし大の穴が開く。家具を積み上げただけのバリケード等簡単に破壊できる。

　よし、行けるぞ……！　次は――。

「手榴弾（グラナート）、……てぇ（ヴォウフ）!!」

　事前の打ち合わせ通りに、開けた穴から援護班に手榴弾を準備させ、合図とともに投げ入れされる。

　カランカラン……と、乾いた音を立てて、柄付き手榴弾が室内に吸い込まれていく。

「(うわ?!　な、なんだ!?)」

「(ゲホゲホ！　い、石か?!)」

　すると、バリケードの反対側にいるであろう籠城部隊から困惑した声が聞こえる。

　思った通り内側で待ち伏せし、バリケードを支えていたのだろう――。

　…………そのまま死ね！

「総員（アーレメナー）、伏せぇぇ（ヒンレェェェゲン）！！！」

『『『伏せろぉぉぉおおおお（ヒンレェェェェゲェェェェェン）！』』』

注意喚起するまでもなく、降下猟兵たちは地に伏せる。

その瞬間、もはや聞きなれた音が大地を轟かす。

ツバババァァァアン……!!

「『(ぐわぁぁあああああああああああああ!)』」

即席のバリケードが内側からぶっ飛び、猛烈な黒煙を噴き出した。内部にいた敵もただでは済まないだろう――――。

「よぉうし(グゥウト)、突入班(フォースグルッペン)!　突撃ぃ(アングリィフ)!!」

ナセルが素早く短機関銃を構え、いまだ煙を吐き出している兵舎内に一番乗りで突入する。

黒々としたシルエットが見えたら迷わず射撃だ!!

パパパパパパパパパッ!!

「がッ!」「ぐあぁあ!」

ドサリと倒れ伏す敵散兵を無造作に踏み越え、中へ中へ!!

「突入援護おおお(アングリフミアデコォオオン)!!　上手く援護しろぉおおッ(ビッテグゥーツザマアバァントゥ)!!」

『『行け行け行け行けッ(ロスロスロスロォス)』』

　パパパパパパパパンッ!

　パパパパパパパンッ!

ナセルに続いてベテラン兵が短機関銃(MP40)を小刻みに振りつつ、銃口を暗がりに向けながら突入していく。

その背後からは、ハリネズミのように全方位に銃口を向けた援護班が距離を開けて追従していき、ナセルと突入班が安全化(クリアリング)した部屋を次々に封鎖ないし、兵を配置し制圧していく。

「異常(クラア)なし！」

『異常(クラア)なし！』

『異常(クラア)なし！』

『異常(クラア)なし！』

ズンズンと、中に突き進むナセル。時折、咳き込みながら敗残兵どもが向かってくるが、余裕を持って打ち倒す。弾切れになりかけてもベテラン兵の援護を受けて余裕で弾倉交換ができた。

だが、敵をいくら倒しても何も感じない。敵をいくら駆逐しようとも何も意味がない。

──そう、意味がない!!

意味がないんだ！！！

リズが居なければ────!!

「……リズ!!　どこだリズ!!」

どこにいるんだ?!

いつの間にか、ナセルは叫んでいた。

敵が強襲してこようと、叫んでいた────！

「どこだぁぁぁあ!!　リズぅぅぅう!!　リズぅぅぅううう!!」

ばぁん!!

すべての扉を開放し、すべての部屋を捜索し、すべての建物を制圧した────！

駐屯地の建物は大半が兵舎と厩舎、そして執務棟で構成されている。

他には、下働きの者が勤めている厨房や食堂であるが、これらは難なく掃討が完了した。

だがいない。

……どこにもいない。

「くそ!!　ここじゃないのか?!」

ほとんどの場所は捜索した。

残るは――……。

※　※　※

――バンッ、バンッ！　ドガァ!!

執務棟の最上階、ギーラン卿の自室を蹴り開けるナセル。

「ひ、ひぃ!!」

「よ、よせ!!　こ、こ、こ、降伏する!!」

扉の前を死守していた残敵を掃討した後、一番豪華で頑丈なギーラン卿の部屋に隠れていたのは僅かな将校クラス。みっともなく、最後の最後まで立て籠もっていたらしい。

「何が降伏だ！　――リズはッ、リズはどこだ!!」

捜してもいないなら、クズどもから聞いてやるぁあ!!

「ひっ!?　り、リズ?!　だ、だ、」

ゴキィ!!

「はぶぁああ！」

折れたブロードソードの柄頭で思いっきり顔面をぶっ叩くと、無様に地面に転がる奴が一人。

「……こうなりたくなければ、さっさと吐けッ！」

「「ひぃぃぃいいいい!!」」

ギラリと鈍く光るブロードソード。折れてなお凶悪なそれに怯える将校を冷たく見下ろすナセル。

頭に血が上ってはいるが、この腐った軍人どもに与える慈悲など冷め切っている。

「あ、あ、あ、あ――お、女の名？　な、なら！」

ブシュ――。

「ぎゃああああああ!!　指ぃぃいいいいいい!!」

「遅い！　さっさと答えろ!!」

切り飛ばされた指をかき集めながらゴロゴロと転がる奴が一人。

「うひぃぃいい!!　言う！　言う!!　言うからよせぇぇえ!!　お、女は、女は厩(うまや)の奥だ!!　厩舎横の収容所にいる!!　…………ま、待て！　言った。言っただろ?!　言ったんだから見逃せよ、この野郎ぅぅううううう！」

シャキイイン!!

ナセルの目つきからして、到底生かしてもらえないことに感づいた最後の捕虜が、部屋に転がるサーベルを拾いナセルに切りかかろうとするが、

「吹っ飛ばせ(ブラスエス　ヴェク)」

『了解(ヤボール)』

ズダダダダダダダダダダダダダダダ!!

　ズダダダダダダダダダダダダダダ!!

「ぐあぁぁぁあああ！」「ぁぁああああああ！」

あああああああああああああああああああああ!!

周囲に控えていた降下猟兵の一斉射撃を受けて死のダンスを踊る奴等────。

そして、どうでもいいとばかりに部屋を出たナセルの後ろで、降下猟兵達が無造作に手榴弾を放り投げた。

──ズドォォォォオオオオン!!

「ぎゃぁぁああああああああ────……！」

ナセルの背後で、大爆発し、木っ端みじんに吹き飛んだ部屋が一つ────。

だが、ナセルはそんなクズどもの最期など一切気にも留めず走り出す!!

「………リズ!!」

リズを────最愛の最後の家族を救うために……！！！

　「────リズ！！」

──ガシャン！！！！！

情報通り、厩舎の奥にあった不衛生な牢屋のような収容所を発見すると、ブロードソードで鍵を叩き切り、一息に扉を開けた!!

バンッ!!

「「「ひぃぃぃいいい!!」」」

しかし、果たしてそこにリズはおらず。かわりにボロボロの格好で憔悴しきった少年少女と、見目の麗しい女性が数名いるのみだった。

……リズは？　リズはどこだ??

内部は酷い有様だ。飛び散った血と肉片に交じり、糞尿の匂いと、体臭がまだらに混ざり合った地獄の香り……。

――こ、こんなところにあの子が?!

ヨロヨロと内部に踏みこんだナセルは、目を覆わんばかりの惨状にくらくらとする。だが、幸か不幸か――室内のどこを見渡しても、身を寄せ合った女たち以外にリズの姿はどこにも見えなかった。

（り、リズ……？）

バカな……?!　いない……いないだと?!

「そんな馬鹿な!!」

いっそ、こんな場所にいない方がましだとはわかっていても、それでもいないということが信じられず、頭が激しく混乱する。

だって、ここ以外に――……。

がしッ!!

「おい！　答えろッ!!　リズは……リズはどこにいる!!」

「ひっ！　い、いやぁぁあああ!!」

手近な女性を摑んで顔を寄せて怒鳴るも、怯えるばかりで話にならない。

異様な格好（降下猟兵用迷彩服）と抜き身の折れたブロードソード――そして、背後に付き従う異様な姿の兵士（ドイツ軍降下猟兵）を従えたナセルだ。

無理もないといえばそうなのだが、気遣う余裕すらない。

「……チッ！」

まともに答えられないとわかれば女性たちを無視して、次々にその顔を覗き込むナセル。まともに応対できないと分かれば突き放し、次なる相手を探すが、全員が縮こまり、部屋の四隅に身を寄せてしまった。

「くそ！」

どこだ!!　リズ、どこなんだよ!!　――どこにもいないなんてそんな馬鹿な話――!!

……一体なんのために危険を冒してここを襲撃したと思っているんだ。

だから、いる。きっといるはずなんだ――……そう、だから!!

「……リズ！　リズ！　俺だ、ナセルだ！　ナセルおじちゃんだ！　助けに来たぞ!!」

リーーーーーーーーーズ!!

人目も憚らず大声を張り上げるナセルに怯え切った女性たち。

だが、構ってなどいられない！　ナセルにはリズ以外に大切なものなどないのだから!!

どこだ!!　どこにいるんだ?!

声を――――……。

「――リズぅぅぅうううううう!!」

くッそぉ!!

くそぉぉぉおおお!!

どこなんだよッ?!

「ちくしょぉぉおおおおおおおおお!!」

手にしたMP40を思いっきり地面に叩きつけ、
力任せにブロードソードを壁に振りぬいて叫ぶ!!

「がぁぁぁぁああああああああああああああ!!」

「「ひぃぃ!」」

その様子に怯える者が居ようと知った事か!

そんなことよりも――――くそっ！　天を仰いで顔を押さえるナセル。

……脳裏には最悪の想像がよぎっていた。

もしかすると、リズはとっくに――――――。

「お、おいおい……！　なんの騒ぎかと思えば――。落ち着け、ナセルよ。そんなに大声で叫ぶでない。……皆、怯えておるではないか」

「テメェ……いつ来やがった」

飄々とした様子でやってきたのは、魔法兵団元帥――――バンメルだ。

「アホォ、今に決まっとろうが。ったく……。ほれ、まずは皆に水か、毛布でも配ってやらんか」

そう言って、指を弾くと、いつの間に召喚したのか、パタパタと羽ばたく小型のドラゴンが現れる。そのコミカルな様子に一瞬だけ空気が和み、それを幸いと、さりげなく毛布を差し出すバンメル。

……どうやら兵舎で回収してきたらしいが――。

って、

「知るか!!　んなもんどうでもいい!!……おい、バンメル!!　テメェ――リズはどこだ!!」

コイツがここにいる可能性が高いっていうから来たんだろうがッ……!

もちろん、半ば八つ当たりだとわかってはいる。……いるが、言わずにはいられない。

「ワシが知るものか!!　ええぃ、触るでない!!」

そうして、反射的にバンメルに摑みかかろうとしたナセルであったが、

「あ、あのッッ!!」

……あ?

スカッと、バンメルを摑む手が空を切ると、ナセルは反射的に振り向いた。

今の声はいったい――?

「リ、リズ。……リズって――その……。ぁ、赤い髪の女の子、ですか?」


「……ッ?!」


――ぐわば!!

音がするほど顔をあげるナセル。その目の前には、おずおずと手をあげる少女が一人――。

「し、知ってるのか?!　ど、どこだ!!　どこにいる!　はやく、早く教えろ!!」

そのまま凄まじい速度で彼女に駆けよると、胸倉を掴み一気に言った!!

「――ひ、ひぃ!!」

物凄い力で掴みかかるナセルに、鋭い悲鳴をあげる女性。知らず知らずのうちに、細腕をギリギリと締め上げてしまう……。

「お、おいおい!!　よせよせ！　止さんか、ナセル!!」

慌てて間に入ったバンメルが、少女とナセルを引き離すと、今度こそ、優しく手を取って彼女に視線を合わせて話しかけた。

「す、すまんのー。コヤツはちょっとアレでな。……あー、ワシらは危害をくわえんと約束する。……じゃから、ゆっくりとでええ。ワシらに事情を話してくれんかのー？」

「ひ……ぅぁ」

ぶるぶると震えて怯え切った少女。その面影にチラリとリズのそれを見た気がしてバツの悪くなるナセル。

彼女が悪いわけではないのは百も承知なのだ。

「…………すまん」

「謝るくらいなら、最初から黙っておれ……」

ったく……。と息をつくバンメル。ナセルの豹変ぶりと、表情――そして、纏うオーラのせいで、件の少女はすぐに応えられそうになかった。

代わりに、少女の肩越しにジロリとナセルを睨むバンメルが顎をしゃくると――。

「ナセルっ！　お前の面を見せると皆が怯える。酷い顔しとるぞ？　……ええから、お主は、皆に水と毛布を配っておれ！」

「ちッ……」

ナセル!!

「……わかったよ！」

思ったよりもキツイ口調に、ナセルも渋々とバンメルにこの場を譲る。確かに、怯え切った少女に問い詰めても無駄だとわずかに残った理性で判断できたからだ。

「ったく。……うむ、うむ。安心するが、ええ。もうよい。もう大丈夫じゃ――」

さめざめと泣く少女の背をポンポンと叩くと、ゆっくりと話を聞き始めるバンメル。

ナセルはドイツ軍と顔を見合わせるのみ……。

――だって、あのバンメルだよ？

あまりに意外な姿に、ムッとした顔でありながらナセルもジッと耳を傾ける。

そこにリズへの手がかりがあると信じて――。

※　※　※

毛布を配り、収容所から場所を移したナセル達。

どこもかしこも戦闘の余波で硝煙と血にまみれてはいたが、あそこよりはマシなのは間違いない。

「あ、あの……」

不安そうにナセルの方を窺う少女であったが意を決したように話し始める。

「わ、私たちは、その――――さ、最初は別の収容所にいたんです……」

ポツリポツリと事情を話し始めた少女。そのほとんどがナセルには関係のない身の上話であったが、総合するに彼女らは各地から集められた異端者の係累であるらしい。

……事情はリズと似通ったところがあった。全員がそうではないものの、彼女らも魔王軍の捕虜になった兵士の家族で、親が異端者の認定を受け、彼女らは、その係累ということで連行――……約一年の強制労働という有無を言わせぬ処置を受けたそうだ。

しかし、ある日突然の移送命令が下り、ここに強制的に集められたのだが、その中に、確かに『リズ』という少女がいたという――……。

「な、なに!? ほ、本当か?! 本当にリズはいたんだな?! どこだ!! どこにいる!! 今、アイツは――!!」

……リズは?!

「ひッ、ひい！」

ナセルの剣幕に再び縮こまる少女。

「おい、ナセル!!」「ちッ……！」

怒鳴り散らしたくなるのをグッと堪(こら)えるナセル。

だが、どうしてリズだと分かった？　珍しい名前というわけでもないし――。

「そ、その、……あ、あの子を支える女性がいたんです。その人が頻(しき)りに「リズ、リズ」と呼んでいたので……。だから、名前に聞き覚えがあるなって――」

…………………え？

い、いま、なんて言った??

「ふ〜む……。ならば、間違いなさそうじゃな。名前と特徴が一致しているなら——別人ということはあるまい。しかし、一体どこに——」

「……ちょ、ちょっと待ってくれッ!!」

思わずバンメルの言葉を遮るナセル。

「んー?? どうした、ナセルよ？」

不思議そうな顔のバンメルであったが、ナセルはそれどころじゃない。

「……アンタ。い、今——。リ、リズを支える人がいたと言ったな？」

「え？ あ、は、はい……その？」

こんな場所で一体誰が——……誰がリズを支えるというんだ？

でも、なんだろう……この予感は……？

……ドクン。

不意に心臓が波打つ。ドク、ドク……と——。

「な、なぁ——その人って……」

そっと、周りの彼女らの顔を流し見るナセル。

——いない。

そうさ……いるわけがない。

「え?……え、えっと、はい。ここには居ませんでした……。あ、あの子と一緒に連れていかれてしまいました、けど――。その……?」

　ドクン……。

　ドクン……。

「ど、どんな――人だった?　特徴は?!　な、名前は?」

　静かに、だが確実にナセルの心臓がドクドクと……ドクドクと――。

「え?　どんなって……。名前は聞いていません……。そ、その――き、綺麗な人でしたよ。……凛とした――強い女性で、」

「……ッ!」

　ドクンッッ……!

　その瞬間、ナセルの心臓が大きく跳ねる。

「――ここの兵士どもにも一歩も退かず、たった一人でリズさんを守り続けていました。そ、その……自分はどんなに傷付こうとも……、どれほど屈辱的な目に遭おうとも――」

「くッ……」「ナセル??」

　不思議そうな顔でのぞき込むバンメルから顔をそらし、ドクン、ドクン――!!　と激しく鼓動する心臓を抑えるナセル。

「――そ、その……。ぜ、絶対に屈しない。意志の強い女性でした」

　あぁ、そうだろうさ――。

　だけど、

「ま、さか……」

まさかな――……。

一気に言い切る女性の言葉に、ナセルは、心臓が不安定に鼓動を大きくするのを感じながら、息苦しささえ感じて胸を押さえる。

「まさか……！　うそ、だよな……？」

……そんな、

……そんな、

「そんな、馬鹿なことって――！」

「あ、あのぉ……？」

……だけどッ!!

どうしても――どうしても、「その人」の話を聞くうちに無意識のうちに「彼女」を幻視する。

……してしまう。

――だって、そうだろ!?

だって、だって――

「だってさぁぁああ……！」

「負けるなよ、ナセル」

「……ぁッ!!　あああああ……!!　う、うそ、だろ……」

……嘘だろ?!

嘘だろぉッッ!!

だって――――……。

だって……。

「だって……！」

『彼女』はもう――――!!

アナタはもう――――!!

「あの……？　知ってる、人――ですか？」

不安げにナセルを見上げる女性。

なにか、気に障ることでも言ったのではと不安がっているが、……そうじゃない。

そうじゃないんだ――。そうじゃない……。

だって、だって、そんな人――――そんな人は、たった一人しか知らないッ！

「えっと――確か……その人は、」

女性は瞑目し、リズを庇う女性の特徴を一つ一つ上げていく。……いや、聞かなくともわかる。

――わかる……！　あぁ、わかるさ!!

「き、金髪で、引き締まった体の、とても、」

「――……引き締まった体の、とても美しい顔立ちの、青い目で、白い肌の女性……」

あとに続くナセルの言葉に、女性が驚いて目を剝いている。

「は、はい……そうです。きっとその人です。でも、どうし――――」

ドサッ…………。

それを聞いた瞬間、ナセルは膝をついて両手で顔を覆う。

そして、

「────────────い、生きていた…………」


生きていた………………！

……い、生きていてくれたのか？

「──い、生きて……」

生きて……。生き、て────。

「う、うぁぁ……」

ボロボロと目から零(こぼ)れ落ちる涙に思考がグチャグチャになっていく。

「お、おい?! ナセル？ 大丈夫か、お主？ いったい……」

バンメルの訝しがる顔も目に入らない。

だって……。だって────!! あ、あの人はッッッ！！！

「──あの人はぁぁぁああああああ!!」

……つ、強く、誇り高き、ナセルの理解者で、
ナセルにとって、大切な大切な、大切な……女性でッ!!

だ、大、隊長……。

「大隊長……。大隊長ぉぉぉおおおおおおおおお！」

う……。

　うわぁぁあああああああああああああああああああああああああああああああああ！！！

――うわああああああああああああああああああああああああああああああああああああ！！！

「大隊長ぉぉぉお!!　大隊長ぉぉぉおおおおおお!!」

大隊長ぉぉぉおおおおおおおおお！！！！

　「今度、王都で会ったら茶でもご馳走してくれ。約束、だぞ」

そう言って、美しく微笑(ほほえ)んだあの人の顔が、今！　今!!

今、ハッキリとッッ!!

しゃ、

「うぉぉぁおあああああああああああああああああああああああああああああああああ!!」

「……シャラ、シャラ。シャラ！――……シャラぁぁぁあああああああああああああああ!!」

うああああああああああああああああああああああああああああああああああああああ!!

滂沱と涙を流すナセル。

だって―――ぐぅぅう！　だって！！！

「リズと、――――――――――あぁ、リズと共に?!」

どうして?!　どうやって!?

どこに今までぇぇぇえええ!!

「……――ぐあぁあああああああ!!　コーーーーーーーーーーーーーージぃぃいいいいいい!!」

あの野郎!!

殺したとか、焼き落としたとか!　ふ、ふざけやがってぇぇぇえええ!!

「ああああああああああああああああああああああああああの野郎ぅぅううう!!」

もはや、ナセルの感情は無茶苦茶だ!

まだ愛する二人の女のだれにも手が届いていないというのに!!　いうのに!!!

それでも、希望が!!　輝かしいばかりに希望が!!

――――生きているという!!　希望が!!!!!!

地面に顔をつけてとめどなく溢れる涙と、鼻水ともう何から何までを垂れ流すナセル。

もはや会話などできない。

だから、

「ったく、大の大人がビービーうるさいのぉ」

しょうがないといった風情で、ナセルをよそに、バンメルが引き続き女性から話を聞きだした。

そう。肝心なところはまだ聞けていないからだ。

「ま、コヤツはちょっと放っておくかの。うるさいしのぉー。……で、じゃ。その、なんじゃ――」

「は、はい。彼女らの行方――ですよね？　えっと、その、噂程度なんですけど、その……、」

「ふむ……構わんよ。教えておくれ」

そう言いつつも、バンメルはなんとなく当たりがついたという顔をしている。

「は、はい……………恐らく、ですが。その……リズって子と、金髪の女の人は、特に厳重に移送されました。た、多分、前線都市に――……」

「……な!!」

なん、だと――?!

反射的に顔を起こすと、ナセルは女性に摑みかかった！

「お、おい！　アンタ!!　……それは本当かッ!?　よ、よりによって、前線都市だと?!」

あの魔女狩りの火が吹き荒れているという前線都市に?!

よ、よりによって、あそこにリズ達が――?!

「――ひ、ひぃ!!　ぜ、ぜぜぜ、絶対ではありません!?　ですが、私達を甚振る男どもはそう言っていました……！」

ば、ばかな！　なぜ……よりによってこのタイミングで――！

「……う、うーむ、これはチト不味(まず)いのぉ」

「バンメル？」

眉間にしわを寄せたバンメルが、苦々しく呟く。

……おいおい。ま、まさか……。

「うむ……。こりゃあ、どうやら気づかれたらしいな――」

「……ッ?!」

難しい顔のバンメルは、豊かな髭を撫でつけつつ、途方に暮れたように天を仰いだ。

「王都を壊滅させた異端者の正体が誰であるか……。つまり、そういうことだ。……見せしめか、報復か――それとも、人質か。う～む……」

王都壊滅から随分と時間がたっている。敗残兵らの口から、王都を壊滅させたのがナセルだと知られていてもおかしくはないのだ。

……いずれにしても、野戦師団はリズ達がナセルの弱点だと勘付いたらしい。

「くそぉッ！　バンメル、てめぇ!!　――読みが外れてんじゃねぇかッッ！」

「ま、まぁ、……そうさな。う～む、まさかよりにもよって、前線都市――野戦師団本部か……」

コイツ、他人事だと思いやがって……！

「どうすんだよ、バンメル!!」

「――あぁん?!　人を責めておいて、お主……！　ったく」

「うっせぇッ！」

このジジイの世迷いごとに騙されずに最初から野戦師団本部を突くべきだったのだ！

いや、それどころか、事態は最悪だ！

「……まぁ、落ち着け。まだ時間はある、ほんの少しだがな――。じゃが、こうなったからには正攻法では無理じゃろうな。お主の『どいつぐん』とやらで真正面から叩けば勝てるだろうが、そうなったら奴らは間違いなく姪御さんを盾にするぞ?」

んなことはわかっている!!

そして、ナセルの弱点はリズだけではなくなってしまった……!

「そうか。そうだったな……。その上、お主の想い人も囚われている、か――う～む……」

そうだ。リズだけじゃない……。

シャラ……。シャラ・エンバニアもいるのだ!

「――違う。……恩人だ。そんな、俗な関係じゃない」

……想い人だなんて、感じるのもおこがましい。

彼女は――シャラ・エンバニアは、ナセルなんかが想っていい人じゃない。

「かッ! 男女の関係に恩も杓子もあるかー。……まぁ、それはええわい。で、行くのは確実として。……問題はいくつもあるのー。さすがにワシのドラゴンでは目立ってしょうがないからのー。

……送ってやるわけにもいかんしー……う～む」

あぁ、言われるまでもない。流石に空から行くほどナセルも馬鹿ではない。

なにより、野戦師団上層部がどこまで情報を掴んでいるか不明だが、ナセルの召喚獣『ドイツ軍』のことを正確に掴んでいるなら、真正面から戦おうとはしないだろう。

きっと、ナセルの接近に気付いた瞬間――リズ達を盾にナセルに降伏を迫るに違いない。……だが、これはまだある意味ありがたい。

なぜなら、ナセルの弱点であると同時に、リズ達はナセルに対する切り札にもなるのだから。

――つまり、リズ達はナセルが敗れるまでは、殺されるようなことはないはず……。

だが、一番最悪なのは、連中がナセルの力を正確に掴んでいない場合だ。

そうなった場合――。

「うむ。……奴らがお主の力を侮っておった場合――……今すぐにでも、報復と見せしめに使うだろうな。しかも、人質が二人、か。……二人も人質がいるなら、どちらかは簡単に斬れるしの……――連中も、騎兵連隊が二個も潰されておるんじゃ、容赦はせんだろうて」

ぐッ……！

バンメルの正論に青筋が立つも、間違ってはいない。

王国も野戦師団も、ナセルに微塵も好意を抱いていないのだ。むしろ、魔王軍以上に憎悪していることだろう。そうなった場合は、リズ達は『切り札』でもなんでもない――ただの『王都を壊滅させた大罪人の異端者の係累』だ。

彼女らを甚振ることに何ら良心の呵責(かしゃく)を抱くことなく、思う存分リズ達を切り刻むことだろう。

そして、散々弄んだあとは、民衆の前で大魔女よろしく、火刑に処されるのが目に見えている……。

（く……――させるかよ!!）

「させてなるものかよッ!!」

「……というわけでじゃ――ま、どの道やることは変わらんのじゃろう」

「当たり前だ!!」

その言葉にバンメルはニヤリと笑う。

「ならば、今すぐ向かえ――のんびり構える必要もなかろうて。軍と違ってお主の召喚獣は、お主の意思で戦う！　これこそがお主の強みよ。……準備期間の必要な野戦師団と違い、お主のフットワークは軽かろうて」

――あぁ、そうだな。

時間を掛ける必要なんてない！　……1秒でも早く、リズ達を救ってみせる!!

できる。

ナセル・バージニアならばできる！

ナセルとドイツ軍ならばどんな逆境からでも勝利をもぎ取れるはず！

「うむ！……この先障害になるのは野戦師団の歩兵連隊くらいじゃな。主力の騎兵連隊はほぼ壊滅。魔法兵団の主力と、第3騎兵連隊もおるにはおるが、進行方向とは逆じゃし、連中も魔王軍とにらみ合う状況では動けまいて――。つまり、残る兵力は半分ほどじゃ、どうじゃ？　できるか？」

「あぁ。……できる！　クソ共相手に端から遠慮などする気はないからな――」

フッと口角を緩めたバンメル。

「元友軍――しかも、お主がかつて所属しておった野戦師団であっても、真っ向から戦うか――カッカッカ！　豪気豪気！　実に頼もしいのぉ!!　……うむうむ、魔王軍を凌いでいた精鋭部隊を一人で倒すなど、もはやお主に敵う者などおらんじゃろうな！　おるとすれば神様くらいじゃのー、カーッカッカッカッ！」

愉快、愉快とバンメルは豪放磊落(ごうほうらいらく)に笑ってみせる。

ったく、……本当にこいつは何がしたいんだ？　人類が滅びるかもしれないんだぞ……。

ナセルが野戦師団を壊滅させることで、王国は魔王軍に対抗する兵力を失うことになる。それはすなわち、魔王軍への利敵行為に他ならない。……もちろん、ナセルも好き好んで野戦師団を攻撃するわけではないし、魔王軍に味方をする気もない……ないが――。

それが障害だというのなら、ためらう気など微塵もなかった。

（……一人はみんなのために？　全体のためならリズ達が、死ねばいいってか？）

は!!　そんなもん、クソッ食らえだよ。

ナセルの家族を犠牲にして成り立つ人類の平和などクソと同じだ。

——それで滅びるなら、滅びればいいとさえ思う。ナセルの目的はただ一つだ。何も多くは望んでいない。

「……俺は、ただ——。ただ、大切な人を取り戻したい……——それだけだ」

「ほッ！　ならば、急げ！　……急げ、急げ。奴らとて馬鹿ではない。王都を滅ぼしたお主が向かってくるとなれば、王国の民は恐怖に溺れる。すれば、おのずと八つ当たりの対象を求める事じゃろうて……」

「言われるまでもない！」

そうだ。野戦師団は相当に追い詰められている。

民衆へのアピールと、なによりナセルへの脅しと抑止力のためにも、
そして、部隊の連携と前線都市の維持のためにも、リズ達を生贄（いけにえ）にするだろう！

やる。奴らは、きっとやる…………！

「……させるかよ——!!」

民衆の前で嬲（なぶ）り、兵に与えて弄び、最後は——……。

絶対に……！　絶対に——！

「させるかよ!!　……そんなこと、させてなるものかよッ!!」

もう、奪わせはしない!!

「――絶対にだ!!」

「おう！　その意気よ、ナセル！」

ナセルはバンメルに後を任せると外に飛び出した。

いく！　今行く、今から行く!!

「だから、待っててくれ――リズ、そして……」

大隊長――……！

（今度こそ、今度こそ!!）

あの日、狂火の中に消えた大隊長の面影に手を伸ばすナセル――……今度は絶対に救ってみせる。

「総員（アーレメナー）乗車（フォバハイトゥン）ッ！」

『『『了解（ヤボール）ッ！』』』

ナセルは決意を新たにすると、ドイツ軍のうち最低限の歩兵（降下猟兵）と戦車（ティーガーII）を残して一度帰還させる。

……少数精鋭。降下猟兵の分隊がタンクデサント！　速度重視で一気に駆け抜けるのみッ!!

「機関始動（モーターシュタルテン）ッ！　最大速度（マクシマーレゲシュヴィンディヒカイト）ッッ」

目標（ズィエル）――

……前線都市――野戦師団本部！

すうう……。

「――戦車（パンツァー）、前へ（マルシュ）!!」

『『了解（ヤボール）ッ！　指揮官殿（コマンデン）』』

――グルロロロロロロロロオロロロロオオオオオオン!!
最強の重戦車ティーガーⅡがうなりをあげる!!
そして、
……ナセル　対　野戦師団、
最後の戦いが始まる……――。

■第10話　野戦師団

第二騎兵連隊が壊滅的被害を受ける中。

ナセルが悠々と上空を横切って行った先——野戦師団本部は、大騒ぎになっていた。

なにせ、王国最強を誇る野戦師団のその本部上空を、巨大で喧しい騒音を立てながらドラゴンらしき影が数十ほど群れをなして飛び去って行ったのだ。

その目的は不明だが、何の抵抗もなしに上空への侵入を許したことはすべて野戦師団の身に降りかかる。夜明け前とはいえ、都市全体に響き渡った空襲警報は住民全てが耳にしたのだから当然だ。

それ以来、……やれ魔王軍の奇襲だの、……やれ異端者の反乱だの、………やれ帝国の強襲だの、と嘘か真か知れぬ噂が独り歩きし、もはや収拾がつかない有様になっていた。

おかげで、野戦師団本部のおひざ元に作られた前線都市はパニックに近い様相を呈している。

今にも暴動にまで発展しかねないほど治安は悪化し、その気配を敏感に察した住民は早々に退去し始めた。とくに、利に聡い商人は早々に荷を畳み、勝ち戦にしか興味のない傭兵たちはさっさと次なる戦場を求めて旅支度を整え既に街から姿を消してしまった。

残ったのは、出自も怪しい闇商人やら、盗賊まがいの傭兵部隊。

そして、それに反比例するように増加する難民と敗残兵の群れであった。

彼等が流入することで、さらに悪化する食糧事情。

しかし、物資を運ぶはずの商人たちは姿を消し、代わりに横行したのが、法外な値段を吹っ掛ける闇商人たち。ついには、前線都市のあちこちで犯罪が起こり、病が流行する始末。

それに拍車をかける様に、食糧と燃料不足。そして、それらが市場から姿を消すことで不安と不満によって前線都市では小規模な暴動が頻発した。

パンを！　パンを！

水を!!　水を!!

火を!!　薪を!!

積みあがる餓死者と凍死者の死体の山。

それらが腐敗し、疫病が発生すると、都市中に耐えがたい悪臭が溢れかえり、更に死体が増える。

……それでも、王都から続々と流入する難民は後を絶たず、彼等が喰いつくした糧食は枯渇寸前。

すでに軍団を維持できるギリギリにまで悪化していた。

もはや破城寸前となった時――それは行われた。

要するに不満のはけ口を別に設けるという手段――つまりは、私刑だ。

これまでにも、民衆の不満のはけ口として廃棄予定の異端者の係累をセンセーショナルに処刑していたのだが、今回の私刑は私刑にあらず。それは、いつも以上に大々的なセレモニーと共に開かれることになったのだ。

――そう。

すべては異端者のせいである!!

　その宣言の下、今回は、暴動回避と、上空に現れたドラゴンの群れによる不安を逸らすためにも、特に規模を大きくして行われることになったのだ。

　それも野戦師団の監督のもと、なんと見物は自由!!

　しかも、場所は、野戦師団本部前広場を全て使用するという大盤振る舞いだッ!!

　以前から火刑に使われてきたそれ（広場）ではあるが、本日は何と野戦師団長こと——王の弟にして大将軍：ギュンター・ド・マウントパットンの名のもとで正式に開かれることになったのだ！

　——まさに公開処刑。

　そして、火刑に処されるのは今回の騒動に絡んでいると目されている異端者の係累だった。

　そもそもがドラゴンの群れが発端なのだから、その関係者がその対象となるのは当然の事。

　罪状は、もちろん反逆だ。

　ぶっちゃけ……騒動の原因かどうか、あるいは事実かどうかなんぞはどうでもいい。

　民衆どもの不満の果てに、ただただ、憐れに、面白く死んでくれというわけだ。

　そのための装置も大々的で大仰なもので、特設の火刑台が公然と野戦師団本部のど真ん中に設けられることになったのだ。

※　※　※

わーわーわー!!

うわぁぁぁああああああああああ!!

好奇、熱気、歓喜に呑まれる前線都市。

王都壊滅以来、陰鬱な空気に包まれていた前線都市もこの時ばかりは明るい空気に支配され、誰もが熱をあげていた。

その中でも最も活気のある場所は、言わずと知れた前線都市の中心部。野戦師団本部の敷地内であった。もともとは荒野に建てられたこの施設。コの字を描く建物は、外壁以外に遮るものが何もない中、有事の際には要塞となるべくして、外側の窓が高い位置にしかないというまるで城壁のような構造をしていた。

その内側には、石畳を敷き詰めた広場があり、今回の処刑会場として急ピッチで整備し、さらに、普段は兵士による巡察と検問で封鎖され軍人以外は入れない敷地の中ではあるが、今回だけは特別に開放され、誰でも入場可能（さすがに広場を見下ろすようにして周囲を固めている建物群への立ち入りは禁止されてはいたが）となっていた。

その甲斐もあってか、広場の中までは民衆、傭兵、難民の区別なく、告知があって以来――もう人と人と人でごった返していた。

彼等は、民衆に、傭兵、商人、難民に負傷兵に、非番の兵士たち。

そして、それらを監視するようにぐるっと野戦師団の建物にそって配置された王国軍だ。

わーわーわー!!

わーわーわー!!

敷地内にミッチリと詰まった民衆は口々に叫ぶ。

「死ねぇぇぇぇぇ!!　さっさと死ねぇぇぇぇぇ!!」

「殺せ、殺せぇぇぇぇぇぇぇぇぇぇ!!」

「焼け!!　はやく焼け！　焼き殺しちまえぇぇぇぇぇ！」

民衆は、処刑されるのが誰なのかは知らない。知る気もない。

知っている者も中にはいるだろうが、それがどうした？

――暇なんだよ、苦しいんだよ、腹が減っているんだよ。

コイツのせいで、今の生活が苦しい、
コイツ等のせいで、明日のパンにもありつけない、
コイツの家族のせいで、人類は滅びの危機に瀕している！

だから、殺されてくれ。憐れに死んでくれ。その死にざまを楽しませてくれ。

「殺・せ♪　殺・せ♪　殺・せ♪」

「焼ーけ♪　焼ーけ♪　焼ーけ♪」

日々の不満をこれでもかとばかりに、わかりやすい対象にぶつけることができるのだ。

しかも異端者の係累――……おまけに美人だ!!

「見ろよ！　すげぇ美人だぜぇ！」

「ひゅうー♪　せっかくだから裸に剝いちまえよ」

ぎゃっはっはっはっはっは！

今にも始まりそうな処刑劇場に、輪になって踊る民衆たち。

まるで祭り太鼓のように組み上げられた櫓（やぐら）の上には、十字に磔にされた女性が一人。

なるほど……。

民衆たちの無遠慮な視線にさらされている女性は確かに美人だ。金糸のような髪を寒風に晒しながら、透き通る様に白い肌をしている。その肌を生々しく締め上げるロープとその痕が赤黒く肌に浮き上がる様も、どこか背徳的な雰囲気すら感じさせた。

一方で、彼女をつるし上げる櫓自体は実にチープだ。櫓そのものは丸太を組んだもので、実際はタダの足場――見張りとして兵士たちを台上と階段の途中途中に配置するためだけの物らしい。

代わりに磔は相当使い込まれた鋼鉄製の教会十字だった。

それは、何度も人を焼くのに使ったのだろう――こびり付いた皮膚と肉と脂肪の跡も生々しく、櫓ごと燃えても教会十字は残り、彼女はこんがりと焼かれて……また使われるのだろう。

「……くくく。急ごしらえのわりによくできているじゃぁないかー」

「『き、気を付けぇぇぇえぇ!!』」

ビシィイイ!!

櫓の上の兵士たちから一斉に敬礼を受ける男。

そこには、火刑台の隣に作られた観閲台から、大笑いし歌い出す民衆を満足げに眺める男――王弟にしてギュンター大将軍こと『将軍様』の姿があった。

彼は満足気に鼻を鳴らすと、処刑場を見渡し――観閲台から火刑台に続く簡素な通路を歩いていく。

ギッギッギッ……!

「――えぇ？　お前もそうは思わんかー……なぁ、シャラぁぁああ」

ニヤァと笑い、そう宣う将軍様の視線の先には――。

十字に磔にされたシャラ・エンバニアその人がいた。

「……」

「クックック。いい格好だな、おーい──」

まるで弄ぶように、サララ……と金糸のような彼女の美しい髪を撫でつけながら、厭らしく笑いながら耳元で嘯くと、たしかに、シャラの身体からは絶え間ない悪臭がしていた……。

だが、血と体液で汚れ切り……襤褸だけを纏うシャラは、ほとんど裸体に近い格好を晒していながらも、将軍様に気付くと、うっとうしそうに顔をあげ、そうしてから、まったく気にした風もなく薄く笑い返した。

「ふ……」

その様子が気に障ったのか、ピクリと頬を引きつらせる将軍様。

「貴様ッ!!」

がッ！　と、シャラの髪を摑んで顔をそらすと、その綺麗な頤にかみつかんばかりの勢いで吠える！

「いい気になるなよ!!　今にその生意気な顔を恐怖と苦痛の連続で歪ませてくれる!!」

「はっ。恐怖も苦痛の連続もなく、ただ歪んだ顔の奴に言われると説得力があるな──」

カッ──!!

一瞬で頭に血が上った将軍様が、腰に差していた『軍配』でシャラを思い切り打擲する!!

「黙れこの売女がぁぁぁあ!!」

ガンガンガン!!　と遠慮も容赦もない一撃！

縛られ磔にされたシャラは抵抗もできず、無防備にその打撃に晒されるのみ。

「貴様は!! 怯えて!! 泣いて! 叫んで!! 漏らしておればよいのだぁぁああ!!」

ガッガッガッ!!

――はぁ、はぁ、はぁ……。

豪奢な飾りのついた軍配は重く頑丈そのもの。

額に浮いた汗を拭うと、将軍様はダメ押しとばかりに、由緒正しき品であることを示す――王家の紋章があしらわれたそれを、さらにグイッとシャラの胸に押し付けると、その豊満な胸を押し上げ感触を――。

「ペッ」

だが、シャラはその手を汚らわしいとばかりに顔をそむけると、口を切ったのかドロリと垂れたそれを、将軍様にむかって男前に吐き出した。

「ぐぁ?! き、貴様ぁ……!」

まさかの反撃に、顔を拭う将軍を見て、

「く……。くくく、どうした将軍? もう終わりか? ん?? ……何と言ったかな? 怯えて、泣いて、叫んで、漏らす――とな? ……ははは、あぁ、そうか――自己紹介かな? ふふ、部屋に戻ったら、よーく鏡を見るといい、将軍。……きっと、そこに映っている奴がそうだよ。はっはっは!」

顔面を腫れさせながら、口を切り――鼻からも黒い血を流しながらも、全く応えた様子もなくいつも通り薄く笑う。

「……き、さまぁぁぁぁあ！　いい気になるなよ！　いつまでも騎士のつもりか?!　くそ魔女がぁぁぁああ！」

全身汗だくで、みっともなく吠える将軍様。

なるほど……。

「ふふふ。どうした将軍殿？　それとも目が濁り過ぎて鏡も見られなくなったか？　……おぉ、そうだな。その脂肪の詰まった双眸では瞼も開かんか？」

はーーーっはっはっは!!

自分だって血だらけの顔……。そして、美しい白い肌があちこち傷つけられたにも拘わらず、シャラは気にした風も見せずに、また笑い返す。

「こ、こ、こ、このぉぉ……！　魔法兵大隊の——かつての部下に嬲られて処女のように泣いていたくせに、よくもまぁこの勇者の血を引く王族たるワシに——……!!」

「ふん……。じっさい、最近まで処女だったものでね——下手くそ共が、粗末な棒で乱暴に扱えば涙も出るさ」

ぐ、ぐぬぬ……！

「減らず口をぉぉお……——い、い、今すぐ火をつけてやってもいいのだぞ!!」

シャラの足元。櫓の下に徐々に詰みあがっていく薪束を指し威嚇するも、シャラは涼しい顔だ。

「——フッ。笑止。やりたくばやればよい。一度も二度も同じだ。私は火刑には慣れているんだ」

「……き、き、き、」

貴様あぁぁぁあああ!!

「ど、ど、どこまでも馬鹿にしおって!!　――強がっていられるのも今のうちだぞ!!　誰もかれもが、足元に火がつけられるその瞬間には小便を流しながら泣き叫んで懇願するのだぞ!　わかっているのか!!」

「なら、試せばよかろう?」

今にも噛みつきそうなくらいにシャラに向かって吠えるが、彼女は、ハァ……ヤレヤレとばかりに、まったく顔色を変えない。

それどころか、むしろきゃんきゃん吠える将軍様の方が滑稽に見えるほどだ。

「ぎぎぎぎぎぎ!!　このクソアマぁああ!!　異端者の仲間の分際でぇぇぇ!!」

激高する将軍様。

羞恥心を煽っても、恐怖をかざしても、身分に対してもぶれないシャラに顔を真っ赤にして地団太を踏むも、なんとか気を落ち着けると、今度はニヤァ……と顔を歪める将軍様。

「……………ふん。まぁ、いい!　貴様が自分の痛みには、大層強いことはもうわかった――だが、」

パチンッ!　と指を弾くと、意図を察した配下の兵が動き出す。

「――ヒトの痛みにはどうかなぁ……?　くくくくく」

「……なにぃ?」

訝しむシャラを見て、ようやく望ましい反応を見たとばかりに、醜悪な笑みを浮かべる将軍様。

「くくく。いつまでその涼しい顔をしていられるかなぁぁあ……――知っているんだぞぉ、」

「な、なにを……！」

にッちゃぁ……。

「お前…………あの異端者の血縁者を――随分可愛がっていたそうだなぁ。そう、名前は確か……リ――」

「ッツ?! き、貴様ぁぁぁあああ！」

ま、まさか――!? まさか――……!!

それを聞いた瞬間、シャラが顔をあげて憤怒の表情で将軍様を睨みつける！

「がっはははは!! そうかそうか、そーーーかぁぁああ！ やはりそうであったかぁ！ お前のような気丈な女にも弱点はある！……それがあの小娘か――がーはははははは」

「……あ、あの子に指一本触れてみろッ!! その首ねじ切ってやるぞ!!」

気丈にも吠えるシャラであったが、

「がーーーーーはははははは！ その反応が見たかったのだ！ がっはっはっはははははは！」

ひとしきり笑うと将軍様は、ベロリと舌なめずりしつつ、ススと太い指でシャラの美しい頬を撫でると、嬲る様に囁く。

「なぁに、シャラよぉ……。今回焼くのはなぁ……別に、お前でもあの小娘でもどっちでも良かったのだよ――」

「く……！ さ、触るなッ」

さすがに顔はそむけたが、今度は唾を吐きかけることができないシャラ。

「……だが、まぁお前が『どうしても』と言って、あの小娘の代わりに出てきたというじゃないかぁ？――それをだなぁ、このワシが汲んでやったまでよぉ――――ぇぇ、じつに美しい自己犠牲だなぁぁ。がーーーーーはっはっはっはっはっはっは！」

「な、なにをッ?!」

――何を言いたい!!

肌を走る指に嫌悪感をあらわにしながらも、じっと耐えるシャラ。

「……だがなぁ～、つ～まらんのだよ。…………ち～～っとも、泣き叫ばん女を焼いても、面白くもなんともない。そうは思わんか？」――なぁぁぁあ？？？

そう言って両手を広げて見下ろすと、櫓の下で罵声とも歓声ともつかぬ声をあげる民衆を指し示す。

「早ックッ♪　早ック♪　早ック♪」

「燃・や・せ♪　燃・や・せ♪　燃～や～せ～♪」

もっとも、熱に浮かされた民衆からまともな答えなど返ってくるはずもないが…………言わんとすることは――わかる。

わかりすぎる……ッ。

（こ、コイツは――――！）

シャラが脅しにも動じないとみるや否や、将軍様はあの手この手をつくして、彼女の心を折ろうとしているのだ。

――民衆を煽り、兵を興奮させるには、泣き叫ぶ女でなければならないのだ、と。

「き、貴様ぁッ！　軍人のくせに、ま、まさか……?!　たったそれだけの……――!?」

それだけのため（シャラが泣かない）に、まさか――――?!

「それだけぇぇぇ??　――がっはっは!!……それが大事なんじゃないか。なぁシャラぁぁぁあ」

パチンッ!!

軽快に指をはじいた将軍様。

その意図に気付いたシャラは、拘束さえなければ、本気で首をねじ切りかねないほどの殺意を籠めて睨むが、その視線の先に想像を絶するほど醜悪な光景が飛び込んでくる。

「――――い、いやぁぁああああああああああああああ！　や、やだぁぁぁあああああ！」

「な?!　あ、あれは！」

兵士に髪を掴まれ、無理やり引きずられている小さな女の子――――。

……ま、間違いないッ!!

「いや……いやだよぉッ!!」

――やめてぇぇぇえええええええ!!

「り、リズ!!　リズ!?　…………き、貴様!!　貴様ぁぁぁああああああああああああ!!」

なんのつもりだッ?!　――なんのぉぉお!!

「「うぉぉおおおお！　見ろぉぉ！」」

熱狂する民衆の前に引きずり出されるリズ。

「い、いやぁぁあああああああああああ!!」

そして、その悲鳴がシャラの耳に悲痛に響きわたる。

「なにってぇ？？？　……見〜ればわかるだろう？　お前の代わりに、あのメスガキを焼いた方が面白いかと思ってなぁ。ん？……いやいやいや、ただ焼くだけでは面白くないし、趣向を変えてもいいかもなぁ？　そうだ……腹をすかせた犬を放つとか？？　――それとも、くくく。あの愚民どもの中に裸で放り込む、というのはどうだぁ？！　なぁ、シャラぁぁあああああ！」

「く……！　こ、この外道ぉぉおおお――殺すのは私だけにしろッ！」

ようやく叫ぶシャラ。だが、そんな言葉を聞く輩がこの場所にいようはずもない――！！

そうするうちに、

「い、いやぁぁあああああああああああああああああ！！」

――やだぁぁぁあああああああ！！

髪を掴まれたリズが、民衆に見せびらかすように、野戦師団本部の中から引きずりだされてくる。それを見て、ゲラゲラと笑う民衆。リズは、それだけで恐怖し、大声で泣き叫ぶも、兵士も民衆も逆に大笑い。そして、今にもその群れに投げ込まれようとしている。

「よ、よせッ！！　やめろ！！　やめろぉぉぉおおお！！　さっさと、私を焼け！！　私を嬲ればいいだろうがぁぁッッ！！」

必死の表情で将軍様に訴えかけるシャラ。その顔は、さっきまでの余裕に満ちたものではなかった。それは悲壮で必死で、口惜しさが滲んだ顔だった。

「はははははは！　がはははははは！　そうだ、そうだ！　その顔だ！　その無様な面が見たかったのだ――がーはははははははは！！」

さぁ、泣け！！　叫べ！！　漏らして命乞いしろぉぉぉおおおおお！！

き、き、

「――貴様ぁぁぁあああああああああああああああああああああああ!!」

あああああああああああああああああああああああああああああああああああああああ!!

「がーーーーーーーーははははははははははははははははは！」

がーーーーははははははははははははははははははははははははははははははははは！

絶叫するシャラを見て、心底楽しいとばかりに腹の底から笑う将軍様。そして、リズは兵士によって、民衆の前に引きずり出されてパニックを起こして泣き叫ぶ。

「やだぁぁぁあああ!!　いあやぁぁぁあああ!!　やぁぁぁあああああああ!!」

兵士に摑まれ、髪が引き千切れそうになっても、皮膚が鎖でズタズタになってもなんとか逃げようともがき縋りつき泣き叫ぶ。

それでも、小さな女の子の力だ。

「おいおい！　見ろ！　メスの子供だぜぇ。ひひ、今日は二人かぁあ！」

「いいぞ、いいぞ!!　こりゃ盛大だぜぇ！　両方焼け焼けぇぇ！」

「ひひひ、若(わけ)ぇ女が泣き叫ぶところは、た〜まんねぇなぁ!!」

シャラやリズに付けられた『教会十字の焼き印』だけで、異端者の係累だと一目でわかるのだ。

……つまり、これは嬲ってもいい獲物だと――。

「「ぎゃははははははははははははははははははは！」」

ぎゃーーーーーーーーーーーははははははははははははははははははははははははは！！！

はは！

狂ったように笑う民衆。次々に罵り、石やら、転がる焼けた骨なんかをリズに投げつける民衆。民衆、民衆、民衆。

「ほらほらぁ！　こっち向けよー可愛子ちゃんよー」

「ひひひひ！　どうしたぁ？　悪いことしちゃったのかなあぁ？　ひーひひひ」

「おいおい、兵隊さんよ――――自分らだけで一人占めしないで俺らにも貸してくださいよー」

一応、兵士がいるから軽めではあるが、それでもその悪意に晒されるリズは恐怖に顔を歪ませ泣き叫ぶ。

「……ひぃぃいいいいいいいいいいいいい!!　いやぁぁぁあああああああああああああ!!」

それを見て、さらに笑う民衆に兵士に、集まるクソども!!

「「ひゃはははははははははははははははは！」」

やはり泣き叫ぶ女の子を甚振るのが楽しいと……！

漏らせ漏らせと!!　もっと、泣き叫べとッ!!

「いや!!　いや!!　いやぁぁぁあああああああああ!!」

うわっぁぁぁあああああん!!　あああああああああああああん!!

ぎゃぁぁっぁああああああああああ――――やだぁぁぁあああああああああ!!

「ぶはははははは！」

「ぎゃははははは!!」

――堪んねぇぇなぁぁあ!!

「ひーーひっひっひ!!」

『「ぎゃはははははははははははははははは!!」』

そして、予想通りの反応をみせる幼いリズは……民衆どもの格好の餌食だった。

笑う、笑う民衆たち。狂ったように笑う民衆の熱は最高潮に達していた。

これこそが野戦師団の狙い。これぞ、将軍様の目論見！

――日々の不満など吹き飛ばしてしまえ、と!!

「よ、よせ!!　止めろ、貴様ら!!　そ、その子はまだ子供だぞ!!　何も知らない、何もしていない！　何の罪もない子だぞ!!」

『「ぎゃーーーーーーはははははははははははは!!」』

だが、壊れたように笑い転げる民衆たち。

シャラの懇願などに耳を貸すはずもなく、むしろ、興奮へのスパイスだと言わんばかりだ。

だから叫べ！　もっと叫べ!!

泣いて、怖がり、漏らして、死ね!!

「やぁぁ！　やぁぁぁあああああああああぁ!!」

わははははははは!!　これだ!!　これが見たかった!!

『「ぎゃははははははははははははははは!!」』

「リ、リズぅぅう!!　リズ、落ち着けッ!!……――畜生ぉぉおっぉおおお!!　ゲスどもがぁぁっぁあああああ!!　その子に何をしたぁぁあ！　ああああああ、リズ!!　リズ、私はここだ!!　リズぅぅ!!」

それでも、リズを助けたい一心でシャラは叫ぶ！

届くかどうかなんて知るか!!　喉が裂けようが知るか!!

リズの心のためならば――――……!!

「リズぅぅぅぅうううううう!!　くそぉぉおッ――――おい!　貴様らぁぁあ!!　なぜだ!!　どうしてリズを!!」

「がははは!　なぜぇ?　どーーーしてぇぇ??　がははは!　そんなの、決まっているだろうが――――楽しい～からさ!!　がーーーはははははは!」

実際、

た～～～のしいだろぉぉぉおお?!

「がーーーーーっはっはっはっはっは!!」

「「ひゃはははははははははははははははははは!」」

ほーら、皆笑ってるぞぉぉお!　「がーーーははは!」と、上機嫌の将軍様と、興奮する民衆。

今はまだ武装した兵がリズを拘束しているからいいものの。

もしここで民衆の前に一人投げ込まれでもしたら……!

(……畜生ぉぉぉお)

どんなに胸糞が悪くても、この将軍様の気持ちひとつでリズがどうなるか……!

「こ、この、げ、外道ぉぉぉぉぉぉおおおおおおお!!」

――リズぅぅぅぅぅうううう!!

ギシ、ギシ!!

せめて頭を撫でてやりたい。かわりに耳を塞いでやりたい。目を覆ってやりたい……!!

だから、なんとか拘束を解こうとするも、これから処刑される人間の手足が鬱血しようが知ったことかとばかりにきつく締められた縄はびくともしない！　ビクとも――!!

「くそぉぉぉおおおおお!!」

その様子を存分に楽しむ民衆と将軍様。

「がーはははははは！　いいぞぉ！　お前、イイぞぉぉぉぉおお!!　やーはり、異端者の係累はそうでなくてはなぁあ!!　魔女は魔女らしく、見苦しく憐れで滑稽でなくてはなぁぁぁぁーーーあああああああ!!　がーーーーはははははははははははは！」

「貴様、貴ッ様ぁぁあ!!　貴様ぁぁあああＡＡＡ!!………リズ!!　リズぅぅううう!!」

ゲラゲラ笑い転げる将軍様を無視してリズに呼びかけるシャラ。

今にも、民衆に捕まりそうで泣いているリズを励ましたい一心で叫ぶ！……手が届かないならせめて声を――!!

――リズぅぅぅぅううううううううう!!

「がは、がは、がは、がははは!!　い〜い顔になってきたなぁ、シャラぁぁあああああ！　そうだそうだ、その顔だ！　その顔をもっと見せろ！　がーーーーーはははははは!!」

「黙れ!!　黙れ黙れ黙れぇぇぇええ!!　リズぅぅううう！　ここだ!!　私はここにいる!!　ここを見ろ!!　ここだけを見ろ!!　私を見ろ、リズぅぅぅうう!!」

だが、恐怖に陥ったリズにその声が届くはずもなく、ついに滂沱と涙を流し、失禁し、魂が溶けていく――。

「いやッ!!　いやぁぁあああああああああああああああああああああああ!!」

そして、シャラが命をかけてまで守ろうとした、『かつての部下の最後の家族』が、今にも、今にも、今にも壊されてしまいそうになる……ッ。

今にも――――！！

……ああああああああああああああああああああああああ!!

「――リズぅぅぅぅぅううううう!! 見るな！ 見るな！ 聞くなぁぁぁあ!!」

うわぁぁぁぁあああああああああああああああああああ!!

「ぐぁぁははははは!! たまらん、たまらん、たまらんぁぁぁぁあああ！ 面ぉぉぉ白くなってきたなぁ、おい！ さーーーーーーて……どうしてくれようか？ ここで民衆に石打ちでもさせるかぁ？ それとも、襤褸(ボロ)を剥いであの獣共に下げ渡してくれるかぁ?! ぐははははは！ なぁに、痩せこけてはいるが、なかなか可愛い子じゃないか。……何人受け入れられるか見ものだと思わんかぁぁぁあ！ がーーーーーーーはははははははははははは!!」

こ、このぉぉ……。

「――おのれ、この腐れ外道ぉぉぉぉおおおおおおおおおおおおおおお!!」

がははははははははははははははははははははは!!

「いいぞ、泣け！ 喚(わめ)けッ!! そして、苦しめぇ!!――――貴様が面白い反応をすればするほど、ワシの気が変わって、あの小娘が今は助かるかもしれんなぁぁあ！ がはははははは！」

……そんな言葉に何の価値もないのは知っている！

………そんな言葉に何の重みもないのは知っている!!

だけど！ だけど――――……!!

リズが、リズが……ナセル最後の家族が助かるならッ――――!!

「ぐぅ……！　泣く！　泣くさ!!　喚いてもいい!!　漏らせというなら、漏らしてやる!!　そして、充分苦しんで、喚いて、見苦しく死んでやるから――――……あの子、だけはッ!!」

そうだ！　あの子だけは――――……!!　あの子だけは……。

そうだ。リズだけは……リズだけはやらせはしないッ。――――だって、その子にはなんの罪もない、何もしていないただの小さな女の子なんだ……！

だから、

「だから……、」

……ナセル・バージニアの最後の家族だけは……！

「――お、お願いだから、生かしてやってくれぇぇぇえええええええ!!」

「がは!!　がは!!　がーははははははははははははははははは!!　いいぞ、いいぞぉ!!　お前――――いいぞぉぉぉおお!!　がははははははははははははは！」

涎を垂らしながら大笑いする将軍様。

パンパンパン！

手を叩いて大はしゃぎ！

――漏らせ、漏らせ!!

「泣いて喚いて、ワシと愚民どもを楽しませろぉぉおお!!　がははははははははははは!!」

「うわぁぁぁあああああああああああああああ!!」

シャラの絶叫。そして、それを糧に生み出される悪意。

悪意悪意悪意!!　悪意、悪意!!

――悪・意……ッ!

二人を包む、どうしようもなく汚くて、強大で、あまりにも膨大で凶悪な――――悪意ッ!!

　わっわっわっわっわっわ♪

　　わっわっわっわっわっわ♪

輪になって踊る民衆たち。

それは、それこそが、シャラ一人が、どれほど虚勢を張ろうと絶対に勝てない強大な、意思。

　焼け焼け焼け♪

　　殺せ殺せ殺せ♪

……どうやっても勝てない権力と、凄まじい数の民衆と、精強な野戦師団本部の精兵たち……。

そして、なにより『王国』という一個の国家の総意。

無数の人間の集合体!!　すなわち――――。

「いいぞーーーー!!」

「焼け!!　早く火をつけろぉぉお!!」

「魔女を!　異端者どもを浄化しろぉぉお!」

　わっわっわっわっわ♪

　　わーーーーーーーー♪

「「焼いてしまえぇぇぇええええええ!!」」

――――ぎゃはははははははははは!!

「いいぞぉ、いいクライマックスだぁぁああ！　がーーーはははははは！」

ここが頃合いよ!!　とばかりに、将軍様が指をパチィィン♪　と弾くと、控えていた処刑執行人の兵士が、ついに進み出る。

バチバチと、バチバチバチと燃え盛る松明（たいまつ）の炎をもって――――。

今にもその火が落とされんとする……。

そう。シャラを焼くのだ!!

この最高のタイミングで――――……!!

「く……！」

むわっ、と押し寄せる熱気に、（……あぁ、また――か）と、嘯くシャラ。

それは、一度は見慣れた、その光景。

笑う炎と、笑う民衆と笑う権力と笑う悪意――――……。

これが、これこそがシャラが二度目に見る最期の光景――。

「ふ、ふふふ……」

うふふふふふふふふふふふ――――――――あーははははは。

その強大な悪意に晒され、もはや虚勢を張ることすら許されないことを知ったシャラは、ただただ乾いた笑い声をあげ、静かに涙を流す。

そして、ただただ、スローモーションのように景色を見る。

――火が灯され、燃え上がり行く薪の束の様子……。

「……すまない」

焼〜け！　焼〜け♪

　殺・せ！　殺・せ♪

――謡い、踊りだす民衆たちの様子……。

「すまない……。リズ――――」

守ると誓ったのに……。

大丈夫だと言って聞かせたのに――――……！

――泣き叫ぶリズが襤褸をはぎ取られ、今にも民衆に投げ込まれそうになるが、兵士が辛うじて確保している様子……。

「いいぞぉ！　やれやれぇ!!」

「ひひゃははは！　見ろよ、あの女漏らしてやがるぞ！」

「ぎゃはははは！　最初の威勢はどこ行ったんだよ〜ぎゃーっはははは！」

兵士が火を運び、民衆が期待のまなざしで見守る。

そして、シャラは言われるがままに尊厳を投げ捨てる……。

あはははははははははははははは！

　うふふふふふふふふふふふふふふ!!

「……存分に、楽しむがいいさ――」

無様に焼かれれば、滑稽なまでに死ねば、民衆どもを楽しませれば……そうすれば、リ、リズは助かるかもしれない。

だから、

「……………………すまない、」

……あの子を最後まで、守ってやることができなくて――――。

シャラの頬を滂沱のごとく涙が流れていく。


　　　すまない……。

　　　　すまない……。

　　　　　すまない……。


――だが、無情にもシャラ・エンバニアの足元が勢いよく燃え上がっていき、肌と襤褸を焼いていく。巻きあがる黒煙を吸い、あっという間に遠くなっていく意識。

バチバチと、バチバチと……迸る火刑台の炎が、今――――!!

将軍様と民衆の期待が最高潮に満ち満ちて、今ッッ!!

「「も、燃えてるぞぉぉぉおおおおおおおお♪♪」」

　「がーーーははははははははははは!!」

……ゴォォォオオオオオ――――!!

「「――――魔女が燃えているぞぉぉおおおおおおおおおお!!」」

「「ぎゃははははははははははははははははははは!!」」

　　すまない……――――

　「――――……すまない、ナセル!」

う、う、う……!

「……うわぁぁあああああああああああああああああああああああああ!!」

「いやぁぁぁああああああああああああああああああああああああああ!!」

シャラの慟哭とリズの涙と、

「「「ぎゃぁぁぁぁあ――――――――――ははははははははは!!」」」

……狂った狂った民衆どもの笑い声。

その悪意と、笑い声と笑い声と笑い声と熱気に包まれた中、たった二人の慟哭など掻き消されるその腐った空間で、シャラ・エンバニアの命が燃え上がっていく――――!!

そして、観衆のボルテージも最大に、シャラの絶叫とリズの泣き声をかき消さんばかりにぃぃいい!!

「いいぞ、いいぞ!　燃えろ燃えろぉぉぉぉお!」

「「「魔女が燃えているぞぉぉぉぉぉおおおおおお――」」」

わ――――――――――――はははっは……――

「撃て」

チュドオオオオオオオオオオオン!!

「「「――ぁぁあぎゃぁぁぁあああああああああああ？？？」」」

ドッカアアッアアアアン!!

大笑いする観衆と松明を掲げた兵士が、突如、巨大な爆発と共に吹っ飛ばされたのは――まさにその瞬間だった。

何が起こったのかわからないまま、笑顔を驚愕に染めて、意味も分からず――グルリンパと回転しながら吹っ飛んでいく……吹っ飛んでいく。それは、巻きあがる噴煙と、吹っ飛ばされる燃えた薪の束と、ぶっ飛ばされていく民衆と兵士たち!!

火？

火刑台の火なんて薪がぶっ飛ばされた挙句、民衆の血と肉片で、とっくに消えている。

――それはもう、見事なまでのぶっ飛び具合。何の予期もなく、数百名がまとめてグルングルン……と回転し――。

どべちゃぁぁ……。

と、それはもう、見事に地面のシミになる。そう。赤を通り越して黒いシミに――……って、

「…………………は??」

「「「…………は？？？」」」

…………………。

…………。

……。

――はぁぁぁぁぁあああああああああああああ？？？？

一斉に疑問の声に湧き返る火刑場。

それはもう、全民衆が唖然とし、全兵士が馬鹿面を晒したまさに、その瞬間だった。

そう、まさにその瞬間に――――――……それは来た――――。
何の前触れもない爆発の後にそれが来た!!
……そう。
それだ!!
　ギャラギャラギャラギャラギャラギャラ――!
そいつは、鉄十字も鮮やかに、グレーの巨体を揺らしながらやってきた!!
堅牢な野戦師団本部のど真ん中に大穴をブチ開けてやってきた!!
濛々(もうもう)と立ち上る爆炎と土埃のベールをかき分けて!!
　そう――。
「――ドイツ軍(ヴェアマハト)、前へ(マルシュ)」
……ドイツ軍が来たッッッ!!!!!!!!!!!!!

■第11話　怒りの鉄槌！

「「「うぎゃぁぁぁぁああああああああああああああああああ!!」」」

ドカーーーーーーーーーーン!!

突如、野戦師団の壁をぶち破って出現した巨大な鉄の塊が、民衆を蹂躙し、長い鼻から火を放つ!!

――ズドォォォン!!

――ズドォォッォォオオオン!!　と、立て続けに炎をつるべ打ち！　その、鼓膜をぶち破る大轟音の後には、すさまじい大爆発!!　そして、着弾と同時にまた大爆発!!

さらには、自らが生んだ爆発のベールを平気な顔で突き破ると、ギャリギャリギャリギャリ!!と暴力的な馬蹄を響かせながら、石畳の広場をかみ砕き驀進ッッ！

何の遠慮も呵責もなしに、民衆の集まる火刑場に殴りこみ、ロデオを舞うがごとく、グルングルンと頭を振りながら、鼻の付け根からも光の矢を周囲に打ち放つ!!

ズダダダダダダダダダダダダダダダダ!!

ズダダダダダダダダダダダダダダダダダ!!

「ぎゃぁぁぁあああ！」

「あああああああああああああああああ!!」

「いやぁっぁあああああああああああああああ!!」

その光の矢のごときは、無数の死をバラまくと、民衆兵士、貴族に難民の区別なく掃き清めるかの如く蹂躙し、蹂躙し、蹂躙しつくしていく!!

それはもーーーーー、無差別にバッタバタと、バッラバラにぶち殺し、ぶち抜き、ぶち潰しての一切容赦も区別もない虐殺の嵐だ!! あとはもう最初の一撃で、既に恐慌状態に陥った民衆と硬直した兵士たちが、成す術もなく鉄の塊に踏みつぶされていく圧倒的な光景!

そう。まさに圧倒的!!

——圧倒的じゃないか、あの化け物は!!

「な、ななん、な、なんじゃぁっぁあああああ?! な、ななな、何が起こったぁぁぁあ?!?!!」

唯一この混乱を収めることができそうな将軍様といえど、この体たらく。

無理もないといえば無理もないが、腰を抜かした将軍様の目の前では、悠々と大虐殺が行われているのだ!

そして、ついには、大穴のあいた野戦師団本部の壁がガラガラと崩れ落ちていき、『コの字』の建物が『ニの字』に姿を変える。おかげで随分と風通しがよくなったが、あの、幾重にも石材を組み合わせて積み上げ、漆喰で隙間なく覆っていたはずの堅牢な建物がこれだ。

有事の際は要塞の機能すら果たす野戦師団本部———その壁が、まるで巨人に殴られたかのように崩れていくではないか? 一体何事だというのかッ?!

「て、て、て、敵襲?! まさか?!」

「うわぁぁわ！　ど、どうすりゃいいんだーーー!!」

パニックに陥った兵士が右往左往する中。将軍様お付きの護衛の動きは比較的マシだった。

「馬鹿野郎、ボサッとするな!!　しょ、将軍を守れぇぇッ!!」

「ぜ、全周警戒ぃぃいい!!　全周警戒ぃぃいい！」
ザ、ザン!!
剣を抜き放ち、慌てて周囲を固める将軍の護衛たち。だが、練度の高い彼等はともかく、訓練も何も――覚悟すらないただの民衆はいまだ混乱の坩堝にあった。

「「「きゃぁぁあああああああああ!!　魔王軍だぁぁあ?!」」」

「「「うわぁぁぁあああああ!!　魔女の怒りだぁぁあああ！」」」

――打って変わって逃げ惑う民衆たち。走り回る鉄の塊から逃げようと、新たに開いた穴から飛び出そうとするも、そこは一応は野戦師団本部のなか。瓦礫から這い出てきた兵士たちと正面衝突し、あちこちで流血沙汰となっている。

っていうかよぉぉぉ……！

「どーーーーなってんだよぉ！　な～んでワシの軍がいい様にやられとる!!」

ようやく身を起こした将軍様が、手にした軍配を目の前で割り折らんばかりにグギギギ……！

と捻じ曲げて唸るッ。

「……だいたい、奴らは何を言っとるんだぁ??」

ま、魔王軍んん?…?　魔女の怒りぃぃぃ……?

はっ!!

「――……んなわけあるかぁ!!」

んなもんあるかぁぁぁああ!!　ボケぇぇぇえええええええ!!

「ええーーーーい！　落ち着けぃ!!　敵は一台だ!!　何だか知らんが、歩兵は囲んで仕留めろ!!

見ろ、よく見ろ!!　た、ただの装甲馬車だ!!　乗員を殺せばわけはないぃぃぃい!!」

さすがは野戦師団を束ねる将軍様。

身分だけで将軍を務めるわけではないと証明せんばかりに、いち早く士気を回復。

「囲め！　囲めぇぇ!!　槍でもなんでも持ってこーーーい!!　足りなければ腕でも足でも体張って
止めぇぇぇえぇい!!」

ぶんぶん！　と櫓の上で軍配を振り回し、懸命に指揮。たしかに、軽快に走り回り、民衆を踏み
つぶしている巨大な鉄の塊――「装甲馬車」は一台しかいない。

それに比べてこっちは野戦師団本部!!――無数の兵がいる!!

そのうえ、今のところ魔王軍の越境情報は来ていないし……まだまだ戦える!!

……勝てる！　勝てるぞ!!　ただの余興だと思えばいいんだ！

「なんのこれしきぃぃいいい!!　ここをどこだと思っている!!」

王国最強の軍団!!

野戦師団本部であるぞぉぉぉおお――――！

「……ブッチ殺せぇぇえええええええええええええいッッ!!」

口角から泡を飛ばしながら、軍配を大きく振り下ろすと兵に指示を出す!!

あの装甲馬車を仕留めろと――ッ！

「なぁにが魔王軍だ!!　なぁぁぁぁあにが、魔女の怒りだぁ〜〜〜」

言うに事欠いて、魔女の怒りだぁー?

魔女とは、コイツ――。

「あぅ……!!」

――シャラのことかぁぁぁあ??

気を失っているシャラの髪を掴んで乱暴に顔を起こすが、とてもこんな大それた真似ができる様には見えない。だが、まさかまさかこのタイミングで野戦師団本部に攻撃を仕掛けてくるとは――これはひょっとして、

「……ひょっとするのかぁぁぁ?」

こんな売女を誰が欲しがる?　……はっ、酔狂な奴もいたもんだ!

そんなことを考えるやつなんざ限られている――そうさな……。

例えば――――ドカァァァアアン!!

「ち!　好き勝手に暴れまわりやがって……。装甲馬車がこんな狭い場所で真価を発揮できるものかよ」

まぁ、いいだろう。そっちがその気なら受けて立ってやる!!

誰か知らんが、舐めた真似をしやがって――……。

この売女一人を連れていったところで、なにができ――――……ん?

……ひ、ひとり??

「――……ハッ?!　……い、いかん!!」

突然の事態に一瞬だけとはいえ、思考停止していた将軍様。シャラの顔をつき飛ばすと、慌てて土埃の中を見通すようにして周囲の護衛にがなりつけた。

「お、おい!! あのガキは――――……異端者の係累、」

あのメスガキ!!

……リズはどこだぁぁぁああ?!

「は、はぁ？」

「ガキです、か？」

要領を得ない護衛にいら立ちを募らせる将軍様。

「ちぃ！」

――どけ!!

周囲を固める護衛を突き飛ばすと、大混乱の火刑場を櫓の上から見通す。

眼下はすさまじい状況だ。壁から吹き出す濛々とした黒煙は徐々に晴れ始めていたが、逃げ惑う民衆の起こす土埃で火刑場は見るも無残な有様。

「くそ！ 煙が……愚民どもが邪魔だぁぁぁあ！」

もしかすると、今の騒ぎでリズが逃げた可能性もある。

そうなったら将軍の面目は丸つぶれ――――……。

だが、

「そーーーーーは、させるかッ――！」

あるいは、この騒ぎすら目くらましの可能性も――！

目的は最初から、あのガキをかっさらうことだったのか、も…………。

「……ッ！」

そ——ッッッッッ！

「……そ、そこかぁぁぁあああ!!」

い、いた!!　本当にいやがった——!!

チラリと見えた赤い髪。爆炎をあげる地面と、装甲馬車が走りまわる土埃のなか、一瞬だけ視界が晴れる——そして、その視界の先に見た!!

いた!!　……見つけたぞ！　赤い髪の小さな少女が一人と————……って、

「な、なんで、ガキだけじゃねぇぇぇぇえんだよぉぉおお!!」

ばーーーーーーーーーん！

将軍様の大音声が響き渡る先!!

そいつはあろうことか、あの異端者の係累の少女——リズを背後から抱きしめていやがった。

「——だ、誰じゃ、貴様はぁぁあっぁあああああああああ!!」

不届き者めが!!　この騒ぎに乗じて、かっ攫(さら)うつもりかぁぁぁ?!

だが、

「——そーーーーはさせるかぁぁっぁああああああああああああああああ!!」

凄まじい大音声で響く将軍様の声！

大混乱に陥っていた火刑場が一瞬静まり返る程で、その声がブワッァァァアアアアアア——と、一直線に伸びるようにして、リズを抱きしめるその不届き者に直撃する！

「……ちッ」

バサァッ！

バレたと察したのか、舌打ちひとつ――迷いなく変わった色のマントのフードを上げた不届き者。

や、やはり兵士ではない……!!　ならば、予想通り――狙いはあのメスガキか!!

……させるかよッ！

「ワシの上前を撥ねようというのかぁ！　いい度胸だ、不届き者めがぁぁぁあああ!!」

出い！　出い!!　出い!!

――者どもッ！　者どもぉぉぉおおおおお!!

「出合え、出合えぇぇぇえええええええええ!!」

者ども出合ぇぇぇええええ!!

――曲者じゃぁぁぁああああああああああああああああああ!!

……ざわっ!!

ようやく指揮系統が回復し始めた時のことだ。

……この混乱の中、よくもまぁ響き渡る将軍様の声。

「く、曲者?!」

「ど、どこだ――」

……あ、あそこか?!　まさか、いつの間に?!

「「と、捕らえろぉぉおおお！」」

「「逃がすな!!　異端者の仲間かもしれんぞ！」」

――うぉぉぉおおおおおおおおお!!

全観衆の目が火刑の瞬間に向いている隙ではあったが、大慌てで兵が駆けつける。

装甲馬車にかかりきりになっていた兵士たちまでもが、おっとり刀で駆けつける段階になって、ようやく将軍様がニヤリと笑う。出し抜いたつもりだろうが、そうはいくか──と。

　それに対して、「チッ」と小さな舌打ちがひとつ。

リズの背後に回り込んでいた曲者は、ついに観念したのか変わった柄のマントの下に隠していた巨大な鉄の塊を、ガシャン！　と落とした。

そのまま両手をあげ――――……バサァ……！　と、一挙動でマントを脱ぎ捨てた!!

だが、それは降伏の合図などではなく――。

「ぬ、ぬぅぅ……?!　面妖な――」

……ジャキンッ!!

変わった服に、変わった装備――!

そして、あれは観念するものの目つきではない!!

「き、貴様は……いったい」

――真っすぐに将軍様を……いや、火刑台の上のシャラ・エンバニアを見上げる男の目つきが降伏などするはずがないと確信させる!

ならば、
ならば――――……!

ならば一体……!!

野戦師団の長である、将軍様に真っ向から立ち向かわんとするあいつは一体……！

兵士じゃない……。愚民どもでもない――――……。

そもそも、異端者の係累に手を出そうとする者など……この前線都市にいるはずが――ない!!

ならば、ならば……。

まっすぐに見上げる不届き者を威圧せんばかりに大音声を張り上げる将軍様。

「――な、な、な……何者じゃぁぁぁああああああああああ!!」

その瞬間、まるで図ったように暴れまわる装甲馬車が再び火を噴いた!!

――ズドォォォォオオオオオオン!!　という爆発とともに猛烈な熱風が生み出され、バタバタと男の衣服を波立たせると――――……!!

その衣服の下に、まさに何者であるかを明確に示してみせた!!

ざわっ!!

「む……！」

そう。

異端の軍勢を率い、異端者の係累を救いに野戦師団本部を強襲する様な奴などただ一人――――。

そう、ただ一人!!

「――……む、胸に、きょ、教会十字……」

わなわなと震える将軍様。

その声が聞こえていたのか、それとも教会十字が見えたのか――。

ざわざわ！

ざわざわ!!
取り囲む兵士たち、そして、民衆たちがどよめき始める。
だって、そうだろ?
王国軍相手に真っ向から弓を引くような奴は、魔王軍を除けばただ一つ。
すなわち……。すなわち———。
ド■■■
……教会十字によって焼き潰れ、読み取れない文字———。
しかし、ド————……に、光り輝く召喚呪印を持つ最強の召喚士。
す、すなわち———……。すなわちコイツはぁぁぁぁああああああああああ!
な、な、な———
「ナ———……
王都を滅ぼし、国家に弓を引き、
魔王軍に与した大罪人にして、世紀の大悪党———!!
「「「———ナセル・バージニアぁぁぁぁぁあああああああ?!」」」
———ズドォォツォォォオオオン!!
火刑場に噴き上がった真っ赤な爆炎と、噴き上がる人馬。
「「「ぎゃぁぁぁああああああああ!」」」
「「「うぐわぁぁぁあああああ!」」」
抗いようのない暴力によって無数の民衆と兵士がなぎ倒されていく光景———。

いまや、北の守り最強と呼ばれた野戦師団の本部は、倒壊し、猛烈な噴煙を噴き上げる殺戮場の有様であった。そして、その渦中にある火刑場にあっては、すでに轟音と悲鳴と怒号だけが響いており、わけもわからず逃げ惑う民衆と、大慌てで参集する兵士たちが無茶苦茶に動き回って大混乱の様相。そんな中、

「う、うぅぅ……うぅぅうううう！」

いやだ、いやだよぉ……！

いやだよぉぉおおおお!!

リズは一人うずくまり、耳を押さえ、目を固く閉ざしていた。

メラメラと地面が燃え、少女の肌を苛(さいな)むそのさなかであっても、決して何も聞かず、何も感じず、何も見ない様に……！

……耳を押さえて、固く固く目を瞑っていた。

それでも、――ゴゴゴゴゴゴゴ……………。と、何かが激しく暴れまわり、周囲は乱暴な音と人々の罵声に満ち溢れていた。

聞きたくない、感じたくない、見たくないのに――――!!

それは、あの日から続く地獄の延長線……いつもの音。いつもの光景――。

いつもいつもいつもの、リズの世界……。

（やだ。やだよ、もういやだよぉぉ！）

何も見たくない！

何も聞きたくない！

何も感じたくない！

（帰りたい！　帰りたい！　お家に帰りたいよぉぉおおお！）

声を殺して泣き、声をあげずに嗚咽する。そうして、いっそう耳を覆い、体を小さくし、目を固く閉ざす。だって……そうしないと、恐怖に心が塗りつぶされそうになる。

だって、だって……そうしないと、こんな地獄で唯一優しくしてくれたシャラが燃やされる瞬間を見せられるのだ――――そう、二度も!!

王都と合わせて……二度――二度も、だ!!

（やだ！　そんなの絶対いやだ!!）

静かに泣き叫ぶリズ。

「う、うぅぅ……！」

シャラがいない今。

もはや、リズを守ってくれる人は誰もいない。……いなくなってしまったのだ。

そんな世界で生きていく？

今日も、明日も――……ずぅぅぅっと??

無理。絶対無理。

「助けて、助けて……誰か――」

いっそ、

（……いっそ死ねばよかった）

あの日。王都で磔にされたあの時――……家族と一緒に死ねばよかったんだッ！

ちょっとの痛みを我慢して、口を閉ざしていれば、すぐに死ねたのにッ！

そ、そうすれば……、恐怖と痛みに負けて、肉親を異端者だなんて、売ることもなかった!!

「おじちゃんは、異端者です!!」

あの時の自分の言葉が、何度も何度も頭の中で反響する。

あんなこと言うつもりなんて、なかったのに。

無残にも槍で貫かれた家族の死に目と、血に濡れた槍の穂先が怖くて怖くて、怖くて……。

それでも、

――あ、あんなこと言いたくなかったのに!! あんなことを言って、おじちゃんを裏切って、こんな目にあいながらも生きているなんて――……!

(うぅぅぅぅぅぅぅ……!)

「ううううわぁぁぁぁああああああああああああああああああ!!」

いっそ――――……!!

いっそ、あのとき死ねばよかった!!

死ななかったから、酷い目に合うんだ!!

いつもいつもそうだ。

痛くて、臭くて、気持ち悪いことをされて、グチャグチャにされるんだッ。

いやだいやだいやだ!!

「うぉえ、うぇぇぇぇぇ……」

だから、見たくない！

だから、聞きたくない!!

もう、何も感じたくない!!

――――お願いだから、放っておいてよぉぉぉおお!

「……リズ」

「……………………え?」

リズの心がドス黒く汚い何かに塗りつぶされようとしたとき、ふわりっ……と、懐かしい気配と優しさに包まれた気がした。

(……だ、だれ?)

ビクッ……!

閉ざしていたはずの五感に触れる誰か。

それは、そっと、優し気で、リズに触れる温かな手と温もり……。

……けっして、乱暴に髪を掴む、汚い兵士のそれではない、なにか……なにか温かいそれ

それ、なんだけど――。それが分からない。誰かが、分からない。

――……。

(でも……でも、これ……って――)

この感じ――……。

この温かさ――……。

この――……。

（あぁ、知っている……。知っている）

この温かさをリズは、し、知っているような、気がする――……。

でも、そんなはずはない。

ないんだもん――。

だって、だって、だって――

「ナセル――お、おじ……ちゃ？」

おじちゃんは、とっくに――――。

「あぁ。俺だ…………遅くなって、すまなかった」

「ッ?!」

な、懐かしい気配。

優しい匂い。

温かな手。

そして、そして――。

この、聞きたかった………声。

「う、嘘……」

嘘だ、嘘だ……。

「う、嘘だよッ……？　だって、おじちゃんは、とっくに――……」

だから、

「……嘘、なんだよ、ね？」

「……すまん、すまん。…………すまん！」

声……。声が……――――！

「ゆ、夢……？　だよ、ね？」

……きっと幻だし、これも幻聴、なん、だよね？

「本当にすまなかった、リズ――――……！」

ぎゅっ……！

激しく抱きしめる気配に、思わず涙が零れるリズ――。

とっくに涸れ、とっくに尽きたはずの涙が……。

涙が、どうしてか、とめどなく、溢れ……。

――あ。

「あ、あ、あ……」

ああああああああああああああああああああああああ……!!

「…………今まで、辛かったよな？　待たせたよな、リズ――」

あぁ、あぅ――……。

う、う――……嘘だ。

嘘だ…………嘘、だ……！

「そ、そんなの……う、嘘。嘘だぁ……！」

――嘘だぁぁああああああああああああああ！

だって。

だって、こんなのって――――――――――……ありえないッ!!

「――だって……!」

だって!!!!!

頷く気配に、思わず瞳を閉ざすリズ。

「……もういい。もういいんだリズ」

いやだよ!

見ない! 見たくない! 目を開けたくない――――……。

「だって、これは夢だもん……! だってぇぇぇ」

もう一度目を開けてしまったら、背後の気配も消えてしまうんだもん――――――――。

……でも、そ、それでもッ!!!

それでも!!!

「――おじ、ちゃん……なの?」

リズは、ついに自ら五感を解放する。

……引き結んだ唇が開く。

……押さえた手を耳から離す。

そして、ついに、固く閉じた瞼を開いた……。

開いて、開けて――開く。

「あ……」

「そうだ……。俺だ。……ナセルだ」

スゥ……っと、ようやくはっきり見える、瞳の先。

リズの涙で濁る視界の先にいたのは、果たして――。

「…………………すまなかった」

そう。

果たして、リズの最後の家族――――ナセル・バージニアその人であった。

「あ……」

……ぁ
……ぁぁ
「……迎えに、来た」

リズの最後の家族が上から覗き込むようにしてハッキリと。

ハッキリとそう告げた!!

――告げたのだ!!!

「迎えに来たぞ――――リズ!!」

「あ……」

あ、あ、あ――

ああああああああああああああああああああああああああああああああ――!!

「うわああ
ああああああああああああああああああああああああ!!」
ナ、ナ……、

「ナセルおじちゃーーーーーーーーーーん!!」

ついに、ナセルを慕う少女が叫び、その瞬間、リズの世界が一気に押し寄せた!!

その閉ざされたリズの世界が一気に広がった――――……!!

その、その、その――――すべてが!!

……ぶわぁぁぁあああ! と。そう、全てが色づき、その全てが意味を持ち、世界以外の全てが味方になった――――!!

同時に、ナセルが従えた重戦車ティーガーⅡが主砲を発射し、いまだ増援を吐き出し続ける野戦師団本部に榴弾をぶち込む轟音が重なるッ!

――ズドォォォォオオオオオオオオオオン!!

それは図らずも、リズの歓喜と、ナセルを憎む世界の全ての、怨嗟の声とシンクロする――――!!

破壊の音は少女の凱歌となり、世界が再び認識する!!

異端者にして、元最強のドラゴン召喚士――――……。

「「「ナセル・バーーーーーーーーージニアぁぁぁああああああ!!」」」

■第12話　魔王降臨ッ！

ガラガラガラ……！

ゴォォォォオオオオオオオン……！

ナセルとリズが再会を果たしたまさにその瞬間。

ティーガーⅡの主砲、71口径 88mm KwK43戦車砲の直撃を食らった野戦師団本部の一角が崩れていった。

「「「うわぁぁあ！　崩れるぞぉぉぉお!!」」」

「「「逃げろ!!　外に出ろぉぉぉおおお!!」」」

その中には大量の兵と内勤の事務が勤めていたはずだが、そいつらは木っ端みじんに吹っ飛んでいったことだろう。

かわりに広大な野戦師団本部からは続々と兵が姿を現し、ナセル達を追い詰めんと包囲していく。

負傷した兵も剣を拾うと、爛々と目に闘志を燃やし、そして、口々に叫ぶ。

王国の敵
魔王軍の手先
人類の裏切り者――――異端者。

　異端者ナセル。

　　ナセル！　ナセル！

　　ナセルバーーーーーーージニアァァアア――――と!!

「はは……！」

　ナセルはマントを脱ぎ棄て、ドイツ軍装のまま、もはや完全に姿を現し、並み居る兵と民衆を見渡した。

　数々の装備を見せつけるがごとく、その姿よ！　――肩からＭＰ40を２挺下げ、背中にはパンツァーファウスト、腰にはスネイルマガジン付きの２丁の拳銃(ルガーP08)とブロードソードを佩(は)いて、あちこちの余積に手榴弾をつめたナセルは、まさにフルアーマー！

　そして。腕(かいな)にリズを掻き抱き不敵に笑う。

「はははははははは――!!」

　その姿はまさに魔王だ。人類の守護者たる野戦師団の将兵を相手取り、腕に少女を抱き邪悪に笑うその姿はまさしく――魔王そのもの！

　……だが、それがどうした！

　人類の守護が野戦師団であり、正義が王国であるならば。

　それを滅ぼし、奴らの手から少女を奪い去るナセルはまさしく、悪にして魔王なのだろう。

　　ならば結構。

　　それで結構――!!

　世界がナセルを魔王と呼ぶなら甘んじて受け入れよう!!

だが、ナセルにはドイツ軍がいる。ここに、ティーガーⅡがある！

……そして、そして、大空にはドラゴンがいる、い、いるッッ――――――!!

「――――バンメル！」

「おうよ」

――ヴァサァァ!!

ナセルが手を空にかざすと、ドガーーーーーーーーーーーーーーーーーン!! と、野戦師団の屋上を削りながら、巨大なレッドドラゴンが火刑場に降り立った。

『ギェェェエエエエエエエエエエエン!!』
ド、ド、ド――――ドラゴン?！？！？
かの有名にして最強の種族！

――――召喚獣『ドラゴン』が突如現出!!

「「「うわぁぁぁあああああ！」」」

「「「ドラゴンだぁぁあああ！」」」

その瞬間、民衆も兵士も将軍様も硬直する！

異端者ナセルよりも、ドイツ軍よりも、魔王軍よりも、何よりもわかりやすい脅威――――――――

……かの最強種族を見て叫ぶ！

「「「ドラゴン来襲ぅぅぅぅぅぅうううううううう!!」」」

※　※　※

「バンメル、遅いぞ！」

「抜かせッ！　ジャスト・タイミングじゃろうて！」

打ち合わせ通り、火刑場に乱入したバンメルの駆るレッドドラゴン。

その巨体にはこの場所は少々狭すぎる気もするが、バンメルもドラゴンも気にした風もない。

「おじちゃん……おじちゃん……！」

叔父ちゃぁぁぁぁあん……！

「あぁ。リズ……リズ!!」

一方、泣きじゃくるリズを掻き抱くナセル。彼女は本当に軽かった。彼女は本当に小さかった。

彼女は――

「おじちゃぁぁぁああん!!」

「もう大丈夫だ……！　すまなかった――リズ」

うわぁぁぁあああああああああああああん！

声をあげて泣き叫ぶリズを優しく抱き留めるナセル。

彼女の温もりをこの手に抱きつつ、胸に突き刺さる悔恨ともつかぬ痛み……。

　遅くなってすまなかった……！

　本当にすまなかった……！

繰り返し謝るナセルに、顔を押し付けたままフルフルと頭を振るリズ。

こんなにも遅れてしまったナセルをこの子は許すという……。その健気さに目頭の熱くなる思い。

――――すまん。

「おーおー。それが姪御さんか？　生きとってなにより、良かったじゃないか」

いつもの不敵な笑みを浮かべるバンメル。

「……良いわけあるか！」

――いいわけないだろうが!!

その軽さと体の冷たさに、ナセルの怒りが湧き起こっていく！　これまでにどれほど凄惨な目にあってきたのか――――。いっそ、フツフツと湧き上がる怒りに身を任せてしまいたい衝動に駆られる。

だが、まだだ……！　まだ怒りだけに身を任せるわけにはいかない――――！

……まだ救わねばならない人がいるッ!!

「……すまん、リズ――――まだ用事があるんだ」

「おじ、ちゃん？」

恐る恐るドラゴンとバンメルを見るリズ。その目が不安に震えている。

「大丈夫。すぐに行くから、そいつと一緒に避難してくれ――――……ちょっと、あれな人だが、」

「聞こえとるぞ」

……ふん。

「――ま。お前を守ってくれる人だ。少なくとも、無体を働くようなことはしないさ」

そうだろ？　と目を向けるとバンメルは「言われるまでもない」と、小さく肩をすくめる。

「で、でも――――」

ギュッとナセルの首に腕を回して離れようとしないリズ。

……気持ちはわかる。ナセルだって、離したくはない――――……それでも。

「聞いてくれ、リズ。もう一人…………………もう一人、迎えに行く人がいるんだ」

――わかるか？

ナセルの言わんとすること、

「シャラ……さん？」

「あぁ……」

それだけで全てを察したリズは不安に震えながらも、ハッとした顔で小さく頷き返す。

「うん……」

「――いい子だ……」

そっと、リズの頬を撫でると、ナセルの手に頬を預け、唇をつける愛しい家族に背を向ける。

……少しだけ待っててくれと、そのまま、名残惜しさが尾を引くように、離れがたい気持ちを無理に引きはがしながら――――……。

「……頼むぞ、バンメル！」

「おうよ！　言われるまでもない――」

ヒョホホホ――――と、陽気に笑い、バンメルのドラゴンが高空に舞い上がろうとしたまさにその瞬間!!

「……行かせるかぁぁあああああ!!　弓隊ぃぃいいいいいいいいい!!」

ビュン！　ビュンビュン!!　と無数の矢が放たれ、バンメルを指向する！

「おおぉっとーぅ」

だが、全くの無傷でバンメルが笑う。

さすがはドラゴン。たったの一発も肌を貫くことなく、全ての矢をはじき返す。

さらには、リズも含めて、被膜でバンメルごと覆い隠すと、逆に『ゴルルルゥゥゥ……』と低く唸り兵士を睥睨(へいげい)する!

だが、敵も精兵!

もはや、ドラゴン一体くらいに怯むことなく、すばやく矢をつがえるとさらに斉射!

「怯むな!! 射て、射てぇぇぇ!」

「「「てぇぇぇぇぇぇぇぇぇぇぇぇぇ!」」」

——ビュンビュンビュン!!

それすらも防がれるとも、戦意は衰えない!! むしろ矢が通じないとみるや、さらに大兵力が展開。

ついには、業を煮やした将軍様が、護衛を弾き飛ばし、櫓の上からの大音声!!

「貴ッ様ぁぁぁあああああ、バンメルぅぅぅううううう!! これは全部、全部……全ッッ部、貴様の仕業かぁぁぁああああああああ!!」

軍配を、ズドォォン! と、重々しく振りかざし、バンメルに突きつけ一気に言う!

それだけで、ビリビリと火刑場全体に響き渡る声。さすがは将軍様、一軍を率いる長だ。

……だが、バンメルとて、将軍様に引けを取らない古狸(ふるだぬき)——貴様の仕業と言われても、バンメルはどこ吹く風。

「あぁん？　……なんじゃ、お主か――……おい、小僧ぉ。誰に向かってタメ口利いとる、おおうぅっ!!」

逆に、ニィと不敵な笑みを浮かべると、怯むどころか挑発するように言うではないか。

「な、なんだとぉぉ?!　き、貴っ様ぁ……自分が何をしているのか分かっておるのか!!　こ、ここ、これは明らかに反乱ぞ!!　異端者に加担するなど、王国に弓を引くも同然――大反逆罪じゃぁぁぁああ！」

「ハッ!!　ほざけ、小僧ぉぉぉおおおお!!　ワシは元帥ッ!!　おぬしは将軍んんん――階級上位者には敬意を払わんか、小童ぁぁあああああ！」

たしかに、バンメルからすれば、将軍様とはいえ、年下であるのは間違いない。

そして、将軍と元帥では階級が違うだろう。……だけど、ここでそれを言うか??

「んんんーーー……なんッだとぉぉぉおお!!　は、反逆者の分際でぇぇぇええ！　ワ、ワワ、ワシは将軍ぞ!!　前線都市、野戦師団を指揮する師にして大将軍！　王の弟にして――勇者の血を引く王族ぞぉぉぉおおッ」

……はんッ!!

「そぉおれがどうした！　ワ～シなんか、魔法兵団が元帥よ！　元・帥!!　そして、大賢者の傍流を汲む魔術師にして、最強のドラゴン召喚士！……貴様ごときとは、積み上げて来た魔族の死体の山の量が違うわぁぁぁああああ!!」

ゴゥ――!!

言いたいだけ言うと、ドラゴンを駆りあっという間に上空へ！

「は、はは……！」さすがはバンメル。……役者が違う。

「に、逃がすなッ、てぇぇえ！」

——ブバババババッ!!

バンメルを追って、地上から弓隊が猛射撃!!　だが、ヒラリヒラリと躱すドラゴン。むろん当たっても効きはしないだろうが。

それでも、怒り心頭の将軍様は、その戯言をほざけなくしてやるとばかりに猛射撃するも、バンメルのほうが一枚も二枚も上手だ！

しかも、わざわざ上空を旋回しつつ、

「カッ！　異端んん？　反逆ぅぅぅう？？？……結構、実に結構!!　反逆、結構ぉぉお!!

……だが、ゆめゆめ忘れるな——この国は魔王を倒すために興された国よ!!　ならば、魔王を倒した者こそが正義——魔王を倒せるものこそが勇者!!…………そう、」

——力こそが全てじゃぁぁぁあああああああ!!

ばーーーーーーーーーーーーーん!!

「あ、あぁっ?!　貴様、待てごらぁ、バンメルぅぅぅうう!!」

すっさまじいドヤ顔で言い切ったバンメルに一瞬気を取られる将軍様であったが、慌てて射撃を指示。

射(う)て、射(う)てぇぇええ！

「——射(う)てぇぇぇぇぇぇええええ！」

だが、バンメルのドラゴンは悠々と空を舞うと、主とともに大笑い。

ギィェッェェエエエエエエエン！

「無駄無駄無駄ぁぁぁぁああ!!　小僧ぉぉ、貴様が正義だというなら力を示せ!!　強かった方が総取り！　強き者こそが正義――――……貴様の軍が異端者よりも強いというのなら、それを示してみせぃ!!　……じゃが、」

――ナセル・バージニアの『ドイツ軍』は貴様よりもはるかに強いぞぉぉぉおおおおお!!

かーーーーっかっかっかっかっ!!

「お、お、おのれ、バンメルぅぅぅううう!!」

言いたいだけ言うと、残るナセルに全てを押し付け、あっという間に射程圏外に脱出するバンメル。そして、ゴゥゥ――――……!!　と羽ばたきだけを残し、高空へ飛び去っていくその姿。

ナセルの視線の先、不安げに揺れるリズの瞳も……その温もりが糸を引くようにして離れがたくも遠ざかっていく。

(……リズ)

ナセルはリズと繋いでいた手をじっと見おろし、彼女の残した温もりを握りしめる様にして、拳を額に押し付ける。

……救えた。

救えた――――救えた……!!

(あぁ……救うことができた……!)

――だけどッ!!

瞼に焼け付く痛々しい家族（リズ）の姿。

全身に鞭のあと。きつく縛られ鬱血した肌。漂う垢の匂いに、目をそむけたくなるほどの生傷の数……！

これまでにどれほどの暴行を受けたのだろうか……！

どれほど悲惨な目にあったのだろうか……！

どれほど……！

「くそったれが……」

……力こそが正義。

………強き者が全てを統べる。

だから、無抵抗で力のないものを虐げていいと？

リズなら――異端者なら何をしても許されると――……。

そんな理屈。

そんな理不尽。

そんな世界ぃぃぃぁぁあああああ……!!

「あ、……あ、あああぁぁ………」

あ゛あ゛あ゛あ゛あ゛あ゛あ゛あ゛――――――!!

ああ「やりやがったな………」

怒りの吐息を漏らしつつ、……ギロリと、周囲に群がる兵士どもを睥睨するナセル。

その視線にたじろぐ兵士に民衆ども。

やりやがったな―――――――!!

「やりやがったな、てめぇらぁぁぁぁあああああああああああ!!」――ジャキンッ!

言い切るや否や、体の前で交差した腕を解き、両手にMP40を構えるナセル!

初弾装填!!　安全装置なんざくそくらえッッ!!

今すぐ――!!

「や、喧しいわッ、異端――」「喧しいのは、テメェだぁぁああああああ!!」

死ねぇっぇぇぇ――パパパパパパパパパパパパパパパパパパパパパパパパパパキンッ!!

「ひょわぁっぁああ?!」

予備動作なしの全力射撃!!

射線上にいた弓兵と、将軍様の護衛がバタバタとなぎ倒される。幸か不幸か将軍様はいまだ健在。

いや、そう簡単に殺してなるものかよッ!

「……な、なんあなんあああんあああなんあああああああ!!」

あわあわあわと腰を抜かしてナセルを指さしているが……はっきり喋れや、ボケ!

しゃべれないなら、

「死ねッ!!」

死ね、死ね、死ね死ね、殺す殺す殺す殺す、殺―――――――す!!

「な、何だその武器はぁぁっぁあああああ?!」

「知るかっ、クソボケがぁっぁああ!!」

よくも……!

よくも、リズを
よくも、リズに
よくも、リズがぁぁああああああああああああ!!

　よくも、リズ（俺の最後の家族）をいたぶりやがったなぁぁぁあああああ!!

「――……俺は許さん!!」

だが（そして）、

「MP40（シュマイザー）も許さんと言っているぅぅぅぅううう!!」

チャッキンッ!　素早く弾倉交換――そして、流れるように、死ねごらぁぁぁあああああ!

パパパパパパパパパパパパパパパパパパパパパパパパパパパパパパ!!

パパパパパパパパパパパパパパパパパパパパパパパパパパパパパパ!!

「ひょわぁぁああああああああああ?!　ま、守れ!!　ワシを守れぇぇぇえええ!」

櫓上でふんぞり返る将軍様に向けて、2丁のMP40（シュマイザー）を全力射撃!!

それを守れと言われても、どうすることもできずにバタバタとなぎ倒されていく護衛たち。

「ぐわぁぁぁあ!!」

「ひぇぇえ?!　お助けぇぇえ!」

将軍は将軍様で、ガタイのいい護衛の身体を盾に、櫓の上でうずくまって震えていやがる!!

「ち……!」

下からならばどこからでもブチ込めるが、「こんくらいにしてやらぁぁああ!!」とばかりに、ブンッ!!　と、弾切れのMP40を投げ捨てる。シャラの存在がなければ、もっともっとぶちこんでやるところだが——今は、奴をぶっ殺すことよりも優先すべきことがある!!

……そう。あるんだ!!　だからぁぁぁあああ——————。

「さぁ、舞おう（魔王）か——ドイツ軍よ！」

『『『了解（ヤボール）、指揮官殿（コマンデン）』』』

ギュラギュラギュラギュラギュラ……！

ナセルの声にこたえるように、爆音を立てて前進するティーガーII。

その砲塔に向かって、「とぅ!!」と、バックステップ気味に飛び乗るナセル。

「……ぬぅ?!」

刹那、武器を投げ捨て、無手になったナセルを見て、チャンスと見たのか将軍様がぐわばっ!!

と顔をあげると叫んだ!!

「み、見ろ！　あの異端者、ぶ、武器を捨てたぞ?!　しめた——————」

ニヤァァ！

「——な、なぁにをやっとるかぁぁぁあああ」

者どもッ!!　……斬れ!!

「斬れ斬れ斬れぇぇぇえ！——総員、異端者を斬り捨てろぉぉぉおおおおおお！」

さっきまで無様にうずくまっていたくせに、声だけはデカイ!!　まるで「ずっと立ってましたが何か?!」と言わんばかりに大音声を張り上げ兵を指揮する将軍様。

そして、将軍様の号令のもと、野戦師団の精兵どもが師団本部の建物からワラワラと湧き出してくるではないか——！

ザッザッザッザッザ!!

「「総員抜刀ッ!!!」」

シャキンシャキンッ!!

増援の王国兵たちは、一斉に抜刀!

さすがに重装備のものは少ないが、雑多な剣が火刑場のただなかでギラギラと光る。

「ははっ!　おかわりってか?」

その数、数百から数千!!

一体どこにこれほどの数がいたのか不思議なくらいだが、腐っても野戦師団本部ということか。

ニィ……と、その群れをティーガーⅡの上から見下ろし不敵に笑うナセル。心は怒りに、体は戦いに、顔は狂気の表情を!

一方でシャラを磔にしている十字を囲む足場の櫓にてナセルを見下ろす将軍様も、ひきつった笑いを浮かべる。

「ぐ、ぐひひ!　異端者めがぁ……!　ど、どうだぁ!!」

二人の間には、兵士と民衆の群れがまるで大海のように横たわっていた。まるで孤島越しに睨み合う二人だ。

異端者ナセルはティーガーⅡの砲塔上（復讐の小島）に、王弟、野戦師団の大将軍ギュンターは火刑台の上（大義の孤島）に。

敵対する怨敵が民衆と兵士の海を挟んで睨みあう!!

「――見ろぉぉぉお、この兵力差をぉぉお!!　調～子にのってこんなところまでノコノコやってくるとは、飛んで火にいるなんとやら――裏切り者バンメルの前に貴様から血祭りに上げてくれるわあぁぁぁああ！」

言い切るや否や将軍様は、軍配をブンッッッ――とナセルに向けて振り下ろす!!

――全軍ッッ、

「異端者を討てぇぇぇぇえええええええええええええ!!」

「「「おおおう!!」」」

そして、ついに第二ラウンドの戦端が開かれる!!

将軍様の号令一下、ティーガーⅡのうえで腕を組むナセルに向かって一斉に飛び掛かる野戦師団が数百……いや、数千!!

砲撃で一角が崩れ去ったとは言っても、ここはまだ野戦師団本部前の広場なのだ！

この数千人の兵士が入るには狭い区画に、それでも、兵士がミッチリと!!

――その全員がナセルを討たんとして剣を向ける!!

「「「――突撃ぃぃぃぃぃいいいいいいいいいいいいいい！！！」」」

おおおおおおおおおおおおおおおおおおおおお!!

うおおおおおおおおおおおおおおおおおおおおおお!!

いくらティーガーⅡが強くとも、一台しかいない!!　――まるで、そう侮るかのように一斉攻撃!!

……そう、一斉攻撃だ！！！

「「「るぅおおおおおおおおおおおおおおおおおお!!」」」

ドドドドドドドドドドドドドドドドドドドドドド!!

邪魔な民衆をかき分けるようにして、その見渡す限りの軍、軍、軍、軍、軍人軍人、軍人と兵士がナセルを討たんとして突撃する!!

「ぎゃぁぁあ?!」

「ひゃぁぁあ！　逃げろぉぉお！」

「逃げろったって、どこにぃぃ、ぎゃーーーーー！」

そして、憐れにも突撃する兵士に踏まれ押しつぶされる民衆。抜刀しすさまじい勢いで向かってくる兵士たちには、民衆など路傍の石と同じなのだろう。

……一方。対するは、ナセルはただ一人と一台！

明確なまでの戦力差だ。それは、圧倒的な数の暴力……。

まさに暴力!!

――――だが!!

「…………はッ！　バンメルが言っていただろう――――」パァン!!

合図のように柏手を一つ。

合わせた掌を開いて、ぶわっっ!!　と腕ごと広げて――かかってこい!!　と挑発する！

そう、力（ちから）っ！――力こそが正義!!　そして、ナセルの跨乗するのは戦車!!

しかも、ドイツ軍が実用化した戦車の中でも最も強固にして――――最強の重戦車!!　ティーガーⅡなのだ!!

「――つまり、これが俺の力だぁぁぁあああ！」

ジャッキンッッ!!

言い切るや否や、流れるような動作で砲塔上の対空機関銃ＭＧ34に初弾を装塡！　そのまま、ぐぃぃぃいいいいいいん!!　と握把（あくは）を握って、対空銃架ごとＭＧ34の銃口をぶん回すと、火刑場の全てを照準に収めて、狙いをつける！

目標、野戦師団本部！

照準、前方の敵――。

敵敵敵敵敵敵敵敵敵敵敵敵敵敵敵敵敵敵敵敵敵敵敵敵敵敵敵敵敵敵敵!!

全ツッツッツ部、敵!!

すなわち、

「死ね（ファッキン）!!
　クソ野郎（ファイヤー）ども――――……!!」

吐き捨てるナセルが引き金を行くや否や、――ズダダダダダダダダダダダダダダダダダダダダダダダダダダダダダダダダッッ!!　と、無数の弾丸がＭＧ34から吐き出されて、まともに突っ込んできた兵士の集団をなぎ倒していった!!

それはもう、バタバタとバタバタとバタバタとなぎ倒されていく兵士たち!!

「「「う、うぎゃぁぁぁぁああああああああああああああああああああ!!」」」

それは、予備動作なしでの全力射撃!!

指切りすることもなく、最初っからのフルオート！　そうフルオーーーーーーーーーート、だ！

だから、もう、敵という敵は、バタバタバタと。

バタバタバタバタバタ!!

バタバタバタバタバタっ！　と――！

狂おしいまでの唸り声をあげるＭＧ34の射撃に貫かれては、

「ぎゃぁぁあああ！」

「腕ぇぇえええ?!」

「脚ぃぃいいいい!!」

「「ああああああああああああああああああ!!」」

と、悲鳴を上げて倒れていく、その姿!!

本部なだけあって内勤だった兵士が多いのか、鎧すら身に着けず、剣だけを佩(は)いた兵士がボンボンッ！　と体を破裂させ、血の海でのたうち回る。

いや、鎧を着た兵士も同様だ!!　っていうか、7・92mm弾を食らえば鎧もクソも関係ない!!

それらは等しくクソだ!!　クソオブクソ！　クソが何をしても結局はクソだぁぁぁあああ!!

「ははは!!　どうだ!!　7・92mm(マウザー)弾を食らった感想はぁぁぁあああ!!」

ＭＧ34の射撃能力が、毎分８００発ってことはよぉぉぉお……。

「……一分あれば８００人の死体が作れるんだよぉぉぉおおおおおおおお!!」

――ズダダダダダダダダダダダダダダダダダダダダダダダッ!!

数百？　数千？

ハッ!!

「……なら、ご自慢の野戦師団の身体でＭＧ34を止めてみろやぁッ！」

――ズダダダダダダダダン!!　ズダダダダダダダダン!!

まったくの故障もなく、快調に射撃を続けるＭＧ34！　ナセルが小刻みに銃座を振れば、真っ赤に燃える曳光弾の射線も右往左往しては、兵士と民衆を切り裂いていく。

……リズは救った。かろうじて救えた。

ならば……。ならば――あとはぁぁぁぁああああああああああ!!

「――大隊長!!」

　そうとも。

　あとは大隊長だけ！

　火刑台上のシャラ・エンバニアだけだ！

そう決意を胸に、キッと！　櫓の上でぐったりとしているシャラを見上げるナセル！

「……だから、邪魔をぉぉぉぉぉぉおおおおおお――――」

じゃきんっ！　と、弾が切れれば素早く弾倉交換!!

「――するなぁぁぁああああああああああ!!」

ズダダダダダダダダダダダダダダダダダダダダダダダダダッッ!!

　ズダダダダダダダダダダダダダダダダダダダダダダダダッッ!!

　　ズダダダダダダダダダダダダダダダダダダダダダダダダッッ!!

そのまま、銃身が焼け付くまで撃って撃って撃って撃って撃って、撃ちまくって、撃ちまくって……。

撃つべし、撃つべし!!

撃つべしぃぃぃぃいいいいい!!

幸いにも、コイツ等がシャラを磔にしているおかげで地上部分は敵しかいない。

ならば好都合とばかりに、ナセルは情け容赦なく地上を薙いでいく!!

「な、何をしとるかぁぁぁあああ！　弓だ！　弓で仕留めろ!!　多少の損害はクソにして捨てろぉぉおおお!!」

ちぃ……！

さすがは戦闘経験が豊富な野戦師団。

圧倒的戦闘力を見せるティーガーⅡを前にしても一歩も引かない！

民衆がワラワラといるため邪魔くさそうにしてはいるが、兵士たちは勇敢に突っ込んでくる!!

そして―――「射てぇ！」

ビュンビュンビュン!!

一斉に放たれた弓矢がナセルを指向する。

「く!!」

初撃は狙いが甘く、ナセルを逸れて、逃げ惑っていた民衆に命中。

だが、次はそうはいかない!!

「おらぁぁあああ！」

――ズダダダダダ!!

短連射を繰り返し、弓兵の一団をなぎ倒すが、「ちぃ、キリがねぇ!!」と、兵の数が途切れない!!

「『武器庫だ!!　武器庫から装備を全部持ってこい!!』」

「『弓兵!!　固まるな!!　高所からも狙えッ、行くぞ!!』」

くそ……！

キン、カンッ!!　と耳障りな音を立てて、矢が砲塔に命中し跳ねる。

野戦師団本部の建物からも狙撃されているらしい。

ちぃ――!!

ダダダダダダダダ!!　ダダダダダダダダダッ！

そのあたりをＭＧ34で掃射するが、本当にキリがない！

ならば――……。

「戦車（パンツァー）、前（フォー）へ!!」

すぅう、

「蛇行しろッ!!」

『『了解（ヤボール）』』

――ギュラララララララララララララッッ!!

ナセルの号令の下、マイバッハ製12気筒水冷ガソリンエンジンが唸り声をあげる!!

重量70ｔの巨体が７００馬力エンジンの力で、最大速度38ｋｍでジグザグに動き回る!!

火刑場の中は狭いとはいえ、本来閲兵をする広場でもあるため、充分な地積を有していた!!　そこを十全に使って蹂躙するのだ!!

……動き回れば狙えまい！　なにせ、周囲には敵しかいないのだから!!

そして、ついでとばかりに、

「――蹂躙しろぉぉぉぉおおおおお!!」

ちまちま銃撃するよりひき潰してやるぁぁぁぁあああああ!!

「ひぎゃぁぁぁあああああああ!!」

「と、とまらねぇぇええええええ!!」

「逃げろぉぉぉおおおおおおおお!!」

すさまじい履帯音を響かせながら、火刑場内をぐるぐると回転するように兵士をひき潰していくナセルの戦車！　縦横無尽に駆け回るティーガーⅡに成す術もない王国軍！

何名かは肉薄し、ナセルを引きずり降ろそうとするが、動き回るティーガーⅡに取り付けるはずもなく、結局そのまま履帯にひき潰されていく。もう、ティーガーⅡの装甲は、血と肉片でドロドロだ！　だが、まだまだ！　まだまだぁぁぁあ!!

「な、なんだとぉ?!　……い、い、い、異端者風情が、なぜ止められん?!　弓兵隊は何をしているぅう！」

櫓の――火刑台の上から見下ろし、軍配に歯を立てながらグギギギギ！　と歯嚙みする将軍様。

無理に射てば、弓兵隊の射撃は大半が友軍相撃となる始末。周り中、味方だらけなのだから当然だ。

だが、まだまだ!!　まだまだ増援はいるとばかりに指示を飛ばす！

「ええええい!!　止めろ!!　止めろ、止めろ、止めろぉぉぉおおお!!」

――止めてから仕留めろぉぉぉおおおお!!

「……敵は、異端者一人ぞぉぉぉおおおお?!」

それくらい止められんでなんとする!!

「――てぃーがーだか何だか知らんが、数の前には勝てるはずもないい!!」

いけ、我が忠実なる野戦師団将兵諸君ッ!!

すぅぅ、

「――全軍、突撃ぃい！　奴の足を止めろぉぉおおおお!!」

将軍様は圧倒的兵力を背景に、軍配を振り下ろすと、今度こそ数千の野戦師団が一斉に突撃！

「「「……う、うおおおおおおおおおおおおおおお!!」」」

がむしゃらに、命令に従い、何も考えることなく、剣に槍に弓矢を携えて突貫！　吶喊！　特観!!　――特と観よ!!

――と、突撃ぃぃぃぃぃいいいいいいいいいッッ!!

ドドドドドドドドドドドドドドドドドドッッ！　と地響きを立てる野戦師団の全軍が、一斉にティーガーⅡの足を止めんと立ちはだかるが――……!!

その数！　その暴威!!　その軍人――軍人軍人!!

軍人軍人軍人!!

「…………はッ!!　そうこなくちゃな」

だが、ナセルは動じない。

一切の動揺すら見せずに、むしろ「――やってみろッ!!」と、不敵に笑う。

なぜなら、こっちの(ティーガーⅡ)パワーは、マイバッハ製12気筒水冷ガソリンエンジン――つまり、

「――700馬力だぁぁぁあああああああ！」

「「「うぉぉおおおおおおおおおおおお！」」」

ナセルの宣言と、野戦師団の突撃がシンクロする!!

そしてぇぇぇぇ……!

「「──死ねぇぇぇえええええ!　異端者ぁぁぁぁああああああああああああ!!」」

ドドドドドドドドドドドドドドドドドッ!

……────ツツツツッ!!

今、衝突し────……ッ。

──どっかぁぁっぁぁぁぁぁぁあああああああん!!

「「「「あべしーーーーーーーーーー!!」」」」

──グッシャァァァアアア!!

おおよそ、人がぶつかり合ったとは思えぬ大音声が響き渡ると、まるで木の葉のように王国軍が舞い上がっていった……。

……そりゃそうだ。いくら数が多くても、ナセルが跨乗するは重戦車なのだ!!

「「「ひぎゃぁっぁああああああああああああ!!」」」

もはや、止まるどころか、ますますスピードを増すティーガーⅡは、まるで並べた生卵を順繰りに蹴飛ばしていくがごとくの有様で王国兵を文字通り蹴散らしていく。

それこそ、蹂躙……蹂躙に他ならない!

「んな?!　んなぁぁぁあああああ?!」

兵士たちの背後でビシィ!!　と決めポーズで指揮していた将軍様がそのポーズのまま硬直し、口がパッカーと開いたままふさがらない。

そして、もちろん、戦車も止まらない！　ティーガーⅡが止まるはずもない！

正面装甲180mmには傷もつかず、幅広の無限軌道は、無慈悲に王国兵を轢き潰していく。

……それはさながら、洪水！　兵士という防壁を貫き押し流す鋼鉄の暴力という洪水だった！

「……ば、ばかなぁぁぁぁぁああああああああああ!!」

全軍だぞ、全軍?!

野戦師団本部に詰めていた兵士を全て出撃させているのだぞ！　と、将軍は目ん玉をひん剝く。

数千　対　一台　の戦いがこうまでも圧倒的だとは思いもよらなかったようだ。

だが、まさに眼前で自らの全戦力がまるで歯が立たずに蹴散らされていくではないか！

それは、野戦師団主力が真正面から打ち破られたことに他ならない。まるで冗談か、ゴミのように弾き飛ばされていくが、冗談ではなく、事実だ！　すべて事実だ!!

唖然とした将軍様を他所に、ブチブチブチィ!!　と、次々と消滅していく王国軍。だが、その暴力は王国軍だけにとどまらず、ほとんど抵抗らしい抵抗もできない民衆をも巻き込んでいく。

「う、うわぁ！　に、逃げろぉぉぉお！」

「ひゃぁああ！　こっちに来るなぁぁああ！」

「うぎゃああ！　ここから出してぇぇえええ！」

――きゃぁぁああああああああああああああああああ!!

唖然とした将軍様を他所に、ブチブチブチィ!!　と、次々と民衆ごと消滅していく王国軍。

並み居る兵士どころか、逃げ惑う民衆すら轢断し、リズを傷つけ、シャラを焼けと笑い合った愚民どもを等しく平らにしていく。

それこそ、平等に、だ!!

「は!!　………何が逃げろだ!!　何が来るなだ!　何がここから出せだ!!」

ナセルは、一兵たりとも、一市民たりとも逃さんとばかりに戦車で蹂躙していく。

その容赦のなさをみて、民衆は一様に、何もしていない、ただの民間人だと、女も子供もいるというが――――……。

「……そんなこと知るかぁぁぁぁぁああああああああああああああああああああ!!」

だったら、リズも民間人で、女子供だろうがッ!!

「それを嬲って!!　笑って、石を投げたのはお前らだろうがぁっぁぁあああああああ!!」

俺は見ていた!　この目で見ていたぞッ!

「だから、死ね!!」

今更命乞いなど無意味!!　聞く耳なぞもたんっ!!　見ても聞いても、片腹痛ぇだけだ!!

――死ね。

――甘んじて死ね!　何度でも無残に死ね!!

「……いまさら、俺がそんなもんに聞く耳など持つかぁぁあああッ!」

ナセルは民衆の中に潜り込んでまざまざとみていた。機をうかがうために、きつく唇をかみしめながら、シャラの懇願とリズの慟哭をぉぉおおおおお!!

「…リズが言ったはずだ!」

「……リズは懇願したはずだ!!」

「………リズの声が今も聞こえるはずだ!!」

「リズに
「リズの
「リズは
「リズが
「リズも
「リズを――――
俺の最後の家族(リズ)をぉぉぉおおおおおおおおおおおおお!!
「……笑って囃(はや)して握りつぶした貴様らが――――どの口でほざきやがる!!」
何もしていないから許してくれ??　何も知らなかった??
「――――知るか!」
こっちが知るか!!
……知った事か、ぼけ!!
「俺の知っているのは一つ。貴様らは、」
　事実、
　今、
、、ここに、
、、いるだろうがぁぁぁあああああああああああ!!
リズを、大隊長を――彼女らが焼かれる様を娯楽にして酒の肴(さかな)にしようとしていた連中に慈悲な
どない!!

「無実だ！」なんぞ、断じて貴様らが言っていい言葉じゃないだろうがッ！

だから、甘んじて受けろ!!

だから、そのままひき潰されろ!!

「死ねぇぇぇぇぇぇぇぇぇぇぇぇぇぇぇ！」

トドメとばかりに、車載機関銃(MG34)の銃弾を再装塡し、グゥイイイインと台座ごと振りかざすとノーウェイトで射撃!!

――――ズダッダダダダダダダダダダダダダダダダダダダダダダダダダダダダッッ!!

「「「ぎゃぁぁあっぁあああああああ！」」」

戦車の突進から逃れる民衆と、立ち向かう兵士を背後と正面から撃ちまくるナセル。

その攻撃には慈悲などかけらもない。

……今日、ここに至り、怒りはすでに頂点だ！

あの日、王都で晴らせなかった恨みをこの場で晴らす!!

「死に晒せぇぇぇぇぇぇぇぇぇぇぇぇぇぇぇぇぇぇぇぇぇ！」

――――ズダダダダダダダダダダダダダダダダダダダダダダダダダダダダダダッッ!!

「「「ぎゃぁぁあああああああああああああああ!!」」」

機関銃の前にバタバタと倒れる兵士と民衆。

逃れようにもナセルの射撃とティーガーⅡの蹂躙によって逃げ場すらない。高所から狙おうと、
崩れた野戦師団本部に舞い戻った兵士たちは、ティーガーⅡの榴弾射撃をくらい室内ごと押しつぶ

されていく。

ドカァァアン!!　ドカァァアン!!　と、つるべ打ちを食らい、燃え盛る野戦師団本部の建物の中が真っ赤な爆炎に包まれていくと応射すらなくなった。

もはや、民衆も兵士も、今更どこに行けというのか!!

ここで安全な場所があるとすれば――……。

「……ひ、退くなぁぁぁあああ！　殺せぇぇええええ！　逃げ場などないぞ!!　い、異端者の首を取ったものには褒美は思いのままぞぉぉぉおお！　金でも、爵位でも、女でも、魔女でもなんでもくれてやるぞぉぉぉおお!!」

皮肉にも、魔女と罵られたシャラのそばが一番安全だと気付いた民衆と兵士が殺到する。

だが、それほど大量の兵士たちが乗り込んで櫓がもつはずもない。将軍様は必死で鼓舞しつつ、櫓に殺到する民衆と兵士を護衛たちに切り殺させる。もはや死に体だ。

「知るかばーか!!」「自分で戦えアホぉ！」「武器もないのに、あんな化け物と戦えるか、デブ!!」

「「みんな、奴を引きずりおろせぇぇええ!!」」

櫓を――火刑台を、シャラをよこせと殺到する民衆に兵士。

もはや、モラルもへったくれもない。っていうか、暴徒なんだか、民衆なんだか兵士なんだか、すでに大混乱のさなか、ゴチャゴチャになってもはや何が何だかわからない――……!!

亡者がたかる蜘蛛の糸のような有様、今にも櫓が崩れそうだ。

「ぬぬぬぬぬぬ――お、おのれ！　かくなる上はぁぁあああああああああ！」

……も、者ども、火を持てぇぇええ！

「「りょ、了解!!」」

僅かに士気を保っている、将軍の護衛達が大慌てで松明を準備する。メラメラと樹脂が燃え盛り、昼間でも見えるほどかなりの火力。その炎の明かりに、一瞬全員の目が奪われる。

もちろんナセルもだ。

「な!? テメェ、まさか……!」

「が、がーーーははははは! 見ろぉぉお、異端者ぁぁあああああああ! 貴様の目的はこの女だろうがぁ!」

気を失い、朦朧としたシャラの髪を掴み上げその肌をベロリと舐める将軍様。

「く……ぁ」

苦し気に呻くシャラを見て、ナセルの頭に血が上る!

「て、てめぇぇえええええええええええええ!!」

だが、将軍様のその背後には松明を持った兵がずらりと並ぶ。

何かしようものなら、あの火が一瞬にして――……!

「はったりだな。……今火をつければテメェも燃えるぞ」

「がは、がは、がははははは! バーカめ! 常に手段は二重三重に考えておくものよ!! なんのため、ワシが閲覧席とここをつないだと思っておるか、それはなぁぁ――」

こーーーーーいうときのためじゃぁぁぁあ!

バッ!! と手をかざすと、確かに、火刑台を囲む櫓と将軍様用の閲覧席には粗末ながら通路が張られている。

「く……！」

ナセルの焦る表情を見て、勝ちを確信したのか、ニチャァと笑う将軍様は、シャラの顔をさらにグイィーっと乱暴に摑むと言った。

「そうかそうか。まさかとは思ったが、本当にこの女を助けに来たのかぁ」

ベロォ……。

「……さーてどうしてくれようか。派手に暴れてくれたなぁ！　随分ワシの兵を殺してくれたなぁ！　あー……なんだったか？」

汚い舌で意識を失ったシャラの顔を舐めると、いやらしく笑う将軍様。

「――そう、力こそ正義!!　そうーーーだったたっけなぁっぁああああああああ」

「てめぇぇっぇええええええええええええええええ！！！」

「がーーーははははははは!!　どーだぁぁあ！　異端者ぁぁあ！　悔しいかぁぁ！　腹立たしいかぁああ!!　だが、状況判断を誤ったのは貴様のほうよ!!　こっちの火刑の準備はなぁああ――――と～～～っくに終わっておるのよ！　貴様がガキを掠め取るのにかまけておるからだ！！！」

パチィイン!!　と将軍様が指をはじくと、護衛隊が準備した松明が明々と！

そして、いつの間にかかき集められていた薪の束がシャラの足元に高々と積みあがっていた。

（いつの間に……！）

「――バカめがぁぁああ!!　優先順位を誤るとそういうことになるのよぉぉおお!!　そうして、貴様のせいで可哀そうなシャラは焼かれる。絶対に焼かれる――――……がっはっはっは!!　ワシが焼いて焦がして、その火を囲んでダンスを踊ってくれるわぁぁぁあああああああああ」

「や、」

「やれぇい!!」

パチンッ！　と将軍様が指を弾くと、ついに！！！

「やめろぉぉぉぉおおおおおおおおおおおおおおおおおおおおおおおおおおおおおおおお！」

「がーははははは！　お前が言ったんだろう異端者あぁああ！『そんなこと知るかぁぁ!!』だったか？　がーーーははははははは!!」

がーーーーーーーーーーーーーーーはははははははははははははは!!

散々にナセルを罵倒した将軍様は一気に火を放たせる!!

そして、兵士たちの構える松明が一斉に投じられ、その狂炎がシャラの足元の薪束に————……。

ゴゥ————!!

シャラ・エンバニアが燃えていく————!!　燃えて……!!

そして、ナセルの最愛の人——シャラ。

今度こそ、燃え上がる火刑台!!

……あ、
ああ！！

「シャ、」

シャラぁぁぁぁぁぁぁぁぁぁぁああああああああああああああああああああ!!

ナセルの叫びもむなしく一気に燃え上がる炎。炎、炎。炎ぉぉぉぉおおおおおおおおおおお!!

その瞬間、ワッ!!　と一斉に沸き返る火刑場。

「見ろ!!　火だ!!　浄化の火だ!!」

「異端者の仲間が燃やされるぞ!!」

「やったーーーー!!　燃えろ、燃えろぉぉぉお!!」

あれほど、ティーガーIIに追い回され、絶望した表情をしていた兵も民衆も足を止め、火刑台を見上げると、歓喜に包まれ、恍惚(こうこつ)とした表情で焼かれていくシャラを見上げる。

あぁ……燃えていく。燃えていく――――!　燃えていくぞぉぉぉおおおおおおお♪

「「「わぁぁあああああああああああああああああ♪」」」

「「「うぉぉぉぉおおおおおおおおおおおおおおお♪」」」

その先で焼かれる美しい女を見て歓喜する!!

魔女だ!　魔女が燃えていくぞ――――!

これで助かる!!　魔女を焼けば、この悪夢は終わる――――――!

「「焼け!　焼け!　焼け!!」」

「「燃やせ!　燃やせ!　燃やせ!」」

わっ♪　わっ♪　わっ♪　わっ♪　わっ♪

ナセルによって追い詰められているというのに、火刑が再開されるや否や輪になって踊る民衆どもに、ゲスな笑みを浮かべる兵士ども!

その光景が、あの日のシャラの最後の光景をまざまざと。

まざまざとぉぉぉおおおおおおおおおおおおおおおおおおおおおお!!

「がーーーーはははははははは！　見ろ!!　よーく見ろ、異端者ぁぁぁあ!!　よーく燃えていくぞぉぉおお!!　がはははははははは!!」

　体をそらして大笑い。

　自分の立つ櫓もそろそろ燃え始めているが、それすら気にならないとばかりに笑い続ける将軍様。

「者ども見ろぉぉぉぉぉお！　これが魔女の末路、これが異端者の行く末！　国家に歯向かったものを焼き清める、浄化の炎だぁぁぁあああああ！」

「「うぉぉおおおおお!!　浄化だ！　浄化だぁぁあああ!!」」

　　　「……させるか」

　させるものか。

「させるものかよッ！」

　もう二度と。

　もう二度と!!

「……もう、二度とその人を焼かせはしない――――!!」

　……本気でシャラが焼かれれば、自分らが助かるとでも思っているのだろうか？

　この状況で、どうしてそれが自分たちが救われることにつながると思うんだ……？

　ふざけんなッッ!!

「……自分のケツに火がついているときに、人を出汁に踊ってんじゃねぇぇえええええええ！」

　まだだ……！　まだ間に合う!!

「戦車（パンツァー）、全速（フォールガス）前進（フォラオス）ッッッ!!」

『『了解（ヤボール）!!』』

薪束だってそう簡単に燃え上がりはしない!!

……突っ込め!!

突っ込め！　突っ込め！　突っ込めぇぇぇぇぇぇぇぇぇぇぇ!!

「前へ（フラァ）！　前へ（フラァ）！　前へ（フラァッァァァァァ）ーーーーーーー!!」

――全速前進ッッッ!!

「ぬぅう、まだ歯向かうか!!――――っ潰せぇぇぇぇぇぇぇ!!」

「「――うぉぉぉぉぉぉおおおおおおおおおおおおおおおおおおおお!!」」

シャラに火を放たれたのを機に、気力を取り戻した野戦師団将兵が一斉奮起！

もはや、火刑に浮かされ、心を一つにした民衆までもが、落ちている剣に槍を拾ってナセルに立ち向かう!!

「「「「異端者を討てぇぇぇぇぇぇぇえええ」」」」

うおおおおおおおおおおおおおおおおおおおおおおおおおおおおおお!!

うおおおおおおおおおおおおおおおおおおおおおおおおおおおおおおお!!

それは立ち上がった民衆の姿。

後に歴史書が作られるなら、きっと最高のシーーーーーーーーーーン!!　になるのだろう。

だが！

だが醜い！　実に醜い!!

メラメラと揺らめく狂った炎。罪なき人を焼く、体制のエゴを体現する黒い炎など!!

「見ろぉ、異端者ぁぁあ！　燃えていくぞぉ！　貴様の女が燃えていくぞぉ!!　がははははは、焼いて、燃やして、焦がして、その死体を犯してくれるわぁぁぁぁあああ」

「黙れぇぇぇぇえええええ!!」

王都で、勇者の前で、この腐った国のせいで、あの人を失うのはもう――――――!!

「がははは！　好きなだけ吠えろッ！　泣け！　喚け!!　そして、そのまま悔しさの中で焼け死んでいく異端者の女を見届けろぉぉおおおお!!　あの売女は、お前のせいで、お前の目の前で、お前が来たがために、シャラ・エンバニアは、こんがりと焼かれるのだッ！」

ぎゃはははははははははははははははははは♪

狂ってやがる……！　どいつもこいつも狂ってやがる……!!

さっきまで逃げ惑っていた連中が、今や狂気の笑いすら浮かべて死んでいく。

同軸機銃に蹴散らされながらも、それすら忘れるかの如く、輪になって踊る民衆たち。軍人はさらに燃えろと、松明を次々に投げ入れ、まるで祭りのキャンプファイヤーを囃し立てるかのようだ。

「そして、そのあとでバンメルをとらえ、貴様の大事な小さなガキ（リズ）を兵士全員で死ぬまで犯しつくしてくれるわぁぁ！」

「――――この腐れ外道がぁぁああ！」

ズダダダダダダダダダダダダダダダダダダダッ!!

同軸機銃、そしてナセルの操る対空銃座のＭＧ34が兵士たちをなぎ倒していく。

だが、狂った兵士も民衆も火刑に夢中でゲラゲラと笑いながら死んでいく。

だが、ティーガーⅡは止まらない!!

敵をかき分け、死体を轢断し、肉の壁を蹂躙しながら突っ込んでいく!!

そうして、ナセルが火刑台に到達せんとする!!

そうなれば、もはや将軍を守る策はない!!　なにも――――!!!

「ぬ、ぬぅぅぅう?!　ま、まだ、突っ込んでくるだとぉぉお!?　ナセルの装甲馬車は化け物か?!

く、くそぉぉお、まずい!!　じ、時間を稼げぇぇえ――――あの女を異端者の前でローストにするまでは絶対にだ!!」

松明を投げ込んでいる護衛に、指示を出す将軍様。

「――そ、そうだ!!　あ、あれを出せ!!」

「は？　あ、あれですか？　あれとは――」

「あれっつったら、アレしかねーーーーだろーーーがぁぁああ!　テイマーだ!!　テイマーが、テイムしている魔物を放て!!　そうだ、例の奴だ――――!!　あれを、異端者の車にぶつけてやれぇっぇえええ!」

護衛の胸倉を摑んで、がっくんがっくん。

「ま、魔物をですか?!　無茶です!!　ま、まだ制御できているものなど、まったく――」

「やかましいいいいいいいい!　今は、それどころじゃねーーーだろぉぉおおお!!」

「うぐわー……!!　りょ、了解ぃぃいい!!」

ブワキィン!!　と、護衛の一人をぶん殴って指示を出す将軍様。

すぐさま、手旗信号で合図を出すと、何やら野戦師団本部の建屋の方から地響きが起こる!

直後、

――――バァァンン!!

「うわぁぁあああ!」

「ぎゃあぁあ!」

「な、なんだぁぁあ?!」

突如、火刑場――――というより、野戦師団本部の中庭となっている地面の一部が爆発するように跳ね飛ばされた。

唖然とした兵士と民衆であったが、その先に――――。

もうもうとした埃と共に、立ち上る獣臭……。

まるで地下に開いたのは地獄の釜の蓋――――……そこから、ズシンズシンズシン……!!

「きゃ、きゃあああああああああああ!! 魔物よぉぉぉぉおおお!!」

民衆の一人が鋭い悲鳴を上げる。

刹那、埃のベールを破って出現したのは、なんと!

『――グルァァァァァアアアアアアアアア!!』

小山のごとき巨大なモンスター!!

何も知らされていない兵士と民衆が悲鳴を上げて逃げ惑う中、地下から湧き出してきた、それ!!

その巨大なモンスターは空に向かって吠えると、兵士や民衆を蹴散らしながらナセル目掛けて突進ッ!!

「な?!」

こいつは――――……!!

ナセルにも覚えのある魔物だ。

そう。かつて、軍を除隊するきっかけになったモンスター……！

「が、がははは！　見たか、異端者ぁぁああ！　デカいのはお前だけの専売特許じゃねーーーんだよぉぉお!!　見ろぉ、これが奥の手よ!!　テイマーによって魔王軍より鹵獲せし魔物――」

将軍様が自信満々に繰り出してきたのは、紫色の剛毛に、反り返った醜い牙。

そして、凶悪な猪の顔を持つ魔王軍所属の巨大モンスター!!

ズシンッズシン――!!

「――ベヒモスじゃぁぁぁぁあああ!!」「ベヒモスじゃねぇか!!」

■第13話　悪鬼の咆哮

『――ゴァァァアアアアアアアアアア!!』

ビリビリビリビリビリ……！

空気が震えるほどの凶悪な咆哮!!

「「「きゃぁぁあああああああああ!!」」」

さすがにこれには踊り狂っていた民衆も大パニックとなる。

そして、ベヒモスはといえば、まるで解き放たれた猛獣のように吠え猛ると、思う存分暴れまわる！　よほど狭い所にいたのか、よほどうっぷんがたまっているのか、その怒りはしょっぱなから頂点に達しているらしい。

くそ……あの手この手で……!!

これが野戦師団の奥の手……テイマーの実力か！　ワイバーンといい、怪鳥(ガルダ)といい、翼竜といい、ユニコーンにベヒモスだと？

どんな奴か知らねぇが、テイマーってのは、やっかいなジョブだな!!

「ちぃぃいいい!!　ここまで来てぇぇえ！」

――邪魔をぉぉお、するなぁぁあああ！

ズダダダダダダダダダダダダダダダダダダダダダダッッ!!

メタルリンクを揺らしながらＭＧ34を水平射!!

だが、信じられないことに全くの無反応!!　一部の弾丸に至ってははじき返される始末!!

「ば、」

ばかな……?!

『ゴルァァァッァアアアアアアアアアアアアア!!』

むしろ怒らせただけか?!　いくら魔物とはいえ、これほどとは――!!

空を舞うドラゴンが空の覇者なら、ベヒモスはまさに陸の覇者!!

高速のユニコーンとは真逆の鈍足の魔物だが、脅威なのはその装甲だ!!

空を飛ばない分、装甲の分厚さでいえば魔王軍トップクラスのそれ!!

下手をすれば竜鱗すら凌ぐ硬度を持つとされている。

だから、かつてナセルもドラゴンを召喚しても、こいつにやられたのだ――……!!

「砲手ッ――――敵、正面!!　大型モンスター、狙えるか?!」

『は、速すぎますッ(ツー シュネル)!　それに民衆が邪魔で照準できません(カン ヴェゲン デア メンゲ ニヒト ツィーレン)!!』

砲手が砲塔旋回ペダルを操作し、装塡手も必死で砲塔旋回補助転輪で補佐するが到底追いつかない機動!!

――ちぃ!!

鈍足とはいえ、あの巨体だ!!　それにしては十分に速い、か!!

よほど怒り狂っているのか、突如地上に放りだされたベヒモスは、ナセル目掛けてはもちろんのことだが、その直線上にいるものは、兵士も民衆も何もかもを蹴散らし突進、突進！

その様は、到底制御されているようには見えない！

「くそッ(シャイセ)!!」

火刑台までの距離はあと僅か。障害となるのは兵士と民衆と――――ベヒモスのみ！

……ならばッ！――――ジャッッキン！

少しでもダメージを与えるべく、銃座に据えたＭＧ34に初弾を装填！ ……もう戦車までいくらも距離はない！！！

「こっちだ、クソ猪ぃぃぃいいいいい!!」

――ズダダダダダダダダダダダダダダダッ！

「うぉぉぉぉぉおおおおおおおおおおお!!」

銃座のＭＧ34を指向し、照準のさきの民衆ごと猛烈に連射をぶちかますナセル。

真っ赤なマズルフラッシュが視界を焼けつくさんばかりに埋め尽くす――――……が！

『グルァァァアアアアアアアアアア!!』

「来たか!!」

調子よく民衆やら兵士やらを蹂躙していたベヒモスがＭＧ34の射撃に気づいて顎を巡らせる。

「狙えないなら狙える位置まで誘導してやるまで!! ――砲手ッ(カノニアー)」

『…………照準(タリホー)』

砲手の静かな声に命中確実の確信を得る。つぎは、主砲――――!!

「弾種(モニション)、徹甲(ＡＰ)――――目標(ツィルイスト)正面(ディフロント)……ベヒモス！」

「ッ……！

『了解（ヤボール）！』

　ガシャキ――ガコンッ！

『装塡（ラーデン）よし（グウト）!!』

　――喰らえぇッ!!

「射距離ゼロ（ヌルベライヒ）――撃てぇッ（ファイエル）!!」

　――ズドォォォォォオン!!

　発射の吹き戻しでナセルの軍服がバタバタと波打つほどの射程で、まさにゼロ距離射撃!!

　突撃中のベヒモスの鼻先に、長砲身88mm（アハトアハト）をぶちかましてやった!!

『グルァ――――…………!!』

　爆炎の向こうに着弾の衝撃！　「っしゃぁぁぁ！」思わずガッツポーズのナセル！

　――命中ッッ！

　ベヒモスが真正面から突っ込んできたおかげで狙えたようなもの。

　吹き散らされた発砲煙の先には、まるで見えない何かに蹴り飛ばされたかのように、ベヒモスがビクンッ!!　と体を震わせると、上半身が大きくのけぞっていた！

　かつて倒せなかった強敵を、今こそ倒す!!

「……いぃよぉおおおーーーーし!!」

　超々至近距離のゼロ距離射撃だ！　やはり88mmは強――。

『し、指揮官殿（コマンデン）?!』

　ッ?!

砲手の悲鳴に思わず目をむくナセル。

「――……な、なにぃッ?!」

なぜなら、ナセルの視線の先では、確かに仕留めたはずのベヒモスがまだこっちに向かってくるではないか！

――ば、馬鹿な?!

「どんな皮膚してやがんだよ!!」

ティーガーⅡの主砲は、71口径８・８ｃｍＫｗＫ42――！

貫通力は２００ｍｍ以上だぞぉぉぉおおおお!!

「ちぃぃぃいいいい……次弾装填(ネヒシュテ ゲショスラドゥング)」

……いや、無理かッ!!　ま、間に合うわけが――ッ!!

『エ、エンジン(モーター)、後進(フォールガス)いっぱいッ(リュックヴェルツ)!!』

乗員の独自判断！　巧みなギア操作！

変速機と車体に、多大な負担をかけつつも、弾かれたように戦車が急速後退し、ベヒモスと――……火刑台との距離がみるみる開いていく！

「くそッ(シャイセ)……！」

――ギュラギュラギュラギュラギュラ!!

それでも、砲弾をはじき返したベヒモスの巨体は、下手人を仕留めんと、すさまじい速度でティーガーⅡに向かってくる！

これが魔王軍の強さ――……って、来たぁぁぁぁああ!!

「――うぉぉおおおおおおおおおおおおおおおおおおおおおおおおおおおおおお?!」

ズダダダダダダダダダダダダダダダダダダダダダダダダダダダダダダダダ!!

無駄と知りつつ、MG34(車載機関銃)の連射を叩きこむナセル!!

命中に命中を重ねるが、すさまじい反跳音とともに弾き返される弾丸。

――こ、こなくそぉぉぉぉぉおおおおおおお!!

ドッガァァァァァァン!!

「そ、総員(アーレメナ)対ショック(アンチショック)――」

『グルァァァアアアアアアアアアアアア!!』

「ぐわっ!」

怒り狂ったベヒモスの突撃がまともにティーガーⅡの正面に激突ッ。

70トンにも上る車体が、ガツンッッ！　と激しく揺さぶられて押し込まれていく!

(……マ、マジかよ?!)

内部に懸架していたあらゆる装備が転がり、電気系統はショートする。さらには、ガランガラ〜ンと、砲弾ラックから転がり出た各種砲弾が乗員にぶつかり、派手な音を立てた。

「ファァァァァアアッッック!!」

激しく揺さぶられる砲塔にしがみつくナセル。

い、いくら強いとは知ってはいてもこれほどとは――……!!

プシュウゥ……。

「くッ……！　総員(アーレメナ)、各部異常の有無を報告(メルデン ズィ アレ アノマリエン イン イェーデムタイル)!!」

どこか電気系統がやられたのか、砲塔内にバチバチと火花が散っている。

『しゅ、主砲異常なし』

『エンジン、駆動系異常なし！　しかし、履帯が!!』

『前方機銃破損！　無線機は調整中！』

『ほ、砲塔、旋回不能！　亀裂発生……！』

亀裂ぅ??

じょ、冗談だろッ……?!

砲塔の装甲は、特に分厚く、180mmにも達する。

いくらベヒモスとはいえ、ドイツ軍製の装甲をこうも易々と――?!

「が、がはははははは！　よくやったぞッ!!　ベヒモスぅぅ!!　そのまま仕留めろ!!」

がーーーーっはっはっはっはっは！

景気よく笑っているが、その間にも近くにいた兵士やら民衆がブチュ!!　と踏みつぶされたり啄まれたりしている。

どう見ても制御できているようには――……。

「どーだ思い知ったか異端者ぁぁぁあ！　これが奥の手というものよ!!……見ろぉッ。燃えていくぞ！　異端者の女が燃えていくぞぉぉおお！」

ちぃぃぃ……！　どっちにしても脅威には変わらんかッ!!

「しゃらくせぇえ!!」

勝ち誇る将軍様の背後では、バチバチと燃え上がっていく薪束と黒煙に覆われていくシャラの姿が見えた。もう一刻の猶予もない……！

長砲身88ｍｍをはじき返す化け物が相手にして最後の障害。

Ｌｖ7召喚獣で無理というのなら——。

「……………かはっ！」

吐血しながらも、魔力を振り絞り、奥の手中の奥の手を使うナセル!!

ポーションを飲んだところでほとんど気休めだ。

だが、

「い、いでよドイツ軍————！」

ブゥン……！

召喚獣のステータス画面を呼び出し、ありったけの魔力を叩き込むナセル。

「がはははははは！　無駄無駄ぁぁぁあ！　何台呼び出そうが無駄無駄ぁぁぁ！　貴様が何をしようとシャラは燃える!!　燃えているぞ————んん〜……いい匂いだぁぁぁああ！」

がーーーーーーーっはっはっはははは!!

「無駄か、どうか————」

——試してみろぉぉぉぉぉおおおおおおお！！！

（88ｍｍでダメなら……）

ブゥン……！

ドイツ軍Ｌｖ８：

※　※　※：

Ｌｖ０→ドイツ軍歩兵１９４０年国防軍型（ヴェアマハトタイプ）

Ｌｖ１→ドイツ軍歩兵分隊１９４０年国防軍型、
　　　ドイツ軍工兵班１９４０年国防軍型、
　　　　Ｉ号戦車Ｂ型、

Ｌｖ２→ドイツ軍歩兵小隊１９４０年国防軍型、
　　　ドイツ軍工兵分隊
　　　　II号戦車Ｃ型、
　　　　Ｒ12サイドカーＭＧ34（軽機関銃）装備

Ｌｖ３→ドイツ軍歩兵小隊１９４２年自動車化
　　　※（ハーフトラック装備）
　　　ドイツ軍工兵分隊１９４２年自動車化
　　　※（３ｔトラック装備）
　　　III号戦車Ｍ型
　　　メッサーシュミットＢｆ１０９Ｇ（戦闘機）

Ｌｖ４→ドイツ軍装甲擲弾兵小隊１９４３年型
　　　※（ハーフトラック装備）
　　　ドイツ軍工兵分隊１９４３年型
　　　※（工兵戦闘車装備）

ドイツ軍砲兵小隊
※（軽榴弾砲（10・5cmleFH18/40）装備）
Ⅳ号戦車H型、
ユンカースJu87D（急降下爆撃機）
Lv5→ドイツ軍装甲擲弾兵小隊1944年型
※ハーフトラック装備
ドイツ軍工兵分隊1944年
※火焔放射戦車装備
ドイツ軍砲兵小隊
※重榴弾砲装備
パンター（Ⅴ号）戦車G型
フォッケウルフFw190F（戦闘爆撃機）
Lv6→ドイツ軍装甲擲弾兵小隊1944年型
※重装備（ハーフトラック装備）
ドイツ軍工兵分隊1944年型
※大型ロケット弾発射機（ネーベルファーア）装備
ドイツ軍砲兵小隊
※自走重榴弾砲（フンメル）装備
ティーガー（Ⅵ号）Ⅰ戦車

フィーゼラーFi-103（通称V-1無人飛行爆弾）
※He111H後期型に搭載可能
Lv7→ドイツ軍降下猟兵小隊1944年型
※ユンカースJu52（輸送機）装備
ドイツ軍降下猟兵工兵分隊1944年型
※DFS230（グライダー）装備
ドイツ軍列車砲兵
※80cm列車砲（グスタフ）装備
ティーガーII（VI号B型）戦車
メッサーシュミットMe262（ジェット戦闘機）
Lv8→降下猟兵小隊1944年、強襲型
※メッサーシュミットMe323装備
降下猟兵工兵分隊1944年、強襲型
※空挺戦車装備
ドイツ軍ロケット砲兵部隊
※トレーラー発射型A4ロケット装備
マウス試作戦車
アラドAr234B

（次）

Ｌｖ完↓ブランデンブルグ連隊
※特殊歩兵小隊
第５０２猟兵大隊
※特殊工兵分隊
Ｐ１５００モンスター
※80ｃｍ連装砲
ラーテ超々巨大戦車
ホルテンＨ０２２９

「１２８ｍｍ（ツヴェルフアハト）ならどうだぁぁぁぁああああああああああ!!」

ぶわっ――――!!

中空に浮かび上がった召喚魔法陣!!

その大きさは、ティーガーⅡの比ではない!!

なぜなら、それは――――!!

「いけッッッ――――」

ドイツ軍
Ｌｖ８：マウス試作戦車
スキル：戦車砲（55口径　12・8ｃｍＫｗＫ44）

副砲（36・5口径　７・５ｃｍＫＷＫ44）
同軸機銃（MG34・7・92mm機関銃）、対空機銃（MG34・7・92mm機関銃）
近接防御兵器（Ｓマイン他）、ピストルポート×３
履帯蹂躙、無線中継

備　考：１９４４年に試作された重戦車、同年継続開発が中止となる。

実戦を経ることなく終戦を迎えたが、正面装甲２４０ｍｍの重装甲（頭おかしい）。

主砲は12・８ｃｍと７・５ｃｍの二門を装備と、極めて重武装（頭おかしい）。

避弾経始に優れ、カタログ以上の装甲を誇る。

また重量は１８８トン（頭おかしい）にも上り、実用戦車のなかでは最重量の部類に入る。

大戦末期に実戦投入されたが、エンジン不調や、燃料不足により戦闘を断念している。

実際に戦闘に投入された際には、機動性の低さが問題となったであろうが、その装甲と重武装は脅威となったのは間違いない。


ドズゥゥゥッゥゥウウウウウウン!!

ナセルの呼びかけに応じて現れたのは、超、超、超巨大な重戦車！！！

その名も――

な、な、

「なんじゃそりゃぁぁぁああああああああああああああああ?!」

はッ!!

「――――Ⅷ号試作型超重戦車……」

マウスである!!　ゲス野郎どもがぁぁあッ!!!!

■第14話　試作重戦車マウス！

ドゴゴゴゴゴゴゴゴゴゴゴゴゴゴゴゴゴゴゴゴゴゴゴ……！

その戦車は召喚しただけで地面が陥没し、中庭の重厚な石畳がひび割れた。

今でもミシミシと大地がきしみ、そのまま、地下のベヒモスが監禁されていた区画まで落ち込みそうなほど。

「な、な、な、な、な、な」

わなわなと震える将軍様。その目の前には、擱坐（かくざ）したティーガーⅡよりも一回りも、いや二回りも巨大な重戦車がエンジンの低い唸り声をあげていた。

「なんじゃそりゃぁぁぁっぁあああああああああああああああ?!」

さすがに将軍様も驚き、震える。ティーガーⅡで大苦戦し、配下の部隊が壊滅的被害を受けたのだ。それを優に凌ぐ巨大な戦車!!

重量　１８８ｔ
速度　20ｋｍ／ｈ
主武装　55口径１２８ｍｍ　ＫｗＫ戦車砲
最大装甲厚……２４０ｍｍ!!

そう。名実ともに、世界最強にしてドイツ軍最後の重戦車――――!!

「かはっ……ふくくく」

くはははははははははははははは――――!!

魔力を大量に失い、真っ青な顔をしたナセルが、狂ったように笑い叫ぶ！

そして見ろ！　刮目せよ、野戦師団!!

これぞ――――!!

すぅぅぅう……。

「――超重戦車、マウスであるッッッッッ!!」

グォォォォオオオオオオオオオオオオオオオン!!

２００トン近い重量を動かし支える１２００馬力エンジンの立てる、力強く静かな鼓動が響き渡る。――それは、実戦機会を与えられることなく、ベルリンで朽ちていくはずの陸の艨艟（もうどう）の咆哮であった!!

「マウス（ねずみ）だとぉぉぉおおおおおおおおおおおお?!」

バキイイイ……!!

握りしめていた軍配に亀裂が入るほど力を込めて、叫び返す将軍様。

「ふざけるな異端者ぁぁぁあああ!!」

もう我慢ならん!!　いけッ!!　行けよ、ベヒモスぅぅううう!!

「ぶっ潰せぇぇええええ!!」

『グルァアアッアアアアアアアアアアアアアアアアアア!!』

将軍様の命令を聞いたわけではないのだろうが、ベヒモスとて魔物!!

しかも、魔王軍の超重量級のモンスターだ!!　その矜持は、並大抵の魔物の比ではない!!

ゆえに、吠える!!　猛る!!　そして食らいつくすッッッ!!

——ゴォアァッァアアアアアアアアアアアアアアアアア!!

ティーガーⅡを擱座せしめたその突進力と、長砲身88ｍｍ戦車砲を跳ね返した装甲でマウスを蹂躙せんとする!

ズドドドドドドドドドドドッ!!　とすさまじい速度で迫ると、進路上の兵士と民衆を撥ね飛ばしながらマウスに迫る!

ナセルはティーガーⅡの召喚を解除し、魔力を回収すると、次いで消えゆくティーガーⅡの上からマウスに飛び乗り、今度こそ真っ向から迎え撃つ!!

そして————……!!

「いけッ!　装甲勝負だ!!」

突っ込めマウスよ!!　まずは獣にドイツ軍の装甲厚を教えてやれぇぇぇぇぇぇぇぇぇ!!

『『『了解、指揮官殿!』』』

ゴゥンッ!!　ゴンゴンゴンゴンゴン————ゴゴゴゴゴゴゴゴゴゴ!!

重々しくサスペンションが軋み、コイルスプリングとボギーが悲鳴を上げる!!

なにせ188トン!　なんといっても188トンだ!!　おおよそ軍用車両としてはトップクラスの重量を誇るそれが1200馬力エンジンで無理やりに動かされているのだ!!

だが!!　それでも、マウスの速度は——時速20ｋｍ!!

十二分に速い!!　速いだろうがぁぁぁぁあ――――……吶喊ッッッ!!

「うぉぉぉぉおおおおおおおおおおおおおおおおおおおおお!!」

じゃきんっ!

景気づけに、対空銃架のMG34(機関銃)を指向し、ぶちかます!!

ガチンコ勝負には、銅鑼(どら)がなければ始まらんだろうが――――ズダダダダダダダダダダダダダダダ

ダダダダダダダダダダ!!

『グルァァァァアアアアアアアアアアア!!』

その射撃をうっとうしいとばかりに振り払うベヒモス!

相変わらずの装甲だが……こっちも負けてはいないぞ!!

「全速前進(フォールガス フォラオス)――――フルパワー(フォレ クラフト)!!」

『了解ッ(ヤボール)』

ガッコン!

変速機がガチャガチャと操作され、マウスを一気にトップスピードに!!

時速20kmで魔王軍が誇る巨大モンスターのベヒモスとガチンコ勝負!!

「む、無駄ぁぁぁああああああ!!　ここは通れんぞ、異端者ぁぁぁあああ!!」

――絶対にベヒモスの装甲は打ち破れん!!

「ならば……押しとおるッッッ!!」

いけぇぇぇぇぇぇえええええええええええええええええ!!

グルァァァッァアアアアアアアアアアアアアアアアアアア!!

咆哮するマウスと咆哮するベヒモス!!

両者が、今!!

ドイツ軍とファンタジーが今！！！

――――今激突ッッッッッ
ドガァァァァァアアアアアアアアアアアアアアアアアアアアアアン！！！

刹那、すさまじい爆音が発生し、あまりの衝撃と衝突に、摩擦電流が瞬いた!!

そして、一瞬の押し込みを経て――――……!!

『ゴァァァッァアアアアアアアアアアアアアアアアアアア?!』

ボキィイイ!!　と、ベヒモスが一気に競り勝ち、首をさらしたベヒモスをゴリリリリリリィ……!!　と、地面を耕しながら押し込んでいった。

その瞬間、マウスが一気に競り勝ち、首をさらしたベヒモスをゴリリリリリリィ……!!　と、地面を耕しながら押し込んでいった。

「な、なんだとぉぉぉおおおおおおおおおおおおお?!」

仰天したのは将軍様。

――まさか、まさか、まさかぁっぁあああああ!!

「どうだ――――!!」

マウスの正面装甲は２４０ｍｍ!!

「おまけに重量は１８８トンだあっぁぁぁあああああ!!」

その避弾経始装甲はどんな弾丸すらはじき返す!!　その重量は何者にも動じない！

そう。

……それがたとえ魔王軍の巨大モンスター（陸の王者）であってもな!!

「――そしてぇぇぇえええええ」

弾種（モニション）、徹甲（AP）――！　目標正面（ツィル イスト ディフロント）……ベヒモス！

『了解（ヤボール）！』

ガシャキ――ガコンッ！

『装填（ラーデン）よし（グウト）!!』

ビィイイ!!　と警告灯！　装填よしが砲手に伝わると、重々しく砲塔が旋回!!

ほとんど外しようがない距離で、ベヒモスを真正面からぴたりと狙う!!

「88ｍｍが効かないなら、１２８ｍｍをぶちかますまでぇぇぇえええええ!!」

――喰らええぇッ!!

マウスの主砲、55口径１２８ｍｍＫｗＫ44の味――――とくと味わぇぇぇええええええ!!

「――撃（ファイエル）てぇッ!!」

――……ズバアアアァァァァァァァァン!!

『グ――――?!』

こんどこそ断末魔の悲鳴……!!

発射と同時に命中、その直後――上半身が爆散したッッッ！

「……おらぁぁぁっぁぁあああああああああ!!」

まき散らされる血煙のなか、全身に返り血を浴びながらナセルが勝利の拳を振り上げる！

１２８ｍｍの威力は88ｍｍよりもつぇぇぇえええに決まってんだろうがぁぁあああ!!

魔力をバカ食いするＬｖ８召喚獣の威力!!

ナセルの限界をとうに超えたそれではあるが、これで障害は排除!!

――排除したぞぉぉぉおおおおおおおお!!

「ぬぁぁぁあああ?!　バカな?!　べ、ベヒモスを倒しただとぉぉぉおおおおお?!」

さすがに仰天した将軍様。

いよいよ打つ手がなくなり、いよいよ櫓の足も燃え上がり、もはや、将軍様の足元に迫る勢い！

文字通り足元がおぼつかない！

――だが、動けない将軍様。

なぜなら、シャラのそばから離れれば自分が危ういことをよくわかっているからだ!!　だから、火刑台ごと櫓が燃え始めても、ベヒモスとの決着がつくまで逃げるに逃げられなかったようだ。

……しかし、それは同時にシャラの危機でもある!!

「大隊長ぉぉぉおおおおお!!」

ゴォ――――!!

ついに、シャラの足元の薪に引火し、高く火が昇りだす！

もう、もう、もう――刹那の猶予もない！！！

『指揮官殿（コマンデン）！　これを（ニムダス）ッツ！』

砲塔内から装填手が引っ張り出してきたもの――――――それは……。

近接火器用の黄燐発煙弾…………??

「…………ッ!?」

そ、そうか！

「――らっぁ!!」

ナセルは差し出された砲弾を受け取ると、両手で抱えて思いっきりぶん投げた！

「がははは あ！　窮したか、異端者ッ!!　そんな石ころなんざ投げても今更ぁぁあ！」

「……石ころじゃねーーーーーーーーー！」

ジャキンッ！

銃座のＭＧ34を操作すると、ガランガラ～ン!!　と派手な音を立てて転がっていく発煙弾に狙いをつける！

「おらぁぁあああ！」

――ズダダダダダダダダダダダダッ!!

残る全弾倉を地面に転がした発煙弾の弾頭付近に狙いをつけて射撃！

「馬鹿め！　どこを狙って――――」

――ボォォォオオオオオオオオオオオン!!

「「「ぐぁぁぁあああああああああ！」」」

うまい具合に兵士のただなかに転がっていった発煙弾の弾頭が誘爆し、弾頭に仕込まれていた化学薬品が猛烈に反応し、白煙を噴き出すとともに一瞬にして視界を覆っていく。

それを確認したナセルは、ドイツ軍製のガスマスクを円筒形の筒から引っ張り出して一挙動で装着すると、銃架から取り外したＭＧ34を手に、ジャラジャラと鳴るメタルリンクを腕に巻き付け、

――ジャキンッッ!!

「今……。今、行きます──大隊長ッ！」

ナセルは、単身戦車(マウス)から躍り出た──……。

一方、

「ゲホ、ゲホ、ゲホ!!」

あまりの白煙の量に一瞬にして閉ざされる視界の中、そのことに気づいた瞬間、将軍様が顔面を蒼白に染める。

「な、なんだこの煙は?!」

まずい。護衛の姿すらよく見えない!!　こ、こんな機会を奴が逃すはずがないと──。

「く、くそぉぉお!!　まずい、来るぞ!!　い、いいい、異端者が来るぞ!!　だ、だだだ、誰でもいいから奴を止めろぉぉぉおおおお!!」

ようやく自分の置かれた立場に気づいた将軍様が何とか士気を維持している護衛たちにげきを飛ばすが、ベヒモスの爆散を見たほかの兵士たちは及び腰。

さっきまで踊り狂っていた民衆もベヒモスの出現に腰を抜かしたまま動けない。

──今ここに至り！

ナセルを止めることができるものはもういない!!

※　※　※

「「ゲホッゴホッ！」」

「「オゲェ、ゴホゴホッ!!」」

着弾点を一瞬にして覆い隠す黄燐発煙弾によって、周囲の視界は極端に悪化していた。

ただ煙が出るだけの発煙筒とはわけが違う、それ。

榴弾でも徹甲弾でもないこの弾の殺傷能力はほとんどなく、その目的は、もっぱら目つぶしか、煙覆のために使われるかであるが――……その効果はそれだけではない。

発煙弾の主成分は黄燐であり、これは酸化により生じる五酸化燐の固体微粒子と五酸化燐と空気中の水分の反応により燃焼時に白色の煙をあげるもので、一瞬にして白煙を空気中に飛散させるそれは、複雑な化学薬品が使用されており、特に黄燐には猛烈な毒性があった。

つまり――空気と混合したその白煙には僅かに毒性があるのだ!!

「な、なんだ?! 目が、目が見えねぇぇぇぇ!」

「おぇぇっぇぇ!! い、息が……!」

突如、猛烈に噴き出した白煙に視界を奪われる王国兵と民衆たちは大パニックを起こしていた。

その中を、ガスマスクを装着したナセルが単身突っ込んでいく。

シュコー

シュコー

「ぬ、ぬぅぅぅ! 目つぶしとは小癪なぁぁぁ! おい、貴様らぁぁ! 何を怖気づいておるかぁ! あのデカい車が身動きできんうちに仕留めろ!! さっさと突っ込めぇぇぇぇ!」

自分だけは避難しつつも、兵に死地へ行けと叱咤する将軍様。

相変わらずのデッカイ声が、幸いにもナセルに火刑台の位置を教えてくれる。

「し、しかし、将軍、ここは危険です！　下がってください!!　――――い、異端者が煙に紛れて来るやもしれません!!」

「喧しい!!　……ここより先、どこに下がれって言うんだよぉぉお!!　いいから、行け!!　突っ込めぇっぇええええ！　お前らの糞みたいな命は今こそ使うんだよぉぉぉおお！」

護衛の忠告すら無視して、何が何でもナセルを仕留める気の将軍様。

逃げ出そうとした兵らも、激しく咳き込みながら及び腰だ。

そこに、

「――どけぇぇぇええええええええええええええ！」

ズダダダダダダダダダダダダダ！

「「ぐぁぁぁあああ！」」

白煙越しに見える松明の火や兜のシルエット目掛けて無茶苦茶に撃ちまくるナセル！

「む!!　そ、そこか?!　おい、異端者はあそこだ!!　煙の中にいるぞ!!　囲んで切り捨てろッ！」

「「は、はいーッ！」」

白煙の中、ナセルは位置を暴露してしまうが、それどころではない!!

もう、時間が……時間が――――!!

大隊長が、シャラが……シャラが――――!!

「――――シャラが!!　シャラぁぁぁあああああああああああああああああ!!」

必死に駆け抜け、必死に叫ぶナセル。

脳裏に浮かぶのは、あの日のあの時のあの瞬間の最悪の記憶――――。

……何度も何度も、フラッシュバックする王都での光景。

愛しいあの人が、勇者の狂炎に焼かれて燃え堕ちる光景に……!!　胸がギリギリと痛む――――

……。

（くっ……――させるか!!　二度も、二度も、二度もあの人を焼かせてなるものか！）

……まだだッ!!

「まだ間に合う――――!!」

火だって、ついたばかりだ！

人間一人が死ぬまで焼くのに、どれほど時間がかかる?!

1分？　30秒？　少なくとも、まだ数秒は――……。

「――どけぇぇぇぇぇぇえええええええええ!!」

バララララララララララララッ!!

MG34（機関銃）を腰だめに構えて行進射撃!!

火刑台まで僅かな距離!!　この白煙に隠れて撃ちまくりながら一気に肉薄する――！

……残り十数メートル!!　だが……だが、その十数メートルが、恐ろしく遠いッ！

「それでもぉぉぉぉ――」

それでも、それでも、それでもあと僅かだ！　あと――……。

「いたぞ、ここだッ!!」

「囲んで切り捨てろぉぉおおお!!」

白煙をついて武装した護衛兵が突っ込んでくる。

体全体で剣を腰だめにして、下腹部を貫く構え――――……。

「邪魔を――」

するなぁぁああああああ――ズダダダダダダダダダダダダダダ!!

「ぐわぁぁぁああ!」

ガスマスクの狭い視界越しに、ＭＧ34の連射をぶちかます!

弾切れ等、知るかッ!!

白煙の先にナセルの味方はいない!!　ならば、民衆だろうが兵士だろうが、全て敵だッ!

「うぉぉぉぉぉおおおおおおお!!」

ガラァ～～～ンッ!!

ＭＧ34（機関銃）の弾が切れたら弾倉を投げ捨て、銃身だけを掴んでこん棒代わりに、目の前の敵兵を打ち倒す!　それでも邪魔をする奴には予備のＭＧ40（短機関銃）をくれてやり、それでも足りなければ、折れた愛用のブロードソードを突き立てる!!

「どけっ!　どけっ!　どけぇぇぇえええ!!」

火刑場を覆う爆炎を潜り抜け、並み居る将軍様の護衛兵をなぎ倒し、矢弾飛び交う戦場を駆け抜けてナセルが駆け抜ける!!

「――大隊長…………大隊長…………!」

……今行きますッッ!!

大隊長ぉぉっぉおおおお――……!

「――ぉぉおおおおおおおおおおおおおおおおおおおおおおお!!」

粗末な階段で作られた櫓を駆けのぼり、敵を切り伏せてナセルが征く！
　地面付近に溜まった白煙を突き破り、視界を邪魔するガスマスクをかなぐり捨てて！
　　そうして、ようやくたどり着く！
　　　そして、最後の一段をのぼり切った時――――――――ナセルの視界が一気に広がった！

――……ブワッッ!!

「ッ！」

広い空。むせ返るような黒煙の匂い。

そして、そして――――――――……!!

シャ、

　　「――シャラぁぁぁあああああああああああ!!」

　　　あああ…………。

　　　　ああ……。

「ナ、セル………？」

■第15話　コールオブシャラ

ゴゥゴゥと燃え盛る火刑場。

その中でも走り回り、異端者を討たんとして、死兵となった王国兵が無茶苦茶に駆け回る。

それは、死体と血と銃弾の飛び交う地獄……――。

「……ッ」

そんな中、シャラ・エンバニアの意識がジワリと覚醒した。

（ぐ……）

酷い激痛と、全身を覆う気だるさ。

拷問にも近しい長時間の磔によって腕も足も鬱血し、感覚がないのに、鈍痛だけがジクジクと全身を貫いていた。

「ぁ、かは……？」

喉は火刑の煙で焼け付き、衣服はほとんどが焼け落ちている。

コホコホッ……。

――気を失っている間にも容赦なく暴行を加えられていたのだろう。

肌がじくじくと痛み、鼻からは血が流れている。

だが、

（まだ、生きている……？）

……ど、どうして？

シャラは確かに火を放たれた瞬間を覚えている。

あのクソ将軍様にゲラゲラ笑われながら、嘲笑する民衆に囃し立てられつつ火を付けられたはず。

……なのに、まだ生きている――⁇

朦朧とする意識の中。視線を転じれば、たしかに足元の薪束には火がともっている。

その熱がじくじくと肌を焼き、黒煙が喉と肺腑を冒していく。

「そうか…………楽には死なせてくれん、か」

どうやら、気を失っていたのは一瞬らしい。そのまま、眠れていればどれほど楽だったか……。

（くそ……）

もう終わりにしてくれ……。もう嫌だ……。

もう、うんざりだ！

辛くて、痛くて、汚くて、気持ち悪いのは嫌だ。……耐えられない。

リズの手前、虚勢を張っていたが、シャラだってうら若き乙女だ。

痛いし、恥ずかしいし、屈辱だって感じる――汚い男どもの相手をするのも、うんざりだった。

――だが、

（はッ……ようやくか。……そーら、火が回ってきたぞ――）

足先が熱くなり、息が苦しくなってきた。この後は知っている。

……今に熱く熱くなって、肌を焼き、髪を焦がし、喉が詰まるんだ。

「くふふ。なにせ、二度目だからな……」

――だから詳しいんだ。ふふふふ。……くふふふ。

「はははは」

あはははははははははは！

自嘲気味に乾いた笑いを浮かべるシャラ。

いっそ気を失っている間に全て終わっていればよかったのだが、そう甘くはないらしい。

「まったく……。いい気分で寝ていたのにな――」

フ……と、全てを諦めた目で遠くを見る。手が伸ばせれば、あの雲を、空を――……ドラゴンを。

空は相変わらずのグレーの曇天だが、はるか高空に一騎のドラゴンが舞っている。

　ギィエエエエエエエン……！

（あぁ……）

……まるで、ナセル・バージニアの召喚獣のようだ。

だからかな？

「ナセルが。……ナセル・バージニアが私を呼んだ気がしたんだ。……ふくく。そんなことあり得ないのになぁ……」

ナセルの召喚呪印が焼かれて潰されたのをこの目で見ている。

それに、なにより、

「ふふ……くくく」

……どうやら、相当に重症らしい。ふくくく。

足先から焼かれ、血液が沸騰しているせいか、おかしな考えばかり浮かぶ。

「……だってそうだろぅ？」

…………ナセル・バージニアがシャラのことを名前で呼んだことなど一度もない。

そう、ただの一度も……。

だから、絶対にありえない。そも、生きているかどうかも……。

……ナセルはあの日、ドラゴンを奪われた。そして、財産も、家族も、尊厳すらも全てを奪われ、王都にくずおれていた。ならば、誰がどう見ても、あの時に死んでいるに違いない。

だから、これは夢――。

(夢なんだ――……)

全て、死にゆくシャラの願望で、今際に見るという走馬灯の一種なのさ――。

「く、くくく……」

うっすらと視界がかすむ中、ナセルの面影を思い出してほほ笑むシャラ。

「……でも、」

そう……。できることなら――……。

「うぐ……。……できることなら、本当に名前を呼んでほしかったよ――」

……ナセル。

この期に及んで涙が出るなんて。

しおらしく少女のように泣くなんて――……それでも。

それでも――……。

「それでも――――」

ナセル……。

ナセル……。

ナセル……。

「ナ――」

「………シャラぁぁぁぁあああっっ」

……ッ?!

思わず目を見開くシャラ。

「な……?」

げ、

（………な、なんだ？　い、今のは）

「――幻聴?」

ばかな?!

それにしては、ハッキリと。

やけにリアルで、やけに鮮明で、やけに――……。

やけに――――!!

「――シャラぁぁぁあああああああああああああああああああ！」

「……ナ、セ――?」

…………う、嘘。

嘘――――……!

「うそ、でしょ……?!」

嘘でしょぉぉおお?!

だって……。

だって――――!

思わず、瞳が揺れ一筋の涙が零れるシャラ。

「だって――――!!」

だって、アイツはぁぁっぁあああああああああああああああああああああああああああああああ!!

「シャーーーーラぁぁぁぁあああああああああああああああああああああああああああああああ!!」

あ、

あ、

あ――――……!

「――――ナセルっっ!!」

※　※　※

「――ナセルっっ!!」

ドクン……！

その声を聞いた瞬間、ナセルの心臓が跳ねる！

……全てをかなぐり捨て、僅かな武装と共にそこに立った、ナセル・バージニアの心臓が大きく跳ねる!!

だってだって、そこに――――……！

そこにあの人がぁぁぁあああああああああああああ！

「――――ぁぁぁああああああ、シャラぁぁぁぁぁああ!!」

「――――ナセルッッ！」

互いに血を吐かんばかりの絶叫！

歓喜、歓喜、戸惑いと、歓喜!!

これほどまでに!!

これほどまでに聞きたい言葉があっただろうか!?　――会いたい人がいたであろうか!?

これほどまでに、心が躍ったことがあるだろうか――――……!!!

ない!!

ない！！！

こんな歓喜は一度もない――――ぁぁぁああああああああああああ――――!!

「シャラぁぁぁあああああああああああああ！」

ナセルは全てを忘れて、全てを投げ出し、全てこの瞬間のために駆けだした！

櫓の上の薄い足場を跳ぶように駆け、愛しきその人にかじりつくように抱き着いた！！！

もう、もう――――――！

絶対に離さないと――――――!!

「がはっ！　……い、痛いぞ――ナセル!!」

「……す、すみません!!」

反射的に縋りついたナセルを苦笑交じりの顔で見返すシャラ。

あぁ……シャラだ。ナセルだけの大隊長だ――。

「は、はは……。ナセルだ。……ナセル、だよな？　……ま、まだ、ぼうっと、していてな。……

お、おま、え……なのか？　ナセル――」

息も絶え絶えに……ナセルを呼ぶその人。

あぁ、そうだ。あの人が、シャラ・エンバニアがナセルを呼んでいる――!!

……呼んでいるんだ――……！

呼んで――！

「……はい……はい」

はぃ!!

……今度はゆっくりと、噛みしめる様に、確かめる様にシャラを抱きしめるナセル。

酷い悪臭がした……。

酷く熱く……。

酷く傷ついていた……だけど。
だけど――――――――………!!
だけどぉぉぉおおおお――――!!
だ……、
「だ、大隊……ちょ……」
大隊長ぉぉぉ……!
……煤で汚れ、数々の暴行でボロボロになった体と顔が――。
今にも、火刑の火に焼かれようとしているあの人が……!!
「――――大・隊・長ぉぉぉお…………」
だけど。
だけど――――――!!
「あ……あ……あ――――――」
ああああああ、だけど!!!
だけど、あれほど、あれほど――――――……!
あれほど、夢にまで見た愛しい人が、そこにッッッッ!!
そこにいるッッッッ!!
いるんだ――――――!!
大隊長……!
大隊長……!

「大ッ・隊ッ・長ぉぉぉぉおおおおおおおおおおおおお!!」

ぉぉぉぉぉおおおおおおおおおおおおおおおおおおおおおおおおおおおお!!

……生きて、生きて、

　生きて———————————……!!

「生きてぇぇぇ—————————！」

あああああああああああああああ……AAAAAあああ!!

———うわぁぁああああああああああああああ!!

　「ッッ……！

　「ッッ—————————。

　「——シャラぁぁぁああああああああああああああああああ!!」

ああ!!

　『ははは。こんな時くらい、名前で呼んでくれよ—————ナセル』

あの時の、シャラの言葉が脳裏に反響し、ナセルは叫ぶ。

彼女を目の前にして、初めて名前で呼びかける——————……シャラ、シャラ、シャラ。

……シャラ、と！

「シャラぁぁぁあああああああああああああああ！」

　シャラぁぁぁあああああああああああああああああああああああああああ!!

あぁ……そうだ！

今だからわかる。

今だからこそ――――……ナセルは自分の本当の気持ちに気付く。

上官だとか、恩人だとか、そんなんじゃないッッ!!

(……もう、この気持ちに嘘はつかない――――ッ！)

もう偽らない。

もう離さない。

もう殺させはしない――!!

燃え始めた火刑台のシャラを見て、ナセルは……。

ナセルは――――!!

「あああああああああああああああああああああああああ!!」

足元が崩れそうだとも、知るか!!

今にも二人とも燃え上がりそうだとも、知るか！

知るか!!　知るか!!　知るか!!

シャラが!!　大隊長が!!　シャラ・エンバニアが生きてここにいる以上に、知るかぁぁぁああああああああああ!!

「シャぁぁぁぁラぁぁぁああああああああああああああああああああ！」

ふんっ!!

折れたブロードソードで、シャラを縛るその縄をブチィィイ……と切り裂き、彼女を掻き抱く！

そして、二度と二度と、

「二度と離すものか!!」

抱き潰さんばかりにシャラを抱きしめるナセル！

離してなるものかと抱きしめるナセル!!

そして、

——燃え盛る火が「邪魔だぁ！」とばかりに、折れたブロードソードを渾身の力で叩きこみ、薪束を無茶苦茶に吹き飛ばす！

……パカァァーーーン！！！

「うわぁぁ、あ、あ、シャラあぁぁああ!!　う、う、う、うわぁぁあああああああああああああああああああああああああああああああああ！！！」

あああ!!

「シャラ!!　シャラ!!　シャぁぁぁぁあラぁぁぁあああああああああああああ!!」

ついに、ついに、この手に愛しい女を取り返した！

ナセル・バージニアが、シャラ・エンバニアを取り戻した!!

そうだ……！　そうだ——!!

この瞬間、ナセル・バージニアは確信した。

自分が本当に愛しているのは、この人だと——……！

凛として、強く、美しく、誰にも屈しない、この人を愛しているのだと!!

だから、
もう、
絶対に——————!!

離さない！！！！

※　※　※

ギュ……。

「生きて……いたんだな？　ナセル？」

ナセルに縋りつくようにしていたシャラは、火刑台から降ろした途端、ガクリと膝をつく。

項垂れつつも、目線だけはナセルを見上げ――手を伸ばし頬を撫でる。

その手を摑み、

「はい……はい……はい!!　――あ、あなた、こそ。よく、」

よく、ご無事で……。

ナセルの目から涙が零れる。そして、つられるようにシャラの目からも涙が。

……もちろん、無事なはずもない。

シャラの姿を見ればこれまでにどんな目にあってきたかは一目瞭然だ。

だが、それでも、だが――……！

「は、はは……。ゆ、夢を見ているんだと思ったんだ――……最初、誰か、ちょっとわからなくてな」

弱々しい笑みを浮かべるシャラ。言葉ではそう言っていても、まだ信じられないのか、確かめる様にナセルを撫で、緩く抱きしめる。

「だって、そうだろ？　お前――……ははっ、今日、はじめて名前で呼んでくれたもんな」

ッ……！

「な、何度だって……何度でも、呼びます……。何度でも――シャラ……シャラ!!」

――シャラぁぁぁあああああ!!

「うく……！　うぅ、うぅぅぅううう――ナセル。ナセル……ナセルぅぅう!!」

うわぁぁああああああああああああああああああああああああああああああ!!

ああああああああああああああああああああああああああああああああああ!!

掻き抱くナセル。

――その、胸の中でむせび泣くシャラを見て、ナセルの息が詰まる。

聞きたいことがたくさんあった。

謝りたいことが、いくらでもあった。

御礼を言いたいことが無数にあった。

それでも――。

あぁ、それでも――。

「――あぁ、生きて……。生きていてくれたんだな？　………ナセル!!」

「はい。……あなたこそ！　あなたこそ、よくぞ……。よくぞ――」

生きて――……！

生きてッッ!!

………生きていてくれた！！！

う、うわぅ。

「――うわぁぁあああああああああああああああああああああ!!」

「――ああああああああああああああああああああああああああ!!」

ナセルとシャラは、最悪の戦場の最奥で抱きしめ合った。

互いにボロボロで酷い格好だ。

　ナセルは、召喚呪印を焼きつぶされ、数多の戦場で無数の傷を負った。

　シャラは、王都から拉致された後に、散々に凌辱され心と体に傷を負った。

だけど、だけど――――――――!!

それでも二人は再会した!!

この敵だらけの世界で、たった二人の愛する男女が再会した!!

ならば……。

ならば――――――――!!

ボロボロと涙を流すナセルとシャラ。

火刑台の上で抱きしめ合う二人はうっすらとけぶる黒煙の中、自然に唇を重ねた。

時間にして数秒。

それでも、二人の唇の間には糸がひきつつ、それを名残惜し気に離れる二人。

その時、初めてシャラがほとんど全裸であることに気付いて、慌てて彼女にドイツ軍の上着を着せる。

「す、すみません」

「ふふ。気にするな――……」

そう言いながらも頬を桜色に染めるシャラ。

――あぁ、ずっと前からこの人にこうしたかった気がする……。

ずぅっと前から通じ合っていたはずなのに――……。

随分、遠回りをしていたな……。

数年前に、ナセルがこの北の最前線を離れるとき、二人には確かに絆があったはず………。

どちらも心の底ではわかっていたのに――……あの時、どちらかが――。

「いや。……いいんだ。いいんだ、ナセル。私たちは似た者同士だからな……。ただ、今はもうお前がいてくれるだけで、私は――……そう、お前が生きていてくれて――そして、助けに来てくれて……」

ッッ！

そこまで言ったとき、シャラが弾かれたように顔をあげる。

「し、しまった――！　ナセル!!　ナセル、リズは?!　あの子がそこにいたはず！　あの子は、リズは――リズはどうした?!」

思わずナセルに摑みかかると、拳だけを武器に今にも眼下の兵士たちの中に躍りこみそうになっている。

こんな時でも自分よりも他人を気にかけられるこの人は本当に強い人だ……。

だから、だからこそナセルは愛した。……愛している!!

「大丈夫です、大隊長!!　リズは……リズなら、この世で二番目に安全な場所にいます！」

「な、何だと？　二番目？　……ばかな?!　そんな場所がどこに――――……」

――ギィェェェェエエエエエエエエエエン!!

その時、まるでアピールするようにわざわざ急降下し旋回するバンメルのドラゴン。

ニィィ……「やりよったか？」と言わんばかりに、口角を吊り上げ笑ってすれ違うバンメル。

「ド、ドラゴン――――？　それにあれは……？　ま、まさか、お前……呪印が？　召喚呪印が治ったのか?!　ドラゴンを召喚できるのか?!」

シャラは見ていた。ナセルが王都の処刑場で呪印を焼きつぶされるのを――。

「……いえ、ドラゴンは去りました――……俺のドラゴンはもうどこにもいません」

グッと胸を押さえるナセル。

そこにあるはずの呪印は、シャラの目にも醜く焼き爛れていて、正視に耐えないほどだ。

痛ましそうに、それにそっと触れるシャラは、だからこそ驚く。

「な、なら――――……」

ならば……。ならば、ナセルはどうやってここまで来たのかと！

数千の兵をかき分け、数多の護衛を打ち倒し、最奥の火刑台までどうやって――――――!!

「ええ、ドラゴンはいません。ドラゴンは去り、ドラゴンは消え、ドラゴンは二度と呼び出せない――……!!」

だが……。

バンッッ!!

ナセルは胸に手を叩きつけ、魔力を注ぎ込む。

焼き爛れた呪印　ド■■■

しかし、頼もしく輝く『ド■■■』の文字が明るく躍る――!!

「……だが、ドラゴンは死なず――――!!」

パリッ、パリリ……!

指先から繋がるように呪印から紫電が奔る！　それは、まさに魔力と呪印が確かに息づく証――

そして、召喚獣との繋がりを感じさせるものだった。

「お前……それは――」

「……はい。俺のドラゴンは、ここ、ここにもいます!!　俺のドラゴンは今もここ、ここにッ!!　そして、ドラゴンは姿を変え――帰ってきた!!　そう、」

――バッ!!

勢いよく虚空をつかむナセル！

「……最強の召喚獣――――」

我が愛しき『ドイツ軍』としてッッ！

その先には低くエンジンの唸り声をあげるマウス。

そして――……。

「さぁ、手を――……」

「え？　は？　……おぃ、ナセ――――」がっ！

戸惑うシャラの手を、指を絡めるようにして握りしめるナセル。

そうだ。もはや、こんな場所に用などない！

……そうとも。用など微塵も残ってはいないが――、

「まだ落とし前が残っている!!」

――ダンッ!!

「うわッ!!」

「掴まってろ――シャラぁぁぁ!!」

今にも崩れ落ちそうな櫓。

その後端に足をかけると、シャラを両手で抱え上げて、躊躇なく踏み切った!!

「ナ、ナセルっ――?!」

小さな悲鳴を上げるシャラが、首にしがみ付くのを感じながらナセルは飛ぶ!!

まるで、翼でも生えているかのように、一切の躊躇もなくッ！

そして、眼下に広がる、野戦師団の兵士の群れと、呆気にとられる民衆の視線を一身に受けつつ盛大に笑う！

「きゃぁぁぁあああああああ！」

「はは……！」

いいね！　いいじゃないか!!

悪くない――。こんなに注目されたのはいつぶりだろうか。

軍人時代も、冒険者時代も、勇者コージの世話役を引き受けた時でさえこれほど注目されたことはない!!

あえて言うなら、呪印とシャラを焼かれたあの日くらいなものだろう。

だが、あの時とは全く真逆――なお、いいじゃないか!!

「さぁ、来いッ!!　我が愛しき召喚獣――」

ドイツ軍よ!

マウスの砲塔めがけて、ナセルは低い櫓の上から飛び出したのだ!

『『『了解(ヤボール)!』』』

その声にこたえるマウスは、
ドゴゴゴゴゴゴゴゴゴゴゴゴゴ――!!　と、すさまじい地響きを立てて驀進し、重々しくも大地を揺らしながら野戦師団将兵をかき分け、ドリフト気味にスピンすると車体後端で櫓を跳ね飛ばして停止した!!

『『『停止(ハルト)!!』』』

「「ぎゃぁぁあああぁ?!」」

ついでとばかりに、跳ね飛ばされた櫓の前と上では、兵士と、櫓上の護衛たちがぶっ飛んでいく。

そして、

「――ま、待て異端者ぁぁぁあああああ!」

ようやく我に返った将軍様が、ナセルに掴みかからんとして手を伸ばす!!

だが、その時にはとっくにナセルは火刑台を後に、空中を舞っていた!!

それをスローモーションのように見上げる生き残りの兵士と、無数の民衆と、崩れ行く櫓の上で信じられないものを見るように目を見開く将軍様。

お、おのれ……。

「――おのれ異端者ぁぁぁぁぁぁああああああああああああああ！」

ドッカアアアアアアアアアアン……！

まるで櫓と火刑台の断末魔のように、長く余韻を引くようにして将軍様の絶叫が響き渡り――そして、崩れ去っていった。

最後にしぶとく立っていた、火刑用の十字架が、まるでくだらないショーの終焉を彩るようにゆっくり、ゆっくり倒れていき……。

「――ぬがぁぁぁあああああ!!」

憤怒の表情で瓦礫の山から這い出してきた将軍様めがけて倒れていく。

それはまるで、王国の正義こそ、虚構の塔といわんばかりに――――!!

「ぬ、ぬぉぉぉおおおおおおお――――ぃぃいいい異端者ぁぁぁあああああああ!!」

ギギギギ――――……ズドォォォォオオオオオン……！！！

■第16話　魔王と勇者とドイツ軍

──ぐわっぁぁあああ?!

将軍様の絶叫とともに、ガラガラと崩れ落ちていく火刑台と櫓。

もとから焼き落とすことを目的に建てられた櫓はもろくも崩れ去り、そして、何度も何度も異端者とその係累を焼き殺してきた鋼鉄製の十字架さえも──ずどぉぉん……！　と、小揺るぎするほどの振動を立てて倒れた。

あとには、濛々とした土煙があがるのみ……。

その様を唖然として見送っているのは生き残った野戦師団将兵と、見物に集まり巻き添えを食った民衆たちと──……。

「お、お、お、おのれぇっぇぇええええ!!」

どかーーーーーーん!!

……かろうじて生き残っていた将軍様だけだった。

「おのれ、おのれ、異端者ぁぁっぁあああ!!」

許さん!!　絶対に許さん!!

「許さんぞ、異端者ぁぁぁぁあああ!!」

だんだんだん!!

子供のように地団太を踏む敗軍寸前の将軍の目の前には、言わずと知れた異端者ナセル・バージニアが、巨大戦車を背景に、黒煙がけぶる中——囚われの姫君よろしく、かのシャラ・エンバニアをその手に抱きながら、敢然と立っている!!

王国最恐の敵にして、人類の裏切り者ナセル・バージニアがいる!!

いるいるいるいるいる!!

……なんで生きているんだよ、

「この超絶クソ野郎のゲロカス以下のナセル・バーーーーージニアぁぁぁあああああああ!!」

どこかで、野垂れ死んでいればいいものを!

何を思ったか、たかが異端者のレッテルを貼られたくらいで、2、3人の家族を殺されたくらいで、全てを奪われ、女を焼かれそうになったくらいで——何(な〜〜に)を生意気に、野戦師団相手に喧嘩売ってんだよ?!

「ふざけんなぁぁあああッ!!」

しかも、あろうことか、単身で野戦師団本部を突破し、奥の手のベヒモスを降して————あまつさえクソのような女を二人も救うだと?!

……そんなのあり得るか?!

あり得ん!

あり得ん!!

「絶対にあり得ん!!」

くそくそくそくそ！！！

「――そんな、バヵなことがあってたまるかぁぁぁぁぁぁっぁあああああ!!」

普通に考えて、一人で野戦師団本部に戦いを挑むことすら、あり得ないというのに、ましてや、この大兵力をたった一人で突破して女を救い出す?!

「あぁぁぁぁあーーーーーーりえんだろ、そんなことぉぉぉおおおおおおおおおお!!」

そんな馬鹿なことを成し遂げる奴がいるか？

そんな馬鹿なことをしようとする奴がいるか?!

そんな馬鹿なことがあり得ると思うかぁぁぁああ――――!!

「っていうか、よぉぉぉお！　そも、そんなことをしようと考えるか?!」

つーか、どう考えても不可能だろぉぉお？！？！

こっちは数千の兵士に、数万の民衆に、最強のモンスターベヒモスまでいたんだぞぉぉぉおおおおおおおおお!!

「どーーーーーーーーなってんだよぉぉっぉぉおおおおお!!」

うがぁぁぁぁぁあああああああああああああ!!

……だが事実は事実。

火刑場を兼ねていた野戦師団本部周辺はもはや無茶苦茶だった。

ティーガーⅡとマウス試作重戦車――そして、ベヒモスが暴れに暴れまわったのだ。

火刑を見にやってきた民衆は散々に蹴散らされ、野戦師団本部の兵士たちは、普通なら全滅判定を受けるほど、半分以上の死傷者を出して壊滅的状態。

いくら精鋭とはいえ、もはや再建のめどすら立たない有様だ。

……そう。かのナセル・バージニアは、正真正銘。

数千の兵を掻い潜り、精鋭で固めた数多の護衛を切り捨て――――……王の弟たる大将軍様を無視して駆け上がり、そして、異端者の係累のリズ。そして『魔女』と呼ばれたシャラ・エンバニアを解放し――今、まさに!!　この火刑台を脱出し、二本足で立っていやがるのだ！！！

――しかも、たったの一人で！

「たった一人でぇぇぇぇ……!!」

そう　たった一人で野戦師団に戦いを挑み!!

そう　たった一人で愛する女のために単身、数千の兵を圧倒し!!

そう　たった一人で本当に処刑される女を救い出してしまった……!!

そんなのって。

そんなのって――――――！

まるで……。まるで――――――！！！

　まるで、勇者じゃね――――――かよぉぉぉぉぉおおおお!!

「認めん、認めんぞぉぉぉお!!」

そんなことは絶対に認めんぞぉぉぉぉおおおおおおおおおおおおお!!

貴様は、貴様らは――、

「異端者（王国の敵）なのだぁっぁぁあああああああああああああああ!!」

絶叫する将軍様。

これを認めてしまったら、王国は終わる。世界は終わる。人類は終わってしまうのだ!!

なぜなら、王国こそ正義!! 世界の平和と人類の存亡をかけた戦いを支えてきたのは野戦師団に他ならないからッ!!

だから、認めない!! 認めてはならない――――!!

世界のすべてをもって、ナセル・バーーーージニアを否定しなければならない!!

だから、戦う!! 文字通り最後の一兵までぇぇぇえええええ!!

その絶対の意志をあと押しするように、ガクリと膝をついたのは……、

「ナセル?!」「かはっ」

パタタッ……と、血を吐き、鼻……そして目と耳から血を流すナセル・バージニアの姿に他ならない!

「ぬぅ?」

こ、これは――……と、将軍様は思いを巡らせる。

腕に抱かれたままのシャラは、慌てて起き上がると、ボロボロの体のままナセルを支えようとするが、荒い息をつくナセルは、顔面蒼白。

つまり――……。

「く、くくくくく……。がははは……。がーーーはははははははははははは!」

突如笑い出す将軍様。まるで狂ったように大声で――――! だがそうではない!!

「しくじったな異端者ぁぁぁああ! がーはっはっはっはっはっはっは!」

そうだ!! そうであった!!

召喚士とはいえ、魔法使いの一種にすぎぬ！　召喚獣とはいえ、魔力の産物にすぎぬ――。

つまり……つまり！！！

「貴様、魔力切れを起こしておるなぁぁぁああああ!!」

あぁ、そうだ。そうだったのだ!!

数多の兵士の犠牲も、無数の民の被害も、ベヒモスの喪失も無駄ではなかった!!

そう。それはこの一瞬のため！！！

「総員ッ!!　今こそ、武器をとれ!!　今こそ、立ち上がれ!!　今こそ仇討ちの時である!!」

そうだ!!　異端者は、限界――!!

ナセル・バーーーーーーーージニアはもはや無抵抗である！！！

ざわっ!!

　ざわっざわっ!!

遠巻きに将軍様とナセルの対峙を見守っていた兵士と民衆が大きくどよめく。

だが、将軍の言葉を裏付けるように、あれほど威力と威容を誇っていたはずの巨大重戦車マウスが、キラキラと召喚光をまといながら消えていくではないか。

それを見た以上、もはや立ち上がるしかない！　とばかりに、兵士も民衆も再び武器を持つ!!

王国のため、世界のため、人類のため、ここで異端者ナセル・バーーージニアを討つ、と!!

なにより、無残に殺された兵士と民衆の仇を討ち、魔女を焼き殺し、あの少女を捕まえてグチャグチャにしてやるためにぃぃぃいいいいいいい!!

「「「「うぉぉおおおおおおおおおおおお!!」」」」

さすが野戦師団本部だけあって、壊滅したとはいえ、まだまだ兵士の頭数は半分以上残っている！

そして、民衆はと言えばそれ以上――……一度は団結し、武器を手にしていた。大半が戦意を喪失し、すでに手放してはいるが、まだまだ戦意に逸るものもいる。

なにより、正義はわれらにあり!!　という大義が彼らの後押しをする！！！

敵は異端者!!　つまりは、世界共通の敵なのだ!!

――敵なのだ!!

異端者ナセルは嬲り殺しにし、美しき魔女、シャラは死ぬまで犯しつくし、係累のリズは、捕えてから、生きているのを後悔するほど、死を懇願するまで徹底的に責めぬいていいのだというその甘美な欲望が全員の後押しをする!!

なにより、これだけ好き勝手されて、

「「「黙っていられるかぁぁぁぁあああああああああああ!!」」」

うぉぉぉおおおおおおおおおおおおおおおおおおおおおおおおおおお!!

一人、また一人と剣を手にナセルたちに突っ込んでいく兵士と民衆たち！

将軍様はその姿に心を躍らせ狂ったように軍配を振って煽っていく!!

文字通り、最後の戦いだ!!　戦術も策もなにもない！　正真正銘、物量戦!!　人海戦術でナセル・バージニアをすりつぶすのだ！

もはや、この後の軍の再建など知ったことかと言わんばかりに――……!!

いまや、野戦師団は壊滅し、ここで魔王軍が強襲をかけてきたならばおそらく支えきれない。

無傷で残っているであろう騎兵連隊だけではどうにもならないのだ。騎兵は攻撃には便利だが、防御には不向きな兵種なのだ。

「……っていうか、もう、どうにもならんわぁぁぁあああああ!!」

それよりもナセルだ!!

異端者ナセルをこの場で仕留めろ!!　後のことは仕留めてから考えればいい!!

とにかくぶっ殺せぇぇえええええええええ!!

「「「おおおおおおおおおおおおおおおおおおおう!!」」」

――ドドドドドドドドドドドドドドド!!

逐次投入の形ではあるが、戦意を奮い起こしたものから剣を手に、ナセルを、シャラを討たんと突っ込んでくる!!　それは兵士だったり民衆だったり、とにかく、武器を手にしたものが功を競うように前へ前へ!!

「死ねぇぇえ異端者ぁぁあああああああ!!」

「世界の敵ぃぃぃぃぃいいいいいいいい!!」

「人類のために死ねぇぇぇえええええええええええ!!」

うおおおおおおおおおおおおおおおおおおお!!

一瞬とはいえ、本物の勇者の面影をナセルに見たという気の迷いをかなぐり捨てるようにして、兵士と民衆はナセルとシャラに襲い掛かる。

死ね!　死ね!!　死ね!!　世界のために死んでくれと!!

それが、本当に世界のためになるのかそんなことはどうでもいいから死んでくれ――――と!

無様に死んで、死ぬのが嫌なら、土下座をして女を置いてから、死んでいけぇぇぇぇぇぇぇぇぇぇぇえええええええええええええ!!

「「「死ねぇぇぇぇぇぇぇぇぇぇぇぇぇぇぇええええ!!」」」

圧倒的な悪意と敵意が満身創痍のナセルに向く！

向く————……!!

死ね!!

死んでくれ!!

死んでしまえ!!

死んで、死んで、死んで、死んで、死んで、死んで王国の民の娯楽になれ!! クソ異端者ぁぁっぁあああああああああああああ!!

「————はっ……上等ッ」

血走った眼をした兵士と民衆を前に、うつむいていたナセルが顔をあげ笑う。

血の涙を流しながら笑う。

笑って、笑って、笑って、笑って、笑って————!!

「————ふざけるなッ、クソがぁぁぁぁぁぁあああああああああああああ!!」

————……叫ぶッッッ!!

そして、腰のホルスターから拳銃を二手に引き抜くと、シャラを胸に抱きつつ、クロスして構えて、撃つ!!

撃つ!! 撃つ!!

パンパンパンパンパンパンパンパンッ!!

「ふざけんな……ふざけんな……」

――ふざけんなぁぁぁあああ!!

撃って撃って撃ちまくる!!

9mmパラベラム弾が32発入りのスネイルマガジンを装着したルガーP08を二手に構えて撃ちまくる!!!

「……うぉらぁぁぁああああああああああああッッ!!」

「「「ぎゃぁぁぁあああああ!!」」」

――バキュン、バキュンバキュン!!

近づく兵士も民衆も、ナセルの射程に入ったものは容赦なく正確無比な射撃で撃ち抜いていく!!

「来いよ……。かかって来いよッ!」

バラバラに突っ込んでくる兵士たちを撃ち抜き一歩も引かないナセル。

シャラには指一本触れさせはしないとばかりに、リズのあとを追わせはしないとばかりに、何人たりとも奪わせないとばかりに!

……最後まで聞くのもバカバカしい!

シャラを抱いたまま、この人にはこんな戯言を聞かせられないとばかりに、返す刀でナセルは、流れるような動作でさらに弾倉を交換!!

魔力切れぇ?

召喚獣が呼び出せない?!

だからどうした!!

だから勝てると思ったか!!

一歩も引かぬ構えで、かかってこいとばかりに撃ちまくる!!

いやぁ、むしろ!!

「どこからでもかかってこい!!　卑怯者どもがぁぁぁあ!!!」

………なんで、
　パンパンパンパンパンパン!!

………なんで、
　パパパパパパパパパパパッ!!

………なんでッ!

　パァアン!!

「………なんで国のために俺たちが犠牲にならねばならん!」

一人の女(シャラ)を守れない国に何の価値がある!!

一人の少女(リズ)を泣かせる世界に何の意味がある!!

一人一人(最後の家族)をないがしろにして何のための国か!!

そんな、しょうもない国なら――――――……。

　ゴッゴッ……!

　重々しい足音とともに突っ込んでくる民衆に向かって、ナセルは退かぬどころか寧(むし)ろ、前進して、
前進して、さらにもう一撃を加えんとするッッ!!

すぅぅ、

「――今すぐにでも滅びろぉぉぉぉぉおおお!!」

ぶんッ!!

ルガーを投げ捨て、背中に担っていたパンツァーファウスト（対戦車擲弾筒）で一閃ッッ!!

――バッッキィィイイイ！　と、渾身の力で放った綺麗な横なぎが、兵士と民衆をまとめて吹っ飛ばし、空間をごっそりと空けさせると……――ズチャッッ!!　とそいつを構える!!

「「「ぎゃぁぁぁぁぁあああああ?!」」」

まさか、単身で反撃してくるとは思いもよらなかったのか。集団で攻撃しながらも簡単に押し戻された兵士と民衆。そのど真ん中にナセルのドギツイ一発がぶち込まれる!!

「発射（ファイエル）!!」

ズドォォォォォオオオオオオン!!

「「「ぐはぁぁぁあああ!!」」」

兵士と民衆のど真ん中に突き刺さったパンツァーファウストの榴弾が爆裂し、黒焦げになった連中がギュルルルル――――と、錐もみ状態でぶっ飛んでいく!!

あとはもう、ガラーーーン!!　と空のパンツァーファウストが投げ捨てられても、もう誰も動けない。

「ひ、火をふきやがった!!」

「ひぃぃ……!」

「ば、化け物かよ……!」

まだまだ数千の兵がいるというのに――。

ナセルの勢いに呑まれて及び腰になった集団は、たったこれだけで身動きができない!!

――だが!

「怯むなと言ったぁぁぁあ!!　……ぐぬぬぬぬ――異端者ぁぁぁあ!!　どこまでも逆らうか!!

……この無礼者めぇぇぇえ!!」

こいつはさすがに役者が違う!!

「――我が忠勇なる兵士たちよ!!　突っ込めぇぇぇえ!!　殺せぇぇぇぇぇぇえ!!」

これは聖戦だ!!　これは正義だ!!

これが人類の総意だぁぁっぁああああああああああ!!

「国が死ねと言っているんだぞ!!　――それすなわち、世界がお前たちに死ねと言っているぅぅうううう!!」

……だから、国のために甘んじて死ね!!

世界のために喜んで死ね!!

人類のために民と兵を笑わせるために死ね!!

「死ね、死ね、死ね!!」

シャラ・エンバニアは苦しみぬいて、民に笑われながら死ね!!

リズとかいうガキは、兵士に死ぬまで慰み者にされて野垂れ死ね!!

「そ、そうだ!!」「そうだそうだ!!」

将軍様の正論(?)に兵士も民衆も我に返る。

異端者恐るるに足らず、と!!

「死ね!!」「異端者死ね」

「魔女は焼け!」「ガキはつるし上げろぉぉお!!」

「「死ね、死ね、死ね!!」」

わっわっわっ!!

——死ねぇぇぇっぇぇぇぇぇぇぇぇぇぇぇぇぇぇ!!

再び勢いづく兵士と民衆たち。

もはや剣を手にしても、切りかかることすらできない癖に口だけは達者に叫ぶ。

死ね死ね、死ねと!!

「そーーーーーーだ、死ね!!」

王国(世界)の望みは異端者とその係累のみじめでバカバカしい、クソみたいな死だ!!

世界(王国)が望むならば、喜んで死ねぇぇぇぇぇぇぇぇぇぇぇぇ!!

死ね!!　死ね!!

だから、

「異端者と係累は死ねぇぇぇぇぇぇぇぇぇぇぇぇぇぇぇ!!」

民の声援を背後に受けながら、ばーーーーーーん!　と言い切る将軍様!!

無数の声援と、無限の意思と、無辜(むこ)の正義!!

「見ろぉぉぉお!!　聞けぇぇっぇぇぇ!!　死だ!!　死だ!!　お前たちの死を!!　世界と、世界が、世界は異端者ナセル・バージニアに死ねと宣言しているのだ!!」

――だから、今すぐ死ねぇぇぇぇぇぇぇえええええええええええええ！！！

ハッキリと宣言。世界を代弁して宣言!!

だが、あながち間違いではないのだ!!

将軍様の言うことも間違ってはいない!!

たしかに野戦師団は、魔王軍の攻撃から王国を守っている。

そして、王国の支えるこの戦線が、王国に連なる無数の村落と、王国に隣接する数多の国と、王国の遥かかなたにまで続く世界を守っているといっても過言ではない!!

つまり、野戦師団の将軍が死ねということは、王国のため、世界のため、人類のための死であることに、直結しているといってもいい!!

い――――――――のだがぁぁぁああああああああああああ!!

「……ハッ！」

たとえそれが人類の意思だとしても。

たとえそれが世界の願いだとしても。

たとえそれが王国の正義だとしても。

そんな理屈が……。

「…………そんなクソみたいな理屈がまかり通るのが世界なら――――――――！」

――俺は、

「俺は絶対に死なんッッ!!」

そして、

絶対に、
必ず、
何をおいても、

「――リズも、シャラも、俺の最後の家族を殺させはしねぇぇぇぇぇぇぇぇぇぇ!!」

バンッ!!

ナセルはシャラを抱き、彼女ごと胸の呪印を押さえると宣言する!!

…俺に死ねというのならッ!!

……ナセル・バージニアの愛する者に死ねというのならッ!!

俺は……。

「――俺は世界とでも戦ってみせるッッ！！！」

な、な、な、

「……なんだとぉぉぉおおおおおおおおお?!」

い、意味が分からん?!

たった一人で何ができる!!

王国軍は魔王軍を防ぐ世界の盾!!

すなわち王国とは、すわッ……世界そのものにほかならないッッ！

な、ならば、

「――一人で世界と戦うつもりかぁぁぁぁぁああああああああ!!」

「あぁ、そうだ!!」

……世界が、リズとシャラに死ねというのなら!!

それが世界だというのなら!!……いうのならば!!

俺は、

「……俺は一人ででも世界と戦ってみせるッッッ!!」

その覚悟があるなら、かかってこい!!

――世界とやらッ!!

「この俺!! ナセル・バーーーーーーーージニアが相手になってやる!!」

……だから遠慮するな。手加減など必要ない!!

「そうだ。……全力でかかってこい!!」

俺の『ドイツ軍』は――全世界とでも戦ってみせるわぁぁぁぁ!!

――バーーーーーン!!

まさに! まさに傲岸不遜!!

まさにナセル・バーーーーーージニア!

人類の意思に真っ向から歯向かうその姿はまさに、まさに異端者そのものであった!!

それは、人類への宣戦布告!!

世界への決別宣言!!

王国とナセルの戦いそのもの――――――!! 戦いこそが、ナセル・バーーーーーーー
ーーーーージニアの覚悟だぁぁぁぁああああああ！！！

びりびりびりびり……！

震える空気。
震える心。
震える世界――――世界。世界、世界ッッッッ!!
シャラを抱き、世界とやらに宣戦を布告するナセル。
将軍様にも、兵士にも、民衆にも、理解等及ばないに違いない。
そして、その圧倒的自信と宣言に、誰もかれも言葉を発することができない。
だが、世界はぁぁぁあああ――――。
そう。
世界は許容などしない!!!
だからぁぁぁ、
「――――ふッざけるなぁぁぁぁぁあああああああああああああああああ!!」
だから反発する!!
だから反撃する!!
だから将軍は吠える。
だけど……――――いや、だからこそ、彼女だけが!!
そう…………。
「く、くふふふふふ!」
あはははははははははははははははははははは
――――――!!
「小気味よい! 小気味よいなぁぁ! ナセル!!」

——そう!!

シャラ・エンバニア、彼女ただ一人だけが……！

「……それだ!!　それでこそ私の惚れた男！　それでこそ、」

——私の勇者!!

それでこそ、私とリズの勇者！

「……それでこそ、私のナセル・バーーーーーーーーーーーーーーーージニアだ！」

行け、ナセル!!　なにも、遠慮することはない！

「ナセル……戦え!!　戦え、ナセル!!」

世界が、リズとシャラとナセルを否定するならば、世界が、こんなにも汚く、こんなにも狭く、燃えて、数千の男どもしかいない腐った世界ならば!!

「戦え、戦え、戦え!!　そして、戦って、戦って、戦って、戦って、戦って——世界(王国)に世界(私たち)を示してみせてやれ!!」

私が見届ける！　私がその宣戦を受諾する！

「——私がお前を肯定する！」


ドラゴン、それ最強なり！

ドラゴンを倒すもの、それ勇者なり！

ドラゴンを倒すものを倒すもの————それすなわち!!

ナセル・バーーーーーーーーーーージニアなり!!


「――行け！　ナセル!!　お前の戦い――――――……その強さを、」

世界と一人で戦うナセル・バージニアの強さを見せつけてやれぇぇぇええ!!

ばーーーーーーーーーーーーーーん!!

「な、な、な、舐……――」

圧倒的な宣言にわななく将軍様。

その周囲を固める数千の野戦師団の残余と、時間と共に増えていく増援部隊。

どうやら、騒ぎに気付いた近隣の駐屯地から、騎兵に重装歩兵に魔法兵団の魔術師たちにと駆け付けたようだ。

それはそれは、圧倒的な戦力だ。数千どころの数ではない。

むしろ絶望的な戦力差と言わんばかりの数は、民衆を合わせれば数万にも、数十万にもなる!!

そうとも。二個の騎兵連隊をつぶしたとはいえ、野戦師団全兵力の半分以上が健在なのだ！

そして、都市機能はいまだ生きている!!

だから！！！

「――舐めるなぁぁぁぁぁぁぁぁああああああああ!!」

だからぁぁぁあああ!!

殺せぇぇえええ!!

潰せぇぇえええええ!!

我らの敵を根絶やしにせよぉぉぉぉぉおおおおおおおおおおおお!!

——誰でも、構わんから。いいからとにかく、全軍、進めぇぇぇぇぇぇえええええい!!

「いけ！　いけ!!　いけぇぇぇぇぇぇえ!!　兵士も民も剣を持て!!　棒を持て!!　なんでもいいから武装して、」

——全軍、全員、全軍！！！

「全軍中の全軍!!　——全部で攻撃開始じゃぁぁぁぁあああああああああ!!」

突撃ぃぃぃぃぃぃいい!!

攻撃ぃぃぃぃぃいいいい!!

斬撃ぃぃぃぃぃぃぃいいいい!!

「燃やせ！　殺せ!!　潰せぇぇ!!　犯しつくして、我らの正義を示せ!!　——世界の敵を根絶やしにせよぉぉぉおおおおお!!」

——そうして、世界を守るのじゃぁぁぁぁぁぁあああああああああああ！！！

口から泡を吐き、全軍による飽和攻撃を指示する将軍様！

もはや、彼の頭では理解不能の事態で解析不能の敵だ！　明確にして意味不明の敵だ!!

世界に対して宣戦布告するなど大胆不敵どころの話じゃない。

一言で言えばアホだ!!　アホだ！　アホだ！　アホだぁぁぁあああ!!

「「「うぉぉぉぉぉおおおおおおおおおおおおおおおお!!」」」

そして、だからこそ民も兵も恐慌に駆られたかのように動き出す！

増援部隊も事態がわからずとも、とにかく全軍攻撃開始!!　異常事態、異常事態なのだ!!

……だってそうだろう⁈　――真っ向から世界に宣戦を布告したアホがいるのだ‼　アホがぁぁぁあああああああああああああ！！！

「――アホで結構‼」

……アホを舐めるな？

……アホを甘く見るな？

「……アホはアホほど強いぞッッッ‼」

――シャラは確信していた。

ナセルもシャラもアホだが――要は勝てば、それでよろしいッッ‼

「いけ！　やれ、ナセル――‼」

ここまで来て、ナセル・バージニアが負けるはずがないだろうが――！

「ぶっ飛ばしてやれナセル・バーーーーージニアぁぁぁぁああああ‼」

「は……。ははは！」

ははは！　はははははははははははははははっ‼

「さすが、大隊長ッ！」

よくわかっているじゃないかッ。

「さすが、シャラ‼」

もはやナセルには遠慮など必要ないし、する気もない。

「さすがはシャラ・エンバニア！　さすがは俺の惚れた女――‼」

そうとも。

数千、数万を超える兵で包囲しようとも、十数万もの非武装の民衆が交じっていようとも――。

もはや、シャラを救い、リズが安全圏にいる今――ナセル・バージニアは全力で戦えるッ！

野戦師団?!

王国の主力――?!

人類の盾ぇぇぇぇぇぇ??

人類全体の希望おおおおおおおぅぅぅ?!

――はっ！！！

「そ・れ・が・ど・う・し・た――!!」

――来い!!　来いよ、ドイツ軍!!

来たりて、力を見せろ!!

来たりて、威容を見せろ!!

来たりて、滅ぼしてみせろッ!!

もはや遠慮はいらん!!

もはや配慮はいらん!!

もはや憂慮はない!!　どこにもない!!

「いでよ、ドイツ軍――！」

ブゥゥゥン……！

ドイツ軍

Ｌｖ５：フォッケウルフＦｗ１９０Ｆ－８（戦闘爆撃機）
スキル：緩降下爆撃５００ｋｇ爆弾×１、または50ｋｇ爆弾×４
　５・５ｃｍＲ４Ｍロケット弾×24発、または21ｃｍロケット弾×14発
　20ｍｍ機関砲×２、無線中継
備　考：戦闘機型Ａ－８の発展改良型
　武装が強化され、様々な対地任務に使用可能。また空戦能力も非常に高い。
　ドイツ軍にしては珍しい空冷エンジン機であるが、信頼性は高く、頑丈な機体。
　ありとあらゆる戦場で活躍した。

すぅう、

……ドイツ軍召喚ッッッッッッ
　ブワッッッ――――……！

ナセルの呼び出した召喚魔法陣が空に映える。

中空に浮かびし、召喚魔法陣が12基!!　そこから呼び出された、12騎のドラゴンが吠え猛る!!

グゥォォォォォォォォオオン！

　グゥォォォォッォォオオオオン!!

　　グゥォォォォオオオオオオオオオオンッ!!

『『集合終わり（アンデトレーテン）！』』

――グゥゥォォオオオオオオオオオオオオオオオオオオオオオオオオオオオオオン!!

騒々しい咆哮とともに、ついに現れたナセルのドラゴン。

それこそ、ナセルの召喚せし機械仕掛けのドラゴンにして——2000馬力級エンジンを誇るＦｗ１９０Ｆ（ドイツ軍戦闘爆撃機）、フォッケウルフ（ヤーボ）である!!

そいつが、４機編隊（シュバルム）３個小隊。

——12機もの大群が、一斉に異世界の空に出現したのだ!!

「なんあなんあなな、なんじゃぁぁぁぁああああああ?!　ドラゴンだとぉぉぉおお?!　バカな?!　き、貴様魔力切れを起こしていたのではなかったのかぁぁぁああ?!」

驚愕する将軍様。

呆気にとられる兵士たち。

恐慌に駆られる民衆が多数!!

「はっ！　何のために召喚獣を帰還させたと思っている」

マウスもティーガーⅡも破壊されたわけじゃない。

自らの意思で帰還させれば魔力は戻ってくる——なじむのに時間はかかるがな!!

「さぁ、落とし前をつけようか!!」

ニィ……！

その叫びとともに、凄惨な笑みを浮かべたナセル。

腕には美しき女を抱きつつも、その顔はまるで魔王。

まさに魔王。

人類に宣戦を布告したナセルにこれほど似合う呼称があろうか?!

……いや、ない!!

今こそ、ナセルは魔王として舞おう。

そうして、この場の人間をすべて殲滅してやるという強い意志とともに、無数のフォッケウルフに攻撃を指示する!!

——そう。大量のドラゴンブレス(空対地ロケット弾)と共に!!

いけ、ドイツ軍!!


「——薙ぎ払え(ニーダーメーヘン)ッッ!!」


『『了解(ファシュタンドウン)ッッ!』』

ナセルの呼びかけに、ドイツ軍の天使が応える!

——翼下に空対地ロケット弾を!

——機首に13mm大口径機関砲を!

——胴体下に50kg爆弾を抱えた、死を司る鉄十字を纏ったジェラルミン製の天使が応える!!

グゥオオオオオオン!!

グォォォォォオオオオオン!!

BMW801の2000馬力級エンジンを響かせながら!!

はっはっはぁぁぁぁあああ!!

「……言ったはずだ」

俺から最後の家族を奪おうというのなら――――……！

……かかってこい！　世界ッッッ!!

「――ロケット弾全弾ぶち込んでやる（落とし前をつけてやる）ってなぁっぁあ!!」

撃てぇぇぇぇぇぇぇ（ファイエエエエエル）!!

空対地ロケット弾、全弾ぶち込んでやれぇぇぇぇぇぇぇぇぇ――――………………!!

――チュバアアッアアアアアアアアアアアアアアアアアアアアン!!

この日、この時をもって、野戦師団本部に詰めていた数千の歩兵連隊主力と、増援に駆け付けた部隊――そして、火刑を見物にきていた数多の民衆は消滅した――――。

そう。

完膚なきまでに……！

■第17話　枢軸ショック

ゴォォォォォォ…………！

荒涼とした大地。

ほんの数分前までそこには人類の盾があったというが、今となっては信じられない。

シャラを抱くナセルの目の前には、もはや瓦礫の山が横たわるのみだった。

「ふぅ……」

ようやくナセルの胸から顔を起こしたシャラは、ナセルとともに、ムワッ……とした熱気が押し寄せ、胸がむかつくような臭気を嗅いだ。

生き物の焼ける匂い……。

戦場の香り――……。

死の臭い――。

「す、すさまじいな……これが、ドイツ軍の力なのか――」

燃える風になびく金髪を押さえながら、シャラ・エンバニアがナセルの腕の中で呆然と景色を眺めていた。

あれほど彼女を追い詰め、リズを苦しめ、世界そのものとまで言い張った軍勢が一瞬にして壊滅したのだ。

まさに神のごとき力。圧倒的火力が、これほどまでの兵力差を覆すなど誰が信じられようか。

だが、事実は事実だ。もはや、野戦師団は残骸となり果てた。

……そこに、

「だぁっぁああああああああああああああ!!」

バッカーーーーーーーーーン!

突如瓦礫を突き破って将軍様が出現!

どうやら、あの空爆の中を生き残っていたらしいッ!

さすがに意外というか、なんというか、ナセルとシャラが呆れた顔をするも、

「何だその顔はぁぁぁあ！　ええごらぁぁあ！　ふざっけんなよぉ、てめぇらぁぁぁぁああああああああああああ！」

真っ黒にすすで汚れた顔。

だが、それ以外に怪我らしい怪我はないというのだから呆れるほかない。

というのも――――。

「そうか」

「あぁ、なるほどな――」

将軍様の首からぶら下がるのは、深紅の宝玉を持つネックレス。

シャラは知っているし、ナセルは見たこともある――……そう、

「『神王の涙(ゴッドオブルージュ)』」

カッーーーン!!

すでに効力を失ったそれを投げ捨てる将軍様。

なるほど、王族なだけあって、様々なアーティファクトを身につけているらしい。

もっとも、それで勝てるほどナセル・バージニアは甘くはないが。

「やかましいわぁぁっぁぁあああああ!!　このクソ異端者どもがぁぁっぁあああ!!」

ハァハァハァ……。

もはや虚勢に他ならないが、将軍様の目は死んでいない。腐っても王族。腐っているが大将軍。

腐った軍人。その戦意だけはあっぱれと言えよう。

だが、

「もう、終わりだ」

ジャキッ！

腰のルガー（拳銃）を引き抜き初弾を装塡したナセル。

ぴたりと将軍様に狙いをつけたが、

「やってみろ!!　この異端者がぁぁぁぁぁぁあああああ!!」

むしろ覚悟はできていると言わんばかり!!

「やれ!!　やれよ、異端者ぁぁっぁぁぁああああああ!!　殺せ!!　殺すがいい!!」

そして、貴様が責任をとれ!!

そうとも!!

全部!!

全ッ部、台無しなんだよ、てめぇぇぇぇぇぇぇぇのせいでなぁぁぁぁぁぁぁああ!!

「見ろろぉぉぉぉ、聞けぇぇぇぇぇぇ、感じろぉぉぉぉぉお！　ワシの野戦師団が全滅だ!!　まさに全滅して一兵も残ってないではないかぁぁぁぁああ!!　あああぁん?!　わかってんのか、ごらぁぁああ!!　なんのための軍だと思っている?!　なんのための王国だと?!　なんのために、異端者どもを火刑にして士気を保ってきたと思ってんだよぉぉぉぉおお!!」

なんのために、うがーーーーーーーーーーーーーーーーーー!!

「――全ては人類のため!!　すべては世界のためだというのに、すべて、貴様っらぁぁぁぁあああ!!　こんなことをして、誰が魔王軍から王国を守るっつうーーーんだよぉぉぉぉおお?!」

ただで済むと思うなよ！！！

人類は貴様らを赦さん!!

世界は貴様らを見逃さん!!

「……貴様らがぁぁぁぁあ、大人しく死んでおけばぁぁぁぁああ、人類は未来永劫続いたんだぞぉぉぉおお!!」

クソがぁぁぁぁっぁあああああ!!

「何のために、王族のワシがこんなクソ辺境で軍を率いているとぉぉお？　なんのために、こんなクソ田舎で燻(くすぶ)っているとぉぉぉおお?!　なんの、なんの、なんのためにぃぃぃいいい!!」

畜生ぅぅぉぉおおおおおお!!

クソぉぉぉおおおおおおお!!

「――おのれ、」

死ねぇえ!!

黙って死ねぇぇぇ!!

異端者は死んでおけばいいんだよぉぉお!!

「ああーーーーーくそぉぉおお!!　もうぅぅ、終わりだ!!　終わりだ終わりだ!　終わりだっぁぁああ!!　魔王軍を防ぐ軍隊はテメーーーーーーー等が潰したんだぞぉぉぉお!　そして、魔王軍がこの隙を見逃すはずがねーーーだろ!!」

もういい知るか!

知るか、知るか知るか知るかぁぁぁあああああ!!

「王都でぬくぬく過ごす連中のために、なぁぁぁああんでこのワシが糞みたいな寒い土地で将軍なんざやってなきゃならねぇんだよ!!　うんざりだよッッ!!」

それもこれも、人類のためだろうがーーーーーーーーー!!

がぁぁぁぁぁぁぁぁぁあああああああああああああ!!

「だが、それも終わりだ!!　終わり終わり終わりだぁぁあああ!!　もう知らん!!　ワシは知らん!!」

……全てをかなぐり捨てる様に、吐き捨てる将軍様。その言い分は勝手に過ぎるが、奴なりに人類を――世界のために尽くしていたと言いたいのだろう。

「世界はお前らのせいで滅びるんだぞぉぉぉおおおおおおおおおおお!!」

……そう、言いたいのだろうが――――……。

……言いたいのだろうが――!!

すぅぅ、

「――――……だったら、勝手に滅びろって何べんも言わせんじゃねーーーーーーーーーーーーーー！」

なんで！

なんで！

なんで!!

「なんで、世界なんて顔も知らん奴のために俺たちが犠牲にならなきゃならん!!」

知るか!!　こっちが知るかぁぁぁ!!

世界ぃぃぃぃい?!　人類ぃぃぃぃいいいいいいい?!

「そんな見も知らん連中のために、シャラもリズも犠牲になれって言うなら、こっちから滅ぼしてやるぁぁぁぁあああ!!」

だいたいなぁぁぁあああ!!

「それと、これと、シャラを弄び、リズを苦しめるのに何の関係があるぁぁっぁぁあああああ！」

そんなのはただの、

「詭弁だぁぁっぁぁあああああああああああああああああ!!」

や、

「――やかましぃぃぃぃいいいいいいいいいいいいいいいいい!!」

異端者は、黙って死んでおけぇぇっぇえええ！

――シャキーーーーーーン!!

地面に転がっていた剣を拾い一気に肉薄する将軍様！

死なばもろともと言わんばかりだが――――……。

「笑止」

ブシュ――――と、血しぶきが飛び、将軍様の利き手がはじけ飛ぶ。

ぐがっぁぁああああああああああああ？！？？！

「み、み、み、右手がぁぁぁぁああああああああああ!!」

――ぎぃやぁぁっぁあああああああ!!

ゴロゴロ!!

血を噴き出しながら無様に転げまわる将軍様。

それを見下ろすのは金髪碧眼の女騎士――――シャラ・エンバニア！

「言いたいことはそれだけか、将軍。……ナセル――――下らん戯言に耳を貸すな。所詮、王国のため、世界のため、人類のため――――そう称して、好き勝手をしてきた連中だ」

ヒュンッ!!　と、剣を血ぶりしたシャラ。

体はボロボロだろうに、鮮やかに過ぎる剣筋だった――――……。

「……お前はお前の筋を通した。ならばそれでいい！……たとえ、それが人類の滅亡に繋がろうとも、世界が滅ぼうとも、それは、お前が気に病むことではない!!　――――第一にな、」

フッ。

「――――こんな連中に守られる平和を、いつまでもありがたく思うほど、人類(リズ)も世界も(私)、恥知らずだと思うな!!」

シャリーーーーーーーーーンッ!!

渾身の力で投げ付けたシャラの剣が将軍様の目の前に刺さり、まるで墓標のように突き立った。

それは野戦師団の墓標にして、詭弁の代償。

「――文句があるなら私が相手になるっっ!!」

凜と言い放つシャラ。

文句があるならかかってこいというシャラ・エンバニアの意志そのものッ！

……それでこそ、シャラ！　気高き騎士シャラ・エンバニアだ！

ナセルだけが人類滅亡の業を負うことはないとでもいわんばかりの――――……。

「……だったら、」

ぐがぁぁぁぁああ!!　――――血反吐を吐かんばかりの勢いで起き上がった将軍様。

「だったら、ワシらが今まで守ってきた平和を今すぐ返してみせろぉぉぉおおおおおお!!」

そう言い切るや否や、将軍様は手に持つ軍配をバキィィ！　と、破壊した!!

一見、意味のない八つ当たりに見えたが――――破壊された軍配の中から宝石のようなものが転がり出る！

その瞬間、将軍様を中心として強大な魔力がブワッ……と、広がった!!

「く?!　な、何を?!」「……何の真似だ?」

思わず顔を覆うナセルとシャラ。それほどに強烈な魔力の波動だ。

「がーーははは！　これで終わりだ!!　全部終わりだ!!　本当の終わりだぁぁあああ!!」

カハぁっ!!

軍配の中の宝玉を高々とかざして叫ぶ将軍様は、血反吐を吐きつつ、狂ったように笑う!!

「がーはははははは!!　がーーーーはははっはははは！！！　見ておけぇ、切り札とは最後まで残しておくものよ!!　がががががぁぁぁぁああ!!」

……キィィィイ――――――――!!

禍々しいまでの魔力の迸り！

刹那、ふわ――――……と、周囲の瓦礫が次々に浮かんでいく。

すさまじく強力な魔力の奔流が、将軍の持つ宝玉を中心にバリバリと迸っている証左だ！

「ぐがががははああ!!　す、全てお前らのせいだからなぁぁぁぁぁああ!!」

――ぐがははははははははははは!!

「く……この気配――召喚魔法かッッ?!」

いや、それにしたって何だこの魔力の量は!!

まるで80cm列車砲クラス――いや、それ以上?!

ナセルだけが気付いた。召喚術士だからこそ、気付いた。

この気配――――……この魔力の奔流は……!!

――何かを召喚せんとするものだ!!

「く……シャラ、こっちだ!!」

こんな異常事態にも敢然と立つシャラを抱き寄せるナセル。

何があってもこの人だけは守らねばならないと――。

「ナ、ナセル！　あれを!!」

二人が魔力の流れに気付いた瞬間、空が曇り一瞬にして宵闇と化す。

いや、違う――……何か、何か巨大なものが薄い陽光を遮っているのだ!!

こ、これは……。これは――!!

反射的に見上げた先には果たして――……見たこともないほど巨大な召喚魔法陣が、上空高くに出現し、そこが凄まじい魔力の渦とともに光り輝いていた!!

その凄まじい魔力の渦よ……!!

「な、なんだありゃ……?!」「あ、あれはまさか――!」

……シャラ?

何か知って――……。

いや、待てよ――この魔力の流れ、どこかで……。

圧倒的な魔力の量と人智を超えるそれをナセルはどこかで見た。

どこで……どこ――。

「がははははははは!!　もう遅いッ。遅いわぁぁぁあ!!　――これぞ野戦師団の切り札、我が王家に伝わりし、天をも切り裂く剣!!　そう、『大隕石(メテオ)』の発動じゃぁぁぁあああ!」
メ、
「大隕石(メテオ)……?!」

ナセルの疑問を他所に、将軍様の言い切った先では、

――ゴゴゴゴゴゴゴゴゴゴゴゴゴゴ!!　という地鳴りと共に、フォッケウルフ(戦闘爆撃機)ですら届かない高空の召喚魔法陣から顔を出す巨大な隕石があった!

バカな……!　あ、あんなものをくらえば――……!

「くそ!!　正気か貴様ぁ!!」

シャラは思わず駆け寄り将軍様を地面にたたきつけるが、狂ったような笑い声をあげる奴には全く聞こえていない。

「がは、がはははははははは!!」

その目は狂気に濁っている……。

「き、貴様ぁ、ここにはまだ民がいるんだぞ!!　郊外には難民もいる！　瓦礫の下には貴様の部下とているだろうがぁぁぁあああ!!」

「は!!　何が民だ。何が難民だ。何（な〜〜〜に）が部下だぁぁぁ!!――……知るかぁぁぁぁあ！　っていうか、ほとんどテメェらがぶっ殺して何も残ってねーーーーーーーーよぉぉぉ」

――ならば、死なばもろとも!!

テメェらを道づれに全部消し飛ばしてくれるわぁぁぁあああ!!

「がーーーーーーーーーーーーっはっはっはっはっはっは!!」

……今さら部下のことなど知った事かと言わんばかりの将軍様。

「お、おのれ、貴様ぁっぁあああッ!!　どこまでも卑劣な男がぁぁっぁあああああああ!!」

「がはははははは！　もう遅い!!　がはははははははは!!　もう何をしても無駄だぁぁあああ!!　がははははははは!!　発動したが最後、止めることは不可能だッ!!　がーっはっはっはっはっはっは！」

シャラの激高など、どこ吹く風――狂ったように笑う将軍様。

その狂気には、ますます磨きがかかってさえみえる……！

「しゃ、シャラ……。あれはいったい？」

「く――……説明している暇はない!!　ナセル、逃げるぞ！」

……逃げる?!　逃げるってどこに?!

「あれは古代魔法!!　王都の『大障壁(バリアー)』と対をなす王国最強の矛にして自爆兵器――『大隕石(メテオ)』だ!!」

『大隕石』?!

古代魔法?!

じ、自爆兵器だぁぁあああ?!

「……おいおい、そんな便利なものがあるなら初めから使えばいいものを――！」

「言っただろう!!　自爆兵器だと。……あれは、そんな便利なものじゃない!!　あれは――……あれは、人智を超えた脅威の魔法ッ！……触れてはならん禁忌！　逃げるしかないんだッ！」

がはははははははははぁぁ!!

「――逃～げるだぁぁ?!　がははは！　無～駄無駄ぁぁぁあ！　どこに逃げようとも、無駄よぉおおお！　がーーーはははは!!　この宝玉がある限り、この一帯は焦土と化すわ!!　がーははははははははははは!!」

「くっ……！」

……なるほど！　文字通りの自爆兵器というわけだ。

それがために、王都の大障壁と対をなしていたということか――!!

本来は大障壁に籠りつつ、その周辺の敵を殲滅するための兵器だったに違いない。

それを何の目的でか、コイツときたら――――……！

「ならば――――！」

その宝玉ごと、V－1（ジェットミサイル）で彼方に叩き捨ててくれるわッ！

「おおおっとぉぉおお！　そうはさせるかぁぁぁぁああ！」

あーーーーんぐ……。

「コ、コイツ――――！」「貴様ぁ?!」

あろうことか、制御ユニットを兼ねているであろう宝玉を――――飲み込みやがった！

「げはぁっぁ…………こほ。がはははは！　飲んだぞ!!　飲んでやったわ!!　これで、奪えまい！　腹を掻っ捌きでもしない限りはなぁっぁああ！　だがもう、そんな時間もあるまい!!」

がーーーーーーーっはっはっはっはっはっは!!

「どうだ思い知ったか異端者!!　――世界と戦うと豪語したなら、石一個くらい止めてみせろぉぉぉぉおおおおおお!!」

したり顔で笑う将軍様。

くそっ!!　最後の最後でやってくれる――――……だが!!

――だが!!

「ああああああああああああ!!　やってやらぁぁぁああああああああ！」

「――ナ、ナセル?!」

たかが石ころ一個!!

いいいいいいいいいいいい

「ドイツ軍のパワーは伊達じゃないッツッツ!!」

行けッッ!!

――――戦闘爆撃機(ヤーボ)!!

『『『了解(ヤボール)、指揮官殿(コマンデン)!』』』

上空に待機していた12機のフォッケウルフ(Fw190-F)が飛行機雲を棚引かせながらグングン上昇していく!

そして、照準器一杯に大隕石を捉えると躊躇なく射撃開始!!

ズダダダダダダダダダダダダダダダダダッッ!!

　ズダダダダダダダダダダダダダダダダダッッ!!

　　ズダダダダダダダダダダダダダダダダッッ!!

　　　ズダダダダダダダダダダダダダダダダッッ!!

フォッケウルフが芥子粒(けしつぶ)ほどにも見えるサイズ感! それでも、果敢に挑むドイツ空軍(ルフトヴァッフェ)のパイロットたち!!

一撃離脱を仕掛けつつ、何度も何度も反復攻撃をかけていく!!

おかげで、召喚魔法陣から半ば顔を出した状態の隕石に次々に爆炎が起こり、細かな破片が剝離していく。

……いくが――――――――!!

クソっ!!

「か、火力が足りねぇぇぇぇぇぇぇぇぇ!」

いくらフォッケウルフが重装備でも、相手は巨大な隕石だ!

数機が温存していたらしい空対地ロケット弾を撃ち込むが、ズドン、ズドンッ!! と表面で爆発するそれすら、豆鉄砲のように感じられるほど。

だが、効いてはいる！

破片が飛び散るということは、全くの無敵というわけではないらしい――――……んーだけど、全然火力が足りんッッ!!

「が、がははははは！　無駄無駄無駄ぁっぁぁあああ!!　かつては古代竜のブレスすら物ともしなかった隕石ぞ!!　古代の勇者たちの叡智の前に、召喚士ごときの攻撃が効くかぁっぁあああ!!」

「はっ！　ほざけ!!」

こーみえても、効いとるわぁぁあああ!!　ただ、火力が足りねぇだけだ!!

「ならば、もっとデカいのをぶち込んでやる!!」

――Ｌｖ５召喚獣でダメなら、Ｌｖ８召喚獣！

「ドイツ軍を舐めんじゃねぇぇぇぇええええええええ!!」

いでよ――――――ドイツ軍!!

ぶわ――――――――!!

ナセルの魔力を受けて、魔法陣が地上に展開される。

……巨大なそれ――――！　戦車や歩兵の比ではないそれは一体……。

「――……上空遥か彼方に飛ばすなら、コイツしかねぇぇっぇぇええええええええ!!」

ただでさえ、連戦を繰り返して来たナセルはもはや限界だ。そこに多数の戦闘爆撃機に、ティーガーⅡ、そして、同じく召喚獣Ｌｖ８の超重戦車マウスまで召喚している。

もはや――――……！

「がはっ……！」

「ナセル?!」

吐血するナセルに慌てて駆け寄るシャラ。

「お前……！　魔力が……?!」

ボタボタと血の涙を流すナセルを見て、その顔色が急激に悪化していることに気付く。

だが、

「……だが、一発だけなら十分だぁぁあああ!!」

そう！　一発で十分!!

なぜなら、召喚せしドイツ軍はＬｖ８!!

人類の到達した召喚獣Ｌｖとしてはほぼ最高だ！

いでよ、ドイツ軍――――――!!

――ブゥン！

ドイツ軍
Ｌｖ８：ドイツ軍ロケット砲兵部隊
※トレーラー発射型Ａ４ロケット装備
スキル：高々度弾道飛行、超音速落下、９８０kgアマトール炸薬

備　考：数分で高度93・3kmに達し、最大射的320kmの、
液体燃料ロケットによる世界初の弾道ミサイル
ジャイロスコープ誘導による姿勢制御ユニットを搭載した軍用ミサイルで、
命中精度は致命的に低いが、超音速飛行はほぼ迎撃不可能

ドズゥゥゥウン!!
と、地響きを立てて召喚されたのは巨大なトレーラーに搭載された全長14mにもなる巨大兵器
――。
そう。
その名もV－2!!
全長14m
直径1・7m
重量12t
エンジン：1段式、エタノールと液化酸素を推進剤とする液体ロケット
弾頭は、980kgのアマトール爆薬を搭載した――。
　ドイツ軍製――ロケット弾。
　正式名称A4ロケット――通称「V－2」報復兵器2号!!
……正真正銘の『ロケット弾』！
こいつを食らって吹っ飛ばねぇなら打つ手はない！

「さぁ！　古代魔法にして古代勇者の叡智とやら――――ドイツ軍の叡智と真っ向から勝負してもらおうじゃねーーーーか!!」

「な、なんじゃそりゃぁぁっぁあああああああああああ?!」

これにはさすがに驚いた将軍様。

斬られた激痛さえ忘れて叫ぶが、相手にしている暇はない!!

今は、『大隕石（メテオ）』阻止が優先――そのためには、ナセル・バージニアのドイツ軍と古代の勇者が残した攻撃魔法の真っ向勝負しかない!!

「V－2、攻撃準備（ベライテン フォア アングリフ）いいいいいい!!」

『『『了解ッ（ヤボーーーーール）』』』

同時に召喚されたV－2の操作員が燃料を注入し、最終チェックを行っていく。

ほぼ発射寸前の状態で召喚されたV－2の動きの早いこと早いこと!!

しかも移動式!!

巨大なトレーラーに据え付けられたそれは、全長14mものV－2でありながら、起重機ごとゆっくりと起こしていく。

ゴン、ゴン、ゴン、ゴン、ゴン……!!

『『『発射準備完了（ベェハイトズゥ シーズン）ッツ!!』』』

そして、まさに格納状態にあったV－2が、ついに起立し、同時に燃料の注入が終わると、ついに、ついに、弾頭部分が空を向いた――……そう、『大隕石』目掛けて！

「――ゴホ、ゴホッ……！　は（シュ）、発射用意（シュタルトベライト）!!」

吐血するそれを手で受け止め、握って隠すナセル。

あと少し、あと少し――……!!

ゴゴゴゴゴゴ……!

そして、ついにＶ－２下方から煙が出現し、燃料の点火が始まっていく!

「カ、カウトダウン秒読み――!!」

10（ツェン）、9（ノイン）、8（アハト）、

「おおおい、聞けよ!　このクソ異端者ぁぁぁぁあ!!　それは、なんだと言っているぅぅぅぅう
う!!!!」

さすがに将軍様の目にも危険と映ったらしい。

これまでにも散々ナセルの召喚獣ドイツ軍に煮え湯を飲まされてきたのだ!

……もしかすると、『大隕石』ですら――。

「はっ!!……見てわからねぇか!!　これが俺の召喚獣――ドイツ軍製、Ｖ－２だぁぁぁあ
ああ!!!!」

これぞ、ＷＷ２当時に開発された歴史上のオーパーツ!!

ロケット技師フォン・ブラウンが開発し、大気圏を飛び出して再突入する――音速を超える速度
で着弾する事実上の世界初の弾道ミサイルである!!

その延長線上には、月に到達したアポロ計画すらあるのだ。

まさに星に着弾するならうってつけの兵器!!

その弾頭に詰められた９８０ｋｇのアマトール爆薬を直撃させれば――――「一発でドカン

だぁぁぁあああ!!」

ナセルが本気だと感じた将軍様。

もはや、疑わない。この異端者の言葉を疑わないとばかりに、

「——さ、させるか異端者ぁぁぁぁあああああああああ!!」

将軍様とて、V-2が何か理解はしていないだろう。それでも、本能的に危険だとはわかるのだ。

そう思ったがゆえに、シャラが投げつけた剣を抜きとると左手一本で構えて腰だめで突撃する!

その切っ先は当然ナセルに向いている!

「死ねぇぇぇっぇぇぇぇぇえええええええええ!」

「——しまった!!　ナ、ナセル!!」

まさか、ここで反撃してくると思っていなかったのか、シャラの反応が一瞬遅れる。

最後の力を振り絞らんばかりに突っ込む将軍様の動きの素早いこと——!!

7(ジーベン)、6(ゼクス)、5(フュンフ)、
ギラリと光る剣がナセルの無防備な横っ腹をぉぉぉぉおお…………!!

——はッ!

「そーーーー来ると思ってたよぉぉぉおおお!」

腰だめに突っ込んでくる将軍様を軽く躱すナセル!

片手一本での立ち振る舞いに慣れていない将軍様は簡単に足をかけられスッ転ぶ!

「あべしいいいい————!!」

ゴロンゴロン———ゴンッ!

そうして、わざわざV－2の真下、ナセルの足元まで――――……。

4（フィーア）、3（ドライ）、

「ま、まだだぁぁ!!　――隙ありぃぃぃいいい！」

刹那、将軍様は隠し持っていた短刀を引き抜きナセルの首を狙って突きだす！

だが、

「――見え見えだ！　このボケぇぇぇぇえええええええええええええ!!」

隙なんかあるか、隠しナイフなんざありきたりすぎなんだよ、おらぁぁあああ!!

すんでのところで躱して、鋭く重いストレートをぶち込み顔面を陥没させるッ!!

――バッコォォォォォォォオオオオン!!　と、綺麗に決まったストレートがメリメリと将軍様の顔面に沈んでいき、勢いそのままゴンッ!!　とナセルの召喚獣に当たって止まる。

「ぐがぁ……あびゅ――」

「ふん……ちょうどよかったぜ――なにせ、コイツにも欠点があってだな――」

V－2ミサイル。射程数百ｋｍ、音速で飛ぶ迎撃不可能な攻撃兵器である。

しかし、その誘導方式は実に原始的――！　事実上、ほぼ無誘導弾なのだ！

だが、ここに至り誘導装置が向こうからやってきた！

「さぁ!!　古代の叡智とやらと、俺のドイツ軍の化学の結晶――どっちが勝つか、特等席で眺めてこいやぁっぁぁあああ」

「な、なにぃぃぃいいい?!」

――シャ!!

奪った短剣を振り上げるナセル!!

2（ツヴァイ）、

1（アインス）、

「よ、よせ?!　ワ、ワシは負傷しとるんだぞ?!　ワシは大将軍だぞ!!　ワシは王族ぞぉぉぉおおおーーーーーーーーーーーーーーーー」

そんなことは知っとるが、

「――知るかぁぁぁぁぁあああああああああああああああああああああ」

おらぁぁぁぁぁああああああああああ!!

クソ野郎の懇願など聞く耳も持たずに、躊躇なく――ザクゥゥゥゥゥウウ!!　と肩ごと貫き、召喚獣に縫い留める!

「ぎゃぁぁあああああああああああああああああああああ!!」

0（ゼイロ）――――……

ブシュウゥゥ……!　吹き出た血と、その先には、短剣が貫通した将軍様の肩。

もちろん、その先にはV-2があるわけで――。

「ぶっとべぇぇぇえええええええええええええええええええええ!!」

言い切るナセルを見て絶望的な顔を浮かべる将軍様は、

「や、や、や、」

発射（ファイエェェェェエエエル）ぁぁぁぁあああああ!

「――やーーーーーめーーーーーーーろーーーーーーーーーーーーーーーーー!!」

――シュゴォォォオオオオオオオオオオオオオオオオオオオオオオオオオ!!

将軍様の最後の叫び声が聞こえるか聞こえないかのうちに、Ｖ－２が発射される！

凄まじい発射煙を噴き上げあっという間に音速を超えて空高く昇っていく!!

上って、上って――――――……！

上ってぇぇ……！

「あああああああぁぁぁぁぁぁっぁぁぁぁぁっぁぁぁ……………―――――」

将軍様の姿が小さくなったのを見送った後――。

「はっ！……やめるか、ボケッ」

そのまま死ね。

「死んで文字通り、星になれ――腐れ外道ぉぉぉっぉぉぉぉおおおおおおおおおおッ!!」

その瞬間、ほぼ同時に大隕石が落下開始!!

着弾点たる、将軍様を目指して――……召喚魔法陣から放たれると、両者空中で衝突ッッッ!!

刹那
びしぃ!!　とナセルとシャラが空に向かって中指を立てる!!

「「――ぶっ飛べッッッ！」」

　　――カッ！

「ああああーーーーーベーーーーーーーしぃぃぃぃぃぃぃぃぃぃぃぃー…………！」

――チュドーーーーーーーーーーーーーーーーーン!!

空の高い高い高い位置でＶ－２の、９８０ｋｇ弾頭が大隕石に直撃し、大爆発した!!

それは、高空に浮かびし大隕石の表面に巨大な亀裂を生みだすと、そのままメリメリメリぃ……と裂けていき。

ついには、真っ赤な火の玉となって破裂!!

もともと魔力の塊であったそれは、想定を上回る負荷を受けてバラバラに崩れていくと――……。

ドォォォォオオン……!

と、大空の彼方で大崩壊!!

その後、しばらくたって爆音が轟いてくるほどで……あとには、バラバラと空に撒き散らされる真っ赤な火の粉が無数に奔るのみとなった。

それは、まるで真昼の流星群だ。そして真っ赤に染まった空の彼方では、『大隕石』を召喚したあの魔法陣がゆっくりと消えゆくのみ。

宝玉を失ったあと、あの『大隕石』は、もはや二度と再現できないだろう。そうして魔力を失い、今度こそバラバラに崩れてあちこちに飛び去って行った――。

■第18話　魔王軍、進軍──

ボォン……ボォォォン……！

どこか遠くに落ちて轟音を立てる大隕石の破片の落下音以外は静寂が周囲を包んでいた。

「ハァハァハァ……」

髪の色素が抜け、いくつかの束は、そのままごっそりと抜け落ちていくナセル。

とめどなく溢れる汗と全身を襲う倦怠感は、例の魔力欠乏症の再発だろう。

Ｌｖ８召喚獣を立て続けに召喚したのだ。元々のナセルの器からして限界を超えていたのは間違いない。それほどに無茶な召喚の連続だったのだ。

「おわった──……のか？」

今となって、呆然と上空を見つめるシャラ。

その視線の先には、流星群のように燃え堕ちていく、大隕石の魔法の残滓(ざんし)があった。

「えぇ……。もう、大丈夫です」

ガクッ！

崩れ落ちる様に膝をつくナセルに駆け寄るシャラ。

「だ、大丈夫か、ナセル?!」

「はい……ちょっと、めまいはしますけどね」

弱々しく笑うナセルに肩を貸すシャラ。

「まったく……無茶をする――」

高空からの衝撃波をうけ、今度こそすっかり更地となった野戦師団本部の跡地。郊外には疎らに残る建物と、難民のキャンプが見えるが、ナセル達の周囲にはほぼ生存者はいないらしい。

瓦礫の下では、かすかにうめき声が聞こえるが、おそらく生存自体はほぼ絶望的だろう……。

その周囲の光景を見渡すシャラは、どこか複雑そうな表情だった。

「大隊ちょ」

ん……。

シャラに語りかけようとしてナセルは思いとどまる。

ナセルとは違い、シャラは現役の軍人で、あんなことさえなければ、ここにいた軍人たちを率いて魔王軍と今も戦っていたはずなのだから。

おそらく、愛憎入り混じる複雑な感情を胸に秘めているのだろう。

もちろん、それはナセルとて同じなのだが――。

とはいえ、ナセルは軍を引退いてから日が長く――冒険者としての生活が染みついていたせいもあるだろうが、シャラほどの感慨はない。

なによりナセルの場合は、王国から奪われたものが多すぎる――……妻、家、職、そして家族。

かろうじてリズと……シャラは取り戻すことができたが、だが、殺された両親の命はもう戻って来ない。アリシアは………いまはどうでもいい。

また、結果論ではあるが、戦いの果てに、ナセルが奪ったもの（命）も多いことだろう。

ナセルが家族を奪われ、激情に駆られたように――――ナセルによって大切な人を奪われた者もいるのは間違いない。

…………それは間違いないだろう。

だが、それがためにナセルが泥を飲む理由になるだろうか？

――何の罪もないリズが苦しみ、愛するシャラが焼かれるのを甘んじて見ていろと？

（ありえないな……）

見ず知らずの誰かの家族の悲しみのために、ナセルが復讐を諦め、家族を見捨てる理由にはならない。なによりも、王国が……世界がナセルに「死ね」といい、ナセルの大事なものを奪っていったのだ。

ならば、ナセルの選べる道は多くなかった。

……世界に屈するか、……世界と戦うか。そうして、ナセルは世界と戦う道を選んだ。ただそれだけだ。

「しかし――――これでは、王国はもうもたないな……」

シャラはそっと地面に転がる、焼け焦げた王国旗の切れ端を拾う。

千年前の４人の勇者たちの印章をシンボル化した王国の象徴――。

……それは衝撃波の余波で焼け焦げ、辛うじて原形を保っているだけだったのだろう。

触れたとたん、サラサラとシャラの手の上でチリとなって風に流れていった。

「……それもこの国が選んだ道じゃないですか？」

王国は勇者を選び、ナセルを切り捨ててでも、魔王軍と戦う道を選んだ。

だからだろうか。ナセルはどこまでも冷淡だった。

……勇者を召喚し、ナセルにだけ貧乏くじを押し付けたツケが回ってきただけだ、と――。

それこそ、あの時のアリシアの言葉ではないが、ナセルだけが泥を飲み、一人でくたばっていれば、また違った展開もあったのかもしれない。

「そう、かもな――いや、」

そうっと、流れていく王国旗の残骸を見送ったシャラは、一度ナセルを見て、そのあとで瓦礫をもう一度見ると、

「……いや、違うな。ナセル――それは違うよ」

「え……」

王国旗が塵となっていくのを見つめながら、何か思うところがあったのだろうか？

風に流れる髪を押さえつつ、シャラは言った。

「――おそらく、あの勇者では魔王軍には勝てんよ」

……は？

「私は、な。アイツをつぶさに見て来た。…………アリシアにできない苛烈なことを、女に試したかったらしくてな、それを私にしたわけだが――……まぁ小物さ。そして、それ以上に大した強者というほどでもない」

……シャラはあの日勇者コージに拉致されていたらしい。

幻影魔法を使って、アリシアの目をも誤魔化し、民衆を欺き、王国との裏取引でシャラを手にし

……王城の地下で凌辱の限りを尽くしたという。

それを淡々と語るシャラの手は震えていたが、ナセルはそれを黙って聞いた。

「――……その私が言うんだ。だから、間違いない」

何でもないように言うが、サラサラと風に流れるシャラの髪によって、その表情が逆光に隠れていく――むしろ、それを直視するのが怖くて、視線を逸らすナセル。

「……だから気に病むな――。勇者なんぞ必要ない。……それでも、滅びの道を選んだのはこの国の選択だ」

また違った展開なんてない、とシャラは言う。

慰めでもなんでもなく、本当にそう思っているのかもしれない。

「お前はお前の家族を守った。……立派だ。胸を張れ――……リズが待っているんだろう？」

「はい……ですが、」

そう。

ですが――……。

なんていえば……。

なんていえばいいんだろう――ナセルは刹那、逡巡するも、もはや飾る必要のない言葉でまっすぐに語る。

「あの。だ、大隊長！　アナタも、アナタも家族です」

「……は？」

きょとんとしたシャラの顔。

その顔を見て言葉選びに失敗したかもと焦るナセルだが、もう止まらない！　思いは止まらない!!

「だ、だから――お、俺は！　俺は、たとえ、リズでなくとも、家族であるアナタのためにも戦います」

全力で。今も、そして、これからも――……!!

「……く。くくく――なんだそれは？　プロポーズのつもりか？　だとしたら、40点だな」

「ッ?!」

呆れたような顔をしたシャラを見て、力が抜けるナセル。

アリシアにプロポーズした時だってもう少しましな言葉を――。

「だが、」「大――」

不意に唇を奪われるナセル。

それは酷くカサカサで血と煙の味がした――……。

「ふふ……名前で呼べと言っただろう？」

顔を真っ赤にして俯くシャラを見て、面食らうナセル。

まさか、大隊長――シャラがこんな風にナセルと接してくれるとは思ってもみなかった。

たしかに、思いは伝えた。

そして、通じ合っていると思ってはいたが――……お互い素面でこれは恥ずかしい。

「な、なにか言え――!!」

「え、あ……なにかって――その、」

えっと、ご、ご馳走様？　いやいや、違う違う!!

正直、ナセルはこういうのは苦手だ。……今後も得意になれる気はしない。

むしろ、アリシアの一件以来、かなり臆病になっているのかもしれない。

だけど────。

「か、帰りましょう────……その、い、一緒に、どこか、その」

その──しか言ってねぇぇ!!

そもそも、帰る場所なんてあるかどうか。

いやいや、そうじゃない!!　そうじゃないだろ!!　そんなものは何とでもなる!!

今はそう──。魔王軍だとか、王国だとか、勇者だとか、もう、そんなことは忘れてどこか静かな土地で3人で暮らすのも悪くはない。

「ふふ……。そうだ、な。帰ろうか────」

ここじゃないどこか。

三人で暮らせる、どこか静かな────シャラとリズと……ナセルだけの生活を。

「はい、帰りましょう。大────シャラ」

シャラ・エンバニア……。

ナセルの愛しい愛しい、ナセルだけの大隊長────。

コクリと頷きあい、手をつないだ二人は、ついに──ついに!!

────ついに、
パカラッ、パカラッ……!!

「伝令！　伝令ぃぃぃ――――って、なんじゃこりゃぁぁぁああああああ!!」

ヒヒヒヒィィィイイイイン!!

場違いに物思いにふけっていた二人のもとに駆け付ける早馬が一騎。

野戦師団本部の入り口がある付近で、馬を棹立ちにさせると目をむいてひっくり返る。

「ちょ、ちょわっぁあ?!　な、なんな、なんっじゃこりゃぁぁぁあああああああああ!!」

どうやら、国境に詰めている王国軍の軽装騎兵らしい。

その兵装を見て、思わず臨戦態勢を取るナセルであったが、相手には敵意らしきものはなかった。

それどころか、かなり焦っているらしく、周囲を呆然と見回しつつも、ナセルとシャラに気付くと騎乗のまま駆け寄った。

「で、伝令!!　伝令!!　王国軍騎士とお見受けする――――!!」

どうやら、前線の長期勤務者らしく、ついさっき野戦師団本部でなにがあったのか知らないのだろう。

敬礼もそこそこに、ヒヒーーーーン!!　と、再び早馬を棹立ちにさせると急停止。

伝令は、ボロボロの格好だがいかにも将校のオーラを放つシャラの前に立つと、一気に言った。

「く、くそぉぉおッ！　既にここも魔王軍に攻撃されていたのか?!……し、至急伝です！　野戦師団本部に取り次ぎを――――！」

「ま、魔王軍？…」

思わずナセルとシャラが顔を見合わせるも、

「そうです!!　ことは急を要します!!　い、急ぎ増援を!!　すでに前線各正面にて魔王軍が越境を開始中ッ――……バンメル元帥が応戦中でしたが、前線付近での墜落を確認！　げ、現在、安否不明であります！　どうか、至急増援を!!」

「「な……!!」」

な、なに?!　バンメルが行方不明?!

ナセルとシャラは、二人して同時に顔を青ざめさせる――……。

だって……。

だって――!!

「くそ!!　バンメルの野郎ぉぉぉぉお!!」

何をやってやがる?!

リズは……リズは世界で二番目に安全な場所にいたはず――……!!

それがどうして――――!!!

「落ち着けナセル。まだ何もわからないだろう……?!」

「で、ですが……!」

ナセルにとって、家族が消えるのは耐えがたい苦痛だ。

知らず知らずのうちに、拳を握り締めていた。それをゆっくり解きほぐすシャラはナセルの目を見て大きくうなずく。

……どうやら、戦いはまだ終わりを迎えそうにはないらしい。

バンメルの行方不明――それが一体何を意味するのか。

暗澹たる思いと、焦燥に衝き動かされるナセル達。

ピカッ――ゴロゴロゴロ……！

雷鳴がとどろき、風が吹き荒れる。

それは、大隕石の余波だったのだろうか。

急速に悪化する前線の空模様。

それはまるで、
家族を救い出すという、ナセル・バージニアの戦いが未だ終わりを告げていないことを示唆しているようだった……。

あとがき

拝啓、読者の皆様。ＬＡ軍です。

皆様、まずは「ドイツ軍召喚ッ！」３巻の本書をお手に取っていただきありがとうございます。

本作はお楽しみいただけたでしょうか？　少しでもお楽しみいただけていれば作者として無上の喜びです。

本作は、１、２巻の大好評をいただきまして、３巻目という続刊をだせることになりました。それもひとえに応援してくださった皆々様のおかげであると思い、大感謝の気持ちでいっぱいです。

今後ともよろしくお願いします。

こちらは現時点でＷｅｂでの投稿なしの完全書下ろしとなっております（今後Ｗｅｂで投稿するかもしれませんが……）。


さて、本作品について少し。

本作は、作者であるドイツ軍スキーなＬＡ軍のジャーマンＬＯＶＥがはじけにはじけた作品です。

大筋の流れは１、２巻をもって書き尽くしたところではありますが、ナセルの戦いは、いまだ前哨戦でしかありません。

　彼は作中で全てを奪われ、絶望していました。そして、その思いの丈を王都という大舞台でぶちまけ、敵対者を一人残らず葬り去ることに成功しました。しかし、それは奪われたものを取り返したわけではありません。いわば、落とし前をつけただけで、彼自身が何かを取り返したわけではありません。

　家族を奪われ、ドラゴンを奪われ、地位も資産も何もかも奪われたナセル。

　王都での戦いでは、それらの一つとして取り返したわけではありませんでした。

　しかし、今回のナセルの戦いは、まさに再生への一歩です。奪われて壊されたものの中には、二度と戻ってこないものもあるでしょう。しかし、彼にはたった一つ残されたものがあります。

　それが最後の肉親。

　最後の家族――１、２巻ともに、激しい怒りの中にあっても決して忘れていなかったリズという少女です。

　彼女自身、少々複雑な事情を抱えています。

　ナセルのことを叔父ちゃんと呼ぶリズは、王国の戸籍上でこそ、ナセルの両親に育てられている妹のような存在ですが、実はナセルの亡き姉の娘です。親は病やその他もろもろの事情で失ったがために、ナセルの両親に引き取られることになり、慎ましく生きてきた善良な少女でした。ナセル自身が引きとる話も当時はあったのでしょうが、軍籍をもち北の最前線で戦っていたナセルにその甲斐性があるはずもなく、祖父母に引き取られていたという経緯があります（本編には特に関係ありませんが……）。

そんなリズだけが、ナセルに残された最後の家族です。

かつて、姉がなくなった時には、引き取ることも、何かをしてやることもできなかったナセル。ですが、全てを失った今——彼女だけがナセルの心の支えでした。おそらく、彼女がただ命を落としていたら、ナセルはナセル・バージニアとしてあることはできず。王国がいうように本来の異端者として魔王軍に与していたことでしょう。

当巻では、そんなナセルの最後の心のよりどころであるリズの救出が目的となります。

そして、救出作戦の肝となるドイツ軍ですが、１、２巻で出しつくした感のあるドイツ軍は、まだまだ、その底力を見せておりません！

なにせ、まだまだティーガーⅡ、Ｍｅ２６２、そしてＶ－２ロケット弾！　が姿を見せておりませんからね！

これらドイツ軍終末期の兵器がファンタジー世界で大暴れする雄姿を是非とも、当巻にてご覧いただければ幸いです。


それでは、あとがきはこの辺で——皆様ありがとうございます。

最後に、本書編集してくださった校正の方、編集者さま、出版社さま、そして美麗なイラストで物語に素晴らしい華を与えてくださった山椒魚先生、本書を取り扱ってくださる書店の方々、そして本書を購入してくださった読者の皆様、誠にありがとうございます。御礼をもってご挨拶とさせてください。本当にありがとうございます！

敬具。

次巻以降でまたお会いしましょう！

読者の皆様に最大限の感謝をこめて、　吉日

もふもふとむくむくと
異世界漂流生活
メイドなら当然です。
濡れ衣を着せられた
万能メイドさんは
旅に出ることにしました
転生して
ハイエルフになりましたが、
スローライフは
120年で飽きました
駄菓子屋ヤハギ
異世界に出店します
ドイツ軍召喚ッ!
～勇者達に全てを奪われた
ドラゴン召喚士、
元最強は復讐を誓う～
偽典・演義
～とある策士の三國志～
生まれた直後に捨てられたけど、
前世が大賢者だったので余裕で生きてます
ようこそ、異世界へ!!
EARTH STAR
NOVEL
アース・スター ノベル

ドイツ軍召喚ッ！③
～勇者達に全てを奪われたドラゴン召喚士、元最強は復讐を誓う～

発行 ―――― 2023年2月15日　初版第1刷発行

著者 ―――― ＬＡ軍

イラストレーター ―――― 山椒魚

装丁デザイン ―――― 山上陽一（ARTEN）

発行者 ―――― 幕内和博

編集 ―――― 及川幹雄

発行所 ―――― 株式会社アース・スター エンターテイメント
〒141-0021　東京都品川区上大崎3-1-1
目黒セントラルスクエア　7F
TEL：03-5561-7630
FAX：03-5561-7632
https://www.es-novel.jp/

印刷・製本 ―――― 図書印刷株式会社

ISBN 978-4-8030-1745-8